TOBIAS WOLFF, der 1945 in Alabama geboren wurde, arbeitete nach dem Literaturstudium literarisch und journalistisch. Für seine spannenden Erzählungen, die u. a. in «The Atlantic» und «Esquire» veröffentlicht wurden, erhielt er einige Auszeichnungen, wie 1954 den PEN-Faulkner-Preis.

Heute lebt Tobias Wolff mit seiner Familie in Syrakus, wo er an der Universität ‹creative writing› lehrt.

Tobias Wolff zeigt in *Wieder im Bilde* wie in *Barracks Thief* (1984) und *Hunters in the Snow* (1981) die Kehrseite des ‹American dreams› auf, nämlich all das, was im Land der unbegrenzten Möglichkeiten nicht zu realisieren ist.

Tobias Wolff

Wieder im Bilde

Geschichten

Aus dem Amerikanischen
von Karin Graf und
Helga Pfetsch

rororo

Rowohlt

Für meine Mutter Rosemary

Demnächst

Aus dem Amerikanischen
von Karin Graf

Jean war alleine im Kino. Sie hatte aufgepaßt, daß die Zuschauer den Saal verließen, die Türen verschlossen und die Abendeinnahmen sicher im Bankbeutel verstaut waren. Jetzt sah sie sich ein letztes Mal um, während sie darauf wartete, daß ihr Chef zurückkam und sie nach Hause fuhr.

Mr. Munson war nach der ersten Vorstellung weggefahren, um in dem neuen Shopping-Center an der Buena Vista Schlittschuh zu laufen. Er fuhr jetzt seit beinahe einem Monat früher weg, und anfangs hatte Jean geglaubt, er betrüge seine Frau, bis sie ihn eines Samstagnachmittags auf dem Eis sah, als sie mit ihrer Freundin Kathy auf Ladenklau unterwegs war. Sie blieben an dem Panoramafenster stehen, das um die Bahn führte und sahen zu, wie Mr. Munson ein paarmal gegen die Wand donnerte. «Dicke sollten nicht Schlittschuh laufen», sagte Kathy, und sie gingen weiter.

An den meisten Abenden kam Mr. Munson gegen elf ins Kino zurück. Später war er nie gekommen. Jetzt war es schon beinahe zwölf.

Jemand hatte einen orangefarbenen Schal auf einem Platz in der letzten Reihe liegengelassen. Unter dem gleichen Platz lag eine halb aufgegessene Haxe und eine Flasche mit Chilisauce. Die Haxe sah immer noch aus wie das, was sie war, ein Tierbein, und als Jean sie sah, wurde es ihr schwummerig. Sie hob den Schal auf und ließ das Essen liegen. Sollte Mr. Munson sich darum kümmern. Wenn er etwas deswegen sagte, würde sie sich einfach taub stellen. Sie packte den Schal in den Sack mit Fundsachen und ging nach vorne ins Kino, schaute von einer Seite zur anderen, die Reihen der Länge nach überfliegend.

Mitten im Gang fand Jean eine Sonnenbrille. Von Gucci. Sie warf sie in den Sack und versuchte sie zu vergessen, als wäre sie eine normale, anständige Person, die nicht verlorene Gegenstände und überhaupt alles, was nicht niet- und nagelfest war, klaute. Aber Jean wußte, daß sie die Sonnenbrille behalten würde, und dieses Wissen ließ ihr ihren Widerstand lächerlich ercheinen. Sie ging ein paar Reihen weiter, zuckte dann hilflos mit den Achseln, als beobachte sie jemand, und holte die Sonnenbrille aus dem Sack. Sie paßte nicht. Ihr Gesicht war zu klein dafür, ihre Nase zu schmal. Sie ließ alles düster aussehen und rutschte in einem fort hinunter, aber Jean behielt sie auf, während sie sich nach vorne durcharbeitete.

In der ersten Reihe rechts, nahe bei der Wand, sah Jean einen Mantel über einen Sitz drapiert. Sie ging durch die Reihe, um ihn aufzuheben. Dann blieb sie stehen und zog die Sonnenbrille ab, denn sie hatte beschlossen zu glauben, daß der Mantel kein Mantel, sondern eine tote Frau sei, die einen Mantel trug. Eine tote Frau ganz allein in einem Kino um Mitternacht.

Jean schloß die Augen und gab ein leise wimmerndes Geräusch von sich, so wie ein träumender Hund. Es klang eher unecht, deshalb hörte sie damit auf; sie öffnete die Augen und ging durch die Reihe zurück und den Gang ins Foyer hinauf.

Jean stellte den Sack mit den Fundsachen weg, ging dann an die gläserne Eingangstür und beobachtete den Verkehr. Bei jeder neuen sich nähernden Autoschlange beugte sie sich vor und suchte durch ihr gespiegeltes Gesicht hindurch nach Mr. Munsons Toyota. Von ihrem Atem beschlug das Glas so, daß Jean kaum durchsehen konnte. Sie bemerkte, wie flach und schnell ihr Atem ging. Das Spiel mit dem Mantel hatte sie mehr erschreckt, als sie vorgehabt hatte. Jean ließ noch ein paar Autos vorbeifahren. Schließlich drehte sie sich um und ging durchs Foyer in Mr. Munsons Büro.

Jean zog die Bürotür hinter sich zu, aber die geschlossene Tür gab ihr das Gefühl, in der Falle zu sitzen. Sie machte die Tür wieder auf und ließ sie offenstehen. Von Mr. Munsons Schreibtisch aus konnte sie den Cola-Automaten und eine Reihe Plakate sehen, die den Film der kommenden Woche anzeigten. Die Schreibtischplatte war leer bis auf das Telefon und ein Foto von Mrs. Munson neben einer Schneewehe in der Gegend, aus der die Munsons kamen – Minnesota oder Wisconsin. Mrs. Munson trug einen Parka, und sie zeigte auf den Oberrand der Wehe, um anzuzeigen, wie hoch sie war.

Der Schnee ließ Jean an ihren Vater denken.

Es war still im Büro. Jean legte den Kopf auf ihre gekreuzten Arme und schloß die Augen. Beinahe auf der Stelle öffnete sie sie wieder. Sie setzte sich gerade hin, zog das Telefon über den Schreibtisch und wählte die Nummer ihres Vaters. Es war drei Stunden später bei ihm und er schlief tief, deshalb ließ sie lange klingeln. Zuerst hielt sie den Hörer fest gegens Ohr. Dann legte sie ihn auf den Schreibtisch und lauschte, bis sie eine Stimme hörte. Jean nahm den Hörer wieder auf. Es war ihre Stiefmutter, Linda, die sagte: «Hallo?… Hallo?… Hallo?…» Jean hätte wieder eingehängt, aber sie hörte die Angst in Lindas Stimme wie ein Echo ihrer eigenen und konnte nicht mehr zurück. «Hallo», sagte sie.

«Hallo? Wer ist da, bitte?»

«Jean», murmelte Jean.

«Gigi? Bist du's Gigi?»

«Ich bin's», sagte Jean.

«Ach, du», sagte Linda. «Mein Gott, hast du mich erschreckt.»

«Tut mir leid.»

«Wieviel Uhr ist es bei euch?»

«Zwölf. Zehn nach zwölf.»

«Hier ist es drei Uhr morgens, Lämmchen. Bei uns ist es später als bei euch.»

«Ich weiß.»

«Ich habe mich bloß gefragt, ob du vielleicht gedacht hast, bei uns wäre es früher. Puuhh, warte mal, bis ich beieinander bin.» Einen Augenblick später sagte Linda: «Gut. Puls normal. Alles funktioniert. Wo steckst du überhaupt?»

«Auf der Arbeit.»

«Stimmt, dein Dad hat mir erzählt, daß du einen Job hast. Gigi mit Job! Du wirst eine richtige kleine Erwachsene, nicht?»

«Na ja, ich glaub ja», sagte Jean.

«Also, das finde ich super.»

Jean nickte.

«Ich halte große Stücke auf Leute, die für sich selbst sorgen», sagte Linda. «Fünfzehn ist nicht zu jung. Ich war zwölf, als ich zu arbeiten anfing und habe seitdem nicht mehr aufgehört.»

«Ich weiß», sagte Jean.

Linda lachte. «Allmächtiger Gott, was ich für Jobs hatte. Ich könnte dir Geschichten erzählen.»

Jean lächelte höflich in den Hörer. Sie ertappte sich dabei und zog ein Gesicht.

«Du willst wohl mit dem alten Brummbär sprechen», sagte Linda.

«Wenn's geht.»

«Ich hoffe, es sind keine schlechten Nachrichten. Es ist doch nichts unterwegs bei dir, oder?»

«Nein.»

«Was ist mit deinem Bruder?»

«Tucker ist auch nicht schwanger», sagte Jean. «Er geht noch nicht mit Mädchen.»

Linda lachte wieder. «Das habe ich nicht gemeint. Ich meine, wie geht es ihm?»

«Tucker geht's gut.»

«Und deiner Mama?»

«Der geht's auch gut. Es geht uns allen gut.»

«Das ist toll», sagte Linda. «Du weißt ja, wie das mit deinem Vater und schlechten Nachrichten ist. Er ist einfach nicht dafür geschaffen. Er ist mehr ein Mensch für gute Neuigkeiten.»

Jean zeigte Linda den ausgestreckten Mittelfinger. Sie stupste ihn gegen die Sprechmuschel und sagte dann: «Stimmt.» Und es stimmte, was Linda sagte. Jean wußte das, wußte, daß sie nichts gesagt hätte, selbst wenn ihr Vater ans Telefon gekommen wäre, außer, wie gut drauf sie war und wie gut drauf Tucker und ihre Mutter waren, denn ihm etwas anderes zu sagen, wäre gegen die Regeln. «Es geht allen gut», wiederholte Jean. «Ich hatte bloß Lust, mit ihm zu reden, das ist alles.»

«Na klar», sagte Linda. «Glaub bloß nicht, daß er die nicht manchmal auch hat.»

«Bestell ihm einen schönen Gruß», sagte Jean. «Tut mir leid, daß ich dich aufgeweckt habe.»

«Dafür sind wir doch da, Entchen. Ich gucke mal, ob ich ihn dazu bringen kann, dir zu schreiben. Er will ja immer, aber Briefe fallen ihm schwer. Er geht lieber direkt mit Leuten um. Trotzdem, ich gucke mal, was ich machen kann, okay? Jetzt paß auf dich auf.»

Jean knallte den Hörer hin und brüllte: «Idiotin!» Sie warf sich in den Stuhl zurück und schlug die Beine übereinander. «Blöde Alte», sagte sie. «Dusselige Kuh.»

So machte sie weiter, bis ihr nichts mehr einfiel. Dann rief sie in der Wohnung ihrer Mutter an. Tucker kam ans Telefon. «Tucker, wieso bist du noch auf? Was machst du?» fragte Jean.

«Nichts», sagte Tucker. «Du müßtest eigentlich zu Hause sein. Mom hat gesagt, du wärest jetzt zu Hause.»

«Und du müßtest eigentlich im Bett sein», erklärte Jean ihm. Sie hörte eine Frauenstimme kreischen, dann zwei Schüsse und schmetternde Musik. «Ich kann's nicht fassen, daß du noch auf bist», sagte Jean. «Laß mich mal mit Mom sprechen.»

«Was?» – «Laß mich mit Mom sprechen.»

«Sie ist nicht hier», sagte Tucker. «Jean, weißt du was?»

Jean schloß die Augen.

«Im Swimming-pool liegt ein Fahrrad», sagte Tucker. «Im Tiefen. Unter dem Sprungbrett. Mrs. Fox hat mir gesagt, ich könnte es behalten, wenn wir es rausholen. Es ist rot», setzte er hinzu.

«Tucker, wo ist Mom? Ich will mit ihr reden.»

«Sie ist mit Onkel Nick ausgegangen.»

«Wohin?»

Tucker gab keine Antwort.

«Wo sind sie hingegangen, Tucker?» Tucker gab immer noch keine Antwort. Jean hörte Polizeisirenen und Reifenquietschen und wußte, daß er wieder fernsah. Er hatte sie völlig vergessen. Sie brüllte seinen Namen in den Hörer. «Was?» sagte er.

«Wo sind die Erwachsenen?»

«Ich weiß es nicht. Jean, kommst du jetzt nach Hause?»

«Gleich. Geh ins Bett, Tucker.»

«Okay», sagte er. Dann sagte er «Tschüß» und hängte ein.

Jean holte ihr Telefonbuch aus dem Schreibtisch, aber sie konnte sich nicht an Nicks Nachnamen erinnern. Seine Nummer lag wahrscheinlich irgendwo in der Wohnung rum; sie wußte, daß sie da war, sie hatte sie gesehen, auf dem Nachttisch ihrer Mutter oder mit einem Magneten am Kühlschrank befestigt. Aber wenn sie Tucker aufforderte, sie zu suchen, würde er ganz durcheinander geraten und anfangen zu weinen.

Jean stand auf und ging zur Tür. Ein Jogger mit phosphoreszierenden Streifen lief am Foyerfenster vorbei. Der Cola-Automat erbebte ratternd und ging dann mit einem Seufzer aus. Jean bekam Hunger. Sie holte sich eine Packung Milky Ways von der Erfrischungstheke und nahm sie mit in Mr. Munsons Büro, wo sie einen Bissen nach dem anderen kaute, bis ihr die Kiefer weh taten. Den Rest der Milky Ways steckte Jean mit der Sonnenbrille in ihre Handtasche. Dann suchte sie im Telefonbuch nach dem Namen ihres Englischlehrers, Mr. Hopkins. Mr. Hopkins gab auch Fahrunterricht, und Kathy sagte, daß er praktisch auf sie gestiegen sei, als sie rückwärts Einparken übte. Jean haßte ihn dafür. Wie konnte jemand Gedichte aufsagen wie Mr. Hopkins es tat und Kathy trotzdem begehren?

Seine Nummer stand nicht im Buch. Jean blätterte weiter die Seiten durch. Sie suchte einen Namen aus und wählte die Nummer, und ein Mann antwortete sofort. In einer sanften Stimme sagte er: «Ja.» Nicht «Ja?», sondern «Ja», als hätte er diesen Anruf erwartet.

«Mr. Love», sagte Jean, «ich habe eine phantastische Neuigkeit für Sie.»

«Wer ist da?» fragte er. «Wissen Sie, wieviel Uhr es ist?»

«Die Nachricht ist gerade reingekommen. Wir dachten, Sie wollten sie auf der Stelle hören. Aber wenn Sie den Anruf nicht annehmen wollen, brauchen Sie es bloß zu sagen.»

«Ich glaube, ich verstehe nicht recht», sagte Mr. Love.

«Möchten Sie den Anruf lieber nicht entgegennehmen, Mr. Love?»

Er antwortete nicht sofort. Dann sagte er: «Sagen Sie mir nicht, ich hätte was gewonnen.»

«Etwas gewonnen? Mr. Love, das ist die Untertreibung des Jahrhunderts.»

«Moment mal», sagte er. «Ich muß meine Brille holen.»

«Das ist doch Mr. Love, nehme ich an», fragte Jean, als er ans Telefon zurückkam.

«Ja, Ma'am. Immer noch derselbe.»

«Wir können nicht vorsichtig genug sein», erzählte ihm Jean. «Wir sprechen hier nicht über einen Satz Eierlöffel.»

«Ich habe noch nie etwas gewonnen», sagte Mr. Love. «Bloß Rechtschreibwettbewerbe. Als ich klein war, konnte ich buchstabieren wie ein Weltmeister.»

«Ich vermute, Sie sind ganz schön aus dem Häuschen», sagte Jean. Mr. Love lachte.

«Sie klingen nett», sagte Jean. «Wo kommen Sie her?»

Mr. Love lachte wieder. «Sie spannen mich absichtlich auf die Folter.»

Jean sagte: «Wir haben ein paar Standardfragen, die wir gerne stellen.» Sie zog die Sonnenbrille aus der Tasche und schob sie sich auf die Nase. Sie lehnte sich zurück und schaute zur Decke hoch. «Wir möchten unsere Gewinner gerne etwas näher kennenlernen.»

«Sie machen mich ganz zappelig», sagte Mr. Love. «Also gut, los geht's. Geboren und aufgewachsen in Detroit. Nach Pearl Harbor zur Marine. Entlassungspapiere Juni 46 in San Diego und ein paar Wochen später hier hingezogen. Seitdem hier. Das wär's.»

«Gut. So weit so gut. Alter, Mr. Love?»

«Einundsechzig.»

«Familienstand?»

«Überhaupt kein Stand. Bin Junggeselle.»

«Wollen Sie damit sagen, Mr. Love, daß Sie seit über einem halben Jahrhundert auf der Erde sind und nie in den Stand der Ehe getreten sind?»

Mr. Love schwieg einen Augenblick. Dann sagte er: «Hören Sie – was soll das alles?»

«Noch eine Frage, Mr. Love. Dann reden wir über die Preise.»

Mr. Love sagte nichts, aber Jean konnte ihn atmen hören.

Sie hob das Foto von Mrs. Munson auf und legte es mit dem Gesicht nach unten auf den Schreibtisch. «Hier ist die Frage, Mr. Love. Ich lüge und stehle und bumse herum. Was halten Sie davon?»

«Aha», sagte Mr. Love. «Ich habe also nichts gewonnen.»

«Nun, Sir, nein. Ich muß sagen, nein.»

Er räusperte sich und sagte: «Ich kann Ihnen nicht folgen.»

«Es ist ein Witz», eröffnete ihm Jean. «Ich bin ein Witzbold.»

«Das ist mir klar. Ich sehe bloß nicht, worauf Sie hinauswollen. Worauf wollen Sie hinaus?»

Jean ließ die Frage unbeantwortet.

«Na ja, Sie sind nicht die erste, die mich zum Narren hält», sagte Mr. Love, «und ich vermute, Sie sind auch nicht die letzte.»

«Ich bumse nicht wirklich herum», sagte Jean.

Er sagte: «Sie müssen lernen, ein bißchen Rücksicht auf andere zu nehmen. Gehen Sie in die Kirche?»

«Nein, Sir. Manchmal gingen wir zu Hause, aber hier nicht. Nur einmal an Ostern. Der Priester hat noch nicht einmal eine Predigt gehalten. Er hat bloß ein Tonband von einem Baby, das gerade geboren wurde, gespielt, mit Walgesang im Hintergrund.» Jean wartete auf Mr. Loves Reaktion. Er schien keine Lust zu haben. «Ich bumse nicht wirklich herum», wiederholte Jean. «Bloß mit einem meiner Lehrer. Er ist verheiratet», setzte sie hinzu.

«Verheiratet!» sagte Mr. Love. «Das ist ja schrecklich. Wie alt sind Sie?»

«Er hält mich für brillant», sagte Jean. «Brillant und verführerisch. Er starrte mich im Unterricht andauernd an. Als nächstes schrieb er Gedichte auf die Rückseite meiner Aufsätze, und so fing es an. Er ist hoffnungslos verliebt in mich, aber mir ist es schnurzpiepegal. Ich spiele bloß mit ihm.»

«Gott im Himmel», sagte Mr. Love.

«Ich bin schrecklich zu ihm. Absolut herzlos. Ich mache mich vor meinen Freunden über ihn lustig. Ich mache ihn nach. Ich mache sogar nach, wie er im Bett ist, alle Geräusche, die er macht und alles. Ich glaube, man könnte sagen, ich bin völlig daneben. Fragen Sie mich nicht, wo sie ist, aber ich habe eine Tätowierung, die sagt NICHT JUGENDFREI. Das ist mein Motto. Das und ‹Lebe mit Tempo, sterbe jung›. Immer, wenn ich etwas wirklich Perverses tue, sage ich: ‹Lebe mit Tempo, sterbe jung›. Das tue ich wahrscheinlich auch.»

«Ich bin sprachlos», sagte Mr. Love. «Ich wünschte, ich wüßte, was ich machen sollte.»

Er schwieg.

«Sagen Sie etwas», befahl Jean ihm. «Machen Sie mich fertig!»

«Ich kenne Sie nicht. Weiß noch nicht einmal Ihren Namen. Ich könnte Ihnen vielleicht helfen, wenn ich Ihren Namen wüßte.»

«Keine Chance», sagte Jean.

«Dann weiß ich einfach nicht, was ich sagen soll.»

Jean hörte das Schloß der Foyertür schnappen. «Leben Sie wohl», sagte sie und hängte ein. Sie zog die Sonnenbrille ab, steckte sie in die Handtasche, stand dann auf und ging um den Schreibtisch. Gerade noch rechtzeitig, um zu sehen, wie Mr. Munson auf Krücken in Richtung Büro wankte, einen Fuß in Gips schräg abgewinkelt hinter sich. Um seine Stirn war ein Verband gewickelt. «Sag nichts», sagte er zu Jean. «Ich will nicht darüber reden.» Mr. Munson schwankte an ihr vorbei ins Büro. «Nur ein kleines Problem auf dem Eis», sagte er bitter. «Nur eine kleine Kostprobe von dem alten Munson-Karma.» Er holte den Bankbeutel aus der Schublade, wo Jean ihn für ihn aufbewahrte, zog den Reißverschluß auf, lehnte sich auf den Krücken vor und schüttelte das Geld auf die Schreibtischplatte. «Hier», sagte er. Ohne aufzuschauen, hielt Mr. Munson Jean einen Fünfer hin. «Draußen wartet ein Taxi.»

«Ein Taxi?»

«Erwartest du, daß ich in diesem Zustand fahre? Guck mich doch an, um Himmels willen. Ich bin erledigt.»

«So schlimm sehen Sie nicht aus», sagte Jean.

«Ich sehe wie ein beschissenes Kriegerdenkmal oder so was aus», sagte Mr. Munson. Er ließ sich auf den Stuhl nieder und stützte seine Krücken gegen den Schreibtisch. «Ich war einmal gut», sagte er, «ich meine, wirklich gut.» Er schlug die Augen zu Jean auf. «Ich bin doch nett zu dir, oder? Ich brülle dich nicht an, wenn du Scheiße baust. Ich sage nichts, wenn du deine kleine Freundin hereinschmuggelst. Du solltest mich nicht so angucken», sagte er. «Du solltest versuchen, mitleidig auszusehen.»

Tucker schlief auf dem Boden vor dem Fernseher. Jean klappte das Schrankbett heraus, und es gelang ihr, ihn in den Schlafanzug und zwischen die Bettdecken zu stecken, ohne ihn aufzuwecken. Dann durchstöberte sie das Zimmer ihrer Mutter nach Nicks Telefonnummer. Sie fand sie nicht, aber einen neuen Brief von ihrem Vater. Jean setzte sich aufs Bett und las ihn durch, stirnrunzelnd über die klebrigen Worte, die er benutzte, sie manchmal skeptisch wiederholend. Sie schrieben einander immer noch Liebesbriefe, ihre

Mutter und ihr Vater, aber sie hatten kein Recht dazu; jetzt nicht mehr, nicht nach dem, was sie getan hatten. Es war widerlich.

Jean ging in ihr Zimmer. Sie las eine Weile in *Silas Marner*, zog sich dann aus und stellte sich vor den Spiegel. Sie studierte sich. Sie drehte sich um und blickte kühl über die Schulter.

Jean stellte sich wieder gerade vor den Spiegel und übte, traurig, aber tapfer auszusehen. Dann holte sie die Brille aus ihrer Handtasche und zog sie an, zusammen mit einer der Blusen, die sie letztes Wochenende bei Bullocks gestohlen hatte. Sie schaltete das Licht aus bis auf die Schwenklampe über ihrem Schreibtisch, so daß sie aussah, als stehe sie unter einer Straßenlaterne. Die Bluse hing ihr bis halb über die nackten Schenkel. Jean schlug den breiten Kragen hoch, senkte die Augenlider und ließ den Mund ein bißchen offenstehen. «Ich denke immer an dich», flüsterte sie, die Worte ihres Vaters zitierend, «jeden Tag und jede Nacht, meine Liebste, einzige Liebe meines Lebens.» Jean rollte die Schultern, damit die Pailletten schimmerten. «Liebster Saftsack», sagte sie. «Liebstes Spatzenhirn.» Sie spitzte die Lippen und ließ die Augenlider flattern.

Tucker rief etwas aus dem Nebenzimmer.

Jean ging zur Tür. «Schlaf ein, Tucker.»

«Ich will Mom», sagte Tucker.

Jean zog die Sonnenbrille ab. Tucker saß im Bett und sah sich verstört um, als wüßte er nicht, wo er war. Jean durchquerte das Zimmer und setzte sich neben ihn. «Mom kommt gleich nach Hause.» Tuckers Haar stand in alle Richtungen, und Jean begann es glattzustreichen. «Willst du ein Glas Wasser?»

«Ich will Mom.»

«Hör mal, Tucker.» Jean kämmte sein Haar mit den Fingern zurück. «Hör mal, morgen wird echt ein besonderer Tag, aber nur, wenn du einschläfst.»

Er sah durchs Zimmer, dann wieder auf Jean. «Wie besonders?»

«Du wirst schon sehen.»

«Du meinst, wenn ich aufwache?»

«Richtig, aber erst mußt du einschlafen.» Jean schubste Tucker, während sie sein Haar streichelte, und endlich schickte er sich und legte sich wieder hin.

«Versprochen?» sagte er.

«Versprochen.»

Als Tucker eingeschlafen war, stand Jean auf und ging hinaus. Sie lehnte sich gegen die Tür und ihre Haut zog sich vor Kälte zusammen. Der Reihe nach betrachtete sie die anderen Wohnungen. Alle waren dunkel. Jean schlang die Arme um sich und tappte über den rauhen Holzsteg die Treppe hinunter in den Hof.

Die Lampen am Pool waren noch an, damit niemand hineinfallen und klagen konnte. Immer noch die Arme um sich geschlungen, probierte Jean das Wasser mit einem Fuß. Es war eisig. Mrs. Fox mußte die Heizung abgestellt haben. Typisch für sie, die Heizung im Sommer an- und im Winter abzustellen. Blöde Alte. Es war noch nicht einmal ihr Geld. Jean zog die Nase hoch, rieb sich die Arme und steckte den Fuß wieder ins Wasser, diesmal bis über den Knöchel. Wieder schaute sie nach den dunklen Fenstern um sich herum. Dann streifte sie die Bluse ab, warf sie hinter sich und sprang.

Jeans Herz krampfte sich zusammen, als sie ins Wasser tauchte. Sie strampelte sich um Luft ringend nach oben und packte die Leiter. Kleine Krämpfe durchzuckten ihre Schultern. Ihre Zehen verdrehten sich schmerzhaft nach innen und wurden dann taub. Jean hielt sich an der Leiter fest und wartete darauf, daß die Taubheit sich ausbreitete. Sie sah hoch. Ein Flugzeug zog langsam über den Himmel. Jean stimmte ihr Atmen auf das Blinken seiner Lichter ab, und als es sich beruhigt hatte, atmete sie immer tiefer ein, bis sie so viel Atem hatte, wie sie wollte. Dann stieß sie sich ab und tauchte nach dem glänzenden roten Dreieck am Grunde des Beckens.

Ihre Augen taten weh. Das war das einzige, was sie fühlte. Jean schloß die Finger um die Lenkstange und versuchte, das Fahrrad im Scherenschlag hochzubringen, aber als sie es halbwegs oben hatte, schien sein Gewicht zuzunehmen, und sie mußte es loslassen. Es sackte geräuschlos zu Boden, sandte nur einen dumpfen Stoß durch das Wasser. Jean füllte die Lungen und tauchte erneut. Sie bekam die Lenkstange wieder zu fassen. Sie zerrte das Fahrrad über die Fliesen bis zur Seite des Beckens, wo sie in die Hocke ging und es von unten angestrengt hochdrückte. Ungestüm um sich tretend, mit der freien Hand das Wasser schlagend, tauchte Jean langsam zum glänzenden Chrom der Leiter auf und bekam mit knapper Not die zweite Sprosse zu fassen, als das Fahrrad sie wieder herunterzuziehen begann.

Sie stieß ihre letzte Luft aus.

Das Fahrrad wurde schwer. Jean zog die Knie hoch und erreichte mit den Füßen die unterste Sprosse. Sie ruhte sich einen Augenblick aus. Dann brachte sie ihre freie Hand bis zum Geländer und begann die Beine gerade auszustrecken, drückte sich zu der leicht aufblitzenden Oberfläche direkt über ihr hoch. Sie spürte, wie ihr Mund sich zu öffnen begann. Nein, dachte sie, aber ihr Mund öffnete sich trotzdem, und Jean war dem Ersticken nahe, als ihr Kopf zur Luft durchbrach. Sie hustete das Wasser in ihrer Kehle aus und würgte dann an dem Chlorgeschmack, bis sie sich beinahe übergab. Ihre Augen brannten.

Jean kletterte die Leiter hinauf, bis sie ihre Hüften über den Rand des Beckens heben und ein bißchen nach vorne robben konnte. Sie ließ das Geländer los und wischte sich übers Gesicht. Der andere Arm war tot, aber sie wußte, daß das Fahrrad noch da war, weil sie sein Gewicht in Schultern und Rücken spüren konnte. Gleich würde sie es herausziehen. Kein Problem – sowie sie wieder bei Kräften war. Aber bis dahin konnte sie nichts tun, außer mit der Wange auf dem Beton dazuliegen und mit den Augen zu zwinkern und die kalte Luft, die sie durchfuhr, auszukosten.

Vermisst

Aus dem Amerikanischen
von Helga Pfetsch

Eigentlich hatte Pater Leo Missionar werden wollen. Er hatte den Bericht eines Priesters über dessen Jahre auf den Aleuten gelesen und beschlossen, daß dies das richtige Leben für ihn sei – von Fallenstellerhütte zu Indianerdorf ziehen, einen Hund als Begleiter, den Abendmahlswein im Rucksack, über Schneefelder hinweg, die wie Zucker glänzten. Er wußte, daß es schwer sein würde. In der Polareinsamkeit würde er unter Dingen leiden, die er sich jetzt noch gar nicht vorstellen konnte. Aber das war das Leben, das er wollte, ein Leben voller Wagnisse, inmitten von Menschen, die ihn brauchten und nach dem hungerten, was er zu geben hatte.

Kurz vor seiner Ordination bat er darum, nach Alaska geschickt zu werden. Die Diözese lehnte seine Bitte ab. Die Gemeinden des Bezirks hatten nicht genügend Priester, und ihre Bedürfnisse gingen vor. Pater Leo wurde einer Gemeinde in West Seattle zugewiesen, wo der zuständige Pfarrer sofort eine Abneigung gegen ihn empfand und ihn für das einsetzte, was er als «Damendienst» bezeichnete – die Organisation von Basaren, Bingo-Veranstaltungen, die Legion Mariä und Besuche bei kranken Gemeindemitgliedern im Krankenhaus. Pater Leo setzte bei allem, was er tat, seine volle Arbeitskraft ein. Er hoffte, daß der alte Priester es bemerken und sich erweichen lassen würde, aber das geschah nie.

Er blieb in der Gemeinde. Der alte Priester versah weiter sein Amt, obwohl er begann, weitschweifig zu werden und nicht mehr ohne Stock gehen konnte. Er hielt wieder und wieder dieselben Predigten. Es gab eine Geschichte, die er mindestens einmal im Monat erzählte, von einem Iren, dem in der Nacht nach ihrem Tod seine Mutter erschien, ein Besuch, der ihn dazu brachte, sein Leben von Grund auf zu ändern. Der Priester erzählte diese Geschichte im irischen Dialekt, und sie dauerte endlos.

Den Gemeindemitgliedern schien das nichts auszumachen. Es wurden jedes Jahr mehr, und sie hielten den alten Priester von Morgen bis Abend in Atem. Er sagte gern, er habe gar keine Zeit zu sterben. Eines Abends sagte er es beim Essen, und Pater Leo dachte *Dann nimm sie dir doch*. Danach schämte er sich so, daß er den Rest der Mahlzeit nicht mehr anrühren konnte. Aber der Gedanke kam immer wieder.

Endlich starb der alte Priester wirklich. Pater Leo sammelte die Papiere für die Diözese zusammen und fand Kopien mehrerer Berichte, die der alte Priester über ihn geschrieben hatte. Alle waren geringschätzig gehalten, und einige davon unwahr. Er saß auf dem Boden und las sie aufmerksam durch. Dann legte er sie hin und rieb sich die Augen. Es war die erste warme Nacht des Jahres. Das Fenster war offen. Eine Motte flatterte gegen das Fliegengitter.

Pater Leo war überrascht über das, was er gefunden hatte. Er konnte nicht begreifen, warum der alte Priester ihn gehaßt hatte. Aber je mehr er darüber nachdachte, um so weniger seltsam erschien es ihm. Pater Leo war einmal verliebt gewesen, bevor er ins Seminar eingetreten war, und er erinnerte sich an seine Hilflosigkeit dabei. Es hatte keinen Grund für ihn gegeben, in das Mädchen verliebt zu sein; sie war nicht besser als die anderen Mädchen, die er kannte, und abgesehen davon, daß er sie liebte, mochte er sie gar nicht besonders. Trotzdem hätte er sie wahrscheinlich geheiratet, wenn ihn nicht seine Gewißheit, Priester werden zu müssen, in noch größere Hilflosigkeit gestürzt hätte. Das Mädchen war sehr betroffen, als er ihr mitteilte, was er plante, so sehr, daß er sich fast anders besann. Dann verlor sie das Interesse. Ein paar Monate später heiratete sie einen anderen.

Die Berufung war ein Rätsel, die Liebe war ein Rätsel, und Pater Leo vermutete, daß auch der Haß ein solches Rätsel war. Der alte Priester hatte sich davon in die Tiefe ziehen lassen. Das war schade, aber Pater Leo beging nicht den Fehler, darüber nachzudenken, was das für ihn bedeutete.

Ein Monsignore aus der Verwaltung wurde als Nachfolger für den alten Priester benannt. Pater Leo geriet ins Grübeln. Er begann zu fürchten, daß er niemals eine eigene Gemeinde bekommen würde, und zum erstenmal zog er in Betracht, das Priesteramt aufzugeben, wie die meisten seiner Seminarfreunde. Aber er kam nie sehr weit mit seinen Überlegungen, weil er sich nicht in irgendeiner anderen Position, als der, in der er war, sehen konnte.

Der Monsignore bat Pater Leo zu bleiben und in der Gemeindegrundschule Religion zu unterrichten. Pater Leo willigte ein. Am Ende ihres Gesprächs fragte der Monsignore, ob es auf seiner Seite bittere Gefühle gebe.

«Überhaupt nicht», sagte Pater Leo und lächelte. Am Abend, als er von einem Besuch bei seiner Schwester zum Pfarrhaus zurückfuhr, begann Pater Leo zu zittern. Er zitterte so heftig, daß er an den Straßenrand fahren mußte, wo er mit der Faust auf das Armaturenbrett schlug und brüllte: «Keine bitteren Gefühle! Keine bitteren Gefühle!»

Doch er fand Gefallen am Unterrichten. Seine Schüler waren schwierig und gemein zueinander, aber sie hatten sich ihre Neugier für die wichtigen Fragen des Lebens bewahrt – woran sie glauben, wie sie leben sollten. Sie schenkten dem, was Pater Leo sagte, Aufmerksamkeit, und in diesen Augenblicken war er froh, dort zu sein, wo er war.

Alle zwei bis drei Jahre etwa schickte die Diözese den Religionslehrern neue Lehrbücher. Pater Leo fand diesen schnellen Wechsel verwirrend und versuchte nicht mehr, damit Schritt zu halten. Wenn die Bücher kamen, stellte er sie ins Regal und vergaß sie. Das wurde zum Anlaß für seine Entlassung. Er bekam Unterrichtsbesuch von einem Priester aus dem Schulamt, das die Bücher schickte, und daraufhin erhielt Pater Leo eine Vorladung. Er mußte sich einem Komitee stellen. Nachdem er befragt worden war, schickte der Vorsitzende dem Monsignore einen Brief, der besagte, daß Pater Leos Vorstellungen veraltet und absonderlich seien. Das Komitee schlug vor, ihn durch jemand anderen zu ersetzen.

Der Monsignore lud Pater Leo zum Essen in ein Fischrestaurant ein und erklärte ihm die Lage. Der Vorschlag des Komitees sei genaugenommen eine Anweisung, sagte er. Der Monsignore hatte in dieser Sache keine Wahl. Aber er hatte sich umgehört und eine offene Stelle gefunden, falls Pater Leo interessiert sei. Mutter Vincent vom Kloster ‹Star of the Sea› brauchte einen neuen Kaplan. Der letzte Kaplan hatte eine der Nonnen geheiratet. Es träfe sich, sagte der Monsignore, wobei er in sein Weinglas sah und es sanft schwenkte, daß er während seiner Zeit in der Verwaltung Mutter Vincent des öfteren hatte gefällig sein dürfen. Kurzum, falls Pater Leo die Stelle wolle, könne er sie haben. Der Monsignore zündete sich eine Zigarette an und blickte aus dem Fenster über das Wasser. Möwen tauchten nach Speiseresten.

Er schien verlegen, und Pater Leo wußte warum. Es war eine Aufgabe für einen alten Priester, oder für einen, der Erholung brauchte: von einer Krankheit, vom Alkohol, von einem Zusammenbruch.

«Wo werde ich wohnen?» fragte er.

«Im Kloster», sagte der Monsignore.

Im Kloster ‹Star of the Sea› hatten die Dinge eine ungute Entwicklung genommen. Es war kein glücklicher Ort. Einige der Nonnen waren wild und ausgelassen, und ihr Lärm ließ die Stille der anderen um so tiefer erscheinen. Wenn er im Flur oder auf dem Klostergelände auf diese traurigen, stummen Nonnen stieß, verspürte Pater Leo ein Frösteln. Ihm war, als schwimme er in einem See in einen kalten Strudel hinein.

Mehrere Nonnen waren aus dem Orden ausgetreten. Andere spielten mit dem Gedanken. Sie kamen zu Pater Leo und beklagten sich über den Lärm und das Durcheinander. Sie konnten nicht verstehen, was eigentlich vor sich ging. Pater Leo sagte ihnen, was er sich selbst auch sagte: Man muß Geduld haben. Aber in Wahrheit hatte auch seine eigene Geduld zu versiegen begonnen.

Er sollte der geistliche Ratgeber für das Kloster sein. Doch viele der Nonnen beachteten ihn überhaupt nicht. Sie gingen ihrer eigenen Wege. Die Novizenmeisterin bezeichnete sich selbst als «postchristlich» und versandte an Ostern Karten, die eine zu den Wolken aufsteigende indische Gottheit zeigten, mit Armen, die zu beiden Seiten herauswuchsen, wie die eines Tausendfüßlers. Einige hatten Jobs in der Stadt. Ursprünglich war die Vorstellung gewesen, daß die Nonnen auf irgendeine Art und Weise der Gemeinschaft dienen sollten, aber jetzt taten sie, was sie wollten. Eine war Diskjockey.

Die Rowdy-Nonnen traten in Cliquen auf und spielten anderen

Streiche. Ihre Späße waren nicht bösartig, aber oft geschmacklos, und sie hatten kein Gefühl dafür, wann das Maß voll war. Ein paar von ihnen besaßen Stereoanlagen und spielten nachts verrückte Musik. Ihre Stimmen hallten in den Gängen wider.

Sie nannten Pater Leo «Padre» oder einfach nur «Pad». Wenn er ihnen begegnete, hatten sie normalerweise einen Scherz auf Lager oder stellten eine neckische Frage. Sie machten anzügliche Witze über Jerry, den Mann, den Mutter Vincent angestellt hatte, um Geldspenden für das Kloster aufzutreiben. Immer lachten sie über irgend etwas.

Eines Abends ging Pater Leo zu Mutter Vincent ins Büro und teilte ihr wieder einmal mit, daß das Kloster in Schwierigkeiten sei. Es war sein dritter Besuch in diesem Monat, und sie gab ihm deutlich zu verstehen, daß sie nicht erfreut war, ihn schon wieder zu sehen. Weder erhob sie sich, um ihm entgegenzugehen, noch lud sie ihn ein, Platz zu nehmen. Während er redete, schaute sie zum offenen Fenster hinaus und rieb sich die Knöchel ihrer riesigen roten Hände. Pater Leo sah, daß sie auf die Grillen hörte, nicht auf ihn, und er verlor seinen ganzen Mut.

Mutter Vincent war stark, aber alt, und ihr Geist ließ nach. Sie hatte keine Ahnung von dem Treiben, das unten vor sich ging. Ihr Büro und ihre Räumlichkeiten befanden sich im obersten Geschoß des Gebäudes, abseits der anderen, und ihr Leben spielte sich in noch größerer Ferne ab. Sie lebte in einer Traumvorstellung davon, was das Kloster sei. Sie glaubte, es sei ein vollkommener Gesang, und alle Stimmen seien in Harmonie, süß und kühl und rein, und stiegen auf und fielen im rechten Takt. Ihre Stärke hatte sich wie ein Panzer um diesen Traum gelegt. Damit konnte Pater Leo es nicht aufnehmen, es war zu viel für ihn.

Er brach ab, obwohl er noch nicht fertig war mit dem, was er hatte sagen wollen, als er eingetreten war. Sie starrte weiter aus dem Fenster in die Dunkelheit.

«Pater», sagte sie, «ich mache mir Gedanken darüber, ob Sie bei uns glücklich sind.»

Er wartete.

«Denn wenn Sie im ‹Star of the Sea› nicht glücklich sind», fuhr sie fort, «dann wäre das letzte, woran ich interessiert wäre, Sie unbedingt hier zu behalten.» Sie sah ihn an. Sie sagte: «Gibt es einen anderen Ort, wo Sie gerne wären?»

Pater Leo begriff, was sie sagen wollte, oder glaubte es jedenfalls zu begreifen. Sie meinte: Gibt es einen anderen Ort, an dem man Sie gerne hätte? Er schüttelte den Kopf.

«Natürlich hören Sie Klagen», sagte sie. «Man hört immer Klagen. Jedes Kloster hat seine Heulschwestern. Ich persönlich würde jederzeit zehn dieser welkenden Gänseblümchen für eine einzige Schwester Gervaise eintauschen. Gute Laune. Sinn für Spaß. Man braucht Sinn für Spaß in diesem Leben, Pater.»

Oberin Vincent zog ihren Stuhl an den Schreibtisch heran. «Wenn Sie mir erlauben wollen, das zu sagen, Pater», sagte sie, «Sie neigen dazu, sich selbst zu ernst zu nehmen. Sie denken zu viel über Ihre eigenen Probleme nach. Das kommt, weil es hier nicht genug für Sie zu tun gibt.» Sie legte ihre Hände auf den Schreibtisch und faltete sie. Sie sagte, sie habe einen Vorschlag zu machen. Jerry, ihr Spendensammler, brauche Hilfe. Das Kloster könne sich nicht leisten, noch einen Mann dafür einzustellen, aber sie sähe keinen Grund, warum Pater Leo nicht einspringen solle. Es wäre gut für ihn. Es wäre gut für alle.

«Ich habe mich noch nie damit beschäftigt, Geldquellen aufzutun», sagte Pater Leo. Aber später in der Nacht, als er wieder in seinem Zimmer war, begann ihm die Idee zu gefallen. Es bedeutete, daß er neue Leute kennenlernen würde. Er würde etwas anderes zu tun haben. Vor allem aber bedeutete es, daß er jeden Tag hinauskommen würde, fort von diesem unglückseligen Ort.

Ein paar Tage später trank Pater Leo vormittags mit Jerry Kaffee. Obwohl das Wetter warm war, trug Jerry einen Anzug mit Weste, an dem er ständig herumzupfte. Er war fast so groß wie Pater Leo, aber viel dicker. Vorne liefen Falten über seine Weste, an den Stellen, wo die Knöpfe spannten. Ringe blitzten an seinen dicken, plumpen Fingern, während er die Hände über die Papiere wandern ließ, die er auf dem Tisch ausgebreitet hatte. Die Blätter waren mit Zahlen bedeckt, die zeigten, wie hoch die Schulden des Klosters waren und wie schnell sie weiter anwuchsen.

Pater Leo hatte davon gar nichts gewußt. Er war überrascht darüber, daß sie so viele Schulden haben konnten – daß das überhaupt erlaubt war. Er studierte die Papiere. Es war ein gutes Gefühl, sich mit Jerry über den Tisch zu beugen, während aus dem Becher in seiner Hand der Duft von Kaffee aufstieg.

«Das ist noch nicht alles», sagte Jerry. «Noch lange nicht. Ich will Ihnen zeigen, was das alles tatsächlich bedeutet.» Er führte Pater Leo herum. Er wies auf die alten Leitungen, die verzogenen Fensterrahmen, die Risse in den Grundmauern. Er bohrte den bröselnden Verputz in den Wänden an und zog sogar einen Ziegelstein heraus. Er leuchtete mit der Taschenlampe auf Pfützen von schaumigem Wasser in dem ungeheuren Keller. Am Ende der Führung rechnete Jerry alles zusammen – Schulden, Instandhaltungskosten und was es kosten würde, die Anlage, so wie sie war, wieder auf Vordermann zu bringen.

Pater Leo sah die Zahlen an. Er pfiff.

«Ich habe schon Schlimmeres gesehen», sagte Jerry. «‹Unsere Liebe Frau vom Ewigen Beistand› war doppelt so schlimm wie das hier, und die hatte ich innerhalb von zwei Jahren wieder in den schwarzen Zahlen. Es ist ganz einfach. Man geht da hin, wo das dicke Geld sitzt, und dann bringt man das Geld nach Hause.»

Sie standen neben einem leeren Gewächshaus, aus dem die meisten Scheiben herausgebrochen waren, Glasscherben glitzerten zu ihren Füßen. Es hatte früher am Tage geregnet, und jetzt erschien alles unnatürlich klar: das Gras, das Blau des Himmels, die weißen Segel der Boote auf dem Puget Sound. Die Sonne stand in Pater Leos Rücken und schien Jerry ins Gesicht. Jerry blinzelte beim Reden. Pater Leo sah, daß unter seinen Augen kleine Narben waren. Seine Nase war dick.

«Ich sollte das lieber gleich sagen», sagte Pater Leo. «Ich habe so was noch nie gemacht.»

«Gar nichts weiter dabei», sagte Jerry. «Nur muß man sich vorher entscheiden, ob man das Geld wirklich will. Man muß sich fragen: Lohnt es, sich dahinterzuklemmen oder nicht? Wenn die Antwort ja ist, dann klemmt man sich dahinter.» Er sah Pater Leo an. «Und, was ist? Ja oder nein?»

«Ja», sagte Pater Leo.

«Alles bestens! Das ist der große Schritt. Der Rest ist leicht. Kein langes Hin und Her. Kein Hängenbleiben bei Einzelheiten. Man tut, was man tun muß und bleibt dabei. Das ist der einzige Weg. Die Frage ist: Können Sie so arbeiten?» Jerry wischte etwas Mörtel von seiner Jacke. Er glättete seine Weste. Er sah auf seine Schuhe hinunter und dann Pater Leo an.

«Ich glaube ja», sagte Pater Leo.

«Man muß knallhart sein», sagte Jerry. «Keine Zweifel haben. Kein Mitleid.»

«Ich verstehe», sagte Pater Leo.

«Alles bestens», sagte Jerry. «Nur daß Sie wissen, wie ich arbeite. Meine Philosophie.» Er zog einen Flachmann aus einer Jackentasche, trank daraus und hielt ihn Pater Leo hin. «Nur zu!» sagte er. Pater Leo nahm ihn. Der Flachmann war silbern, halb mit Leder überzogen, und unterhalb des Halses waren Initialen eingraviert. Es waren nicht Jerrys Initialen. Der Schnaps brannte. Pater Leo nahm die Sonne auf seinem Nacken wahr, das Seufzen der Bäume. Beide nahmen noch einen Schluck, dann steckte Jerry den Flachmann weg. «Cognac», sagte er. «Napoleons Marke. Also, was meinen Sie? Partner?»

«Partner», sagte Pater Leo.

«Bueno», sagte Jerry. Er schlug sich auf den Schenkel und hielt die Hand wie eine Pistole hoch. «Okay», sagte er. «Ran an den Speck.»

Der Plan war, daß Pater Leo Jerry begleiten und beobachten sollte, wie er potentielle Spender anging. Dann, wenn er es heraus hatte, sollte er alleine losziehen. Auf dem Weg zu ihrem ersten Interview wies Jerry ihn ein. Er sagte, die wichtige Masche sei, die Sache persönlich aufzuziehen. Kein Mensch will was von alten Heizkesseln hören. Man muß seine Hausaufgaben machen, man muß seinen Mann kennen – in diesem Fall seine Frau. Sie hatten hier eine Dame vor sich, die jedes Jahr eine Wallfahrt nach Lourdes unternahm. Sie war mehr als zwanzigmal in Lourdes gewesen. Das hieß, daß sie sich besonders für verkrüppelte Menschen interessierte. Sie hatte ein weites Herz und sie hatte Geld. Nach Frankreich zu reisen war immerhin etwas anderes als eine Spritztour nach Mexiko.

Die Frau stand an der Tür, als sie ankamen. Pater Leo folgte Jerry den Gartenweg hinauf, sehr langsam, denn Jerry hatte sich plötzlich ein offenbar schmerzhaftes Hinken zugelegt. Er hatte unendliche Mühe mit den Stufen, verweigerte aber die Hilfe der Frau. «Ich schaffe das schon», sagte er. «Es gibt viele, die sind noch viel schlimmer dran als ich. An die denke ich, und schon geht's leicht.»

Jerry bestritt die ganze Unterhaltung, als sie dann drinnen waren. Hin und wieder schaute die Frau zu Pater Leo hinüber, aber er erwiderte ihren Blick nicht. Jerry beschrieb eine Anzahl von Projekten, die das Kloster für Behinderte entwickelt habe, alle frei erfunden. Er gab zu verstehen, daß die meisten Nonnen sich hingebungsvoll dieser besonderen Arbeit widmeten und daß er selbst durch ihr Bemühen gerettet worden sei. Jerrys Stimme brach. Er sah einen Augenblick lang zur Seite, dann fuhr er fort. Als er fertig war, servierte die Frau Tee und schrieb einen Scheck aus.

Nicht alle, die sie besuchten, gaben ihnen Geld. Ein alter Mann lachte ihnen ins Gesicht, als Jerry ihm erzählte, daß das Kloster auf Befehl der Heiligen Mutter gebaut worden sei und daß sie persönlich an dessen finanziellen Geschicken Anteil nehme. Als der alte Mann zu Ende gelacht hatte, warf er sie hinaus. «Ihr haltet mich wohl für einen Vollidioten», sagte er.

Nicht alle gaben, aber die meisten. Jerry log das Blaue vom Himmel herunter. Er behauptete, das Kloster helfe Waisen, Leprakranken, Navahos, Erdbebenopfern, sogar Pandabären und Seehunden. Sein Einfallsreichtum kannte keine Grenzen.

Jerry hatte einen schönen Spruch auf Lager: «Wenn man die Äpfel will, muß man den Baum schütteln.»

Pater Leo wußte, daß er Jerrys Methoden eigentlich mißbilligen müßte, aber er tat es nicht. Das heißt, er empfand keine Mißbilligung. Die Leute, die sie besuchten, wohnten in Broadmoor und Windermere. Sie hatten viel Geld, zu viel Geld. Es war gut für sie, es zu teilen. Und außerdem war Jerry ein Schauspieler, kein Lügner. Lügen waren egoistisch, heimlich, niedrig. Was Jerry tat, war verwegen und grandios und diente einer guten Sache.

Pater Leo wollte nicht auf eigene Faust losgehen. Er würde niemals fähig sein, so loszulegen, wie Jerry es vor völlig fremden Menschen tat. Er hatte nicht den Mut dazu. Er würde versagen.

Außerdem amüsierte er sich köstlich. Jerry nannte ihn «Slim», und ihm gefiel das. Es gefiel ihm, in Jerrys dickes Auto zu steigen und durch das Klostertor zu fahren, ohne die geringste Vorstellung davon, was an diesem Tag passieren würde. Er freute sich auf das Mittagessen, das sie immer in der Stadt einnahmen – Club Sandwiches, Obstplatten, große Salate, die mit gewürfeltem Käse und Schinken bestreut waren. Dann den Kaffee danach und eine von Jerrys Geschichten über seine Zeit bei der Marine. Diese Vergnügen wurden Pater Leo unentbehrlich, vor allem das Vergnügen, Jerry dabei zu beobachten, wie er Leute nach seiner Pfeife tanzen ließ, die daran gewöhnt waren, andere nach ihrer Pfeife tanzen zu lassen.

So kam es, daß sie sich doch nicht trennten. Jerry rechnete ihre Einnahmen über den Monat aus und entschied, daß sie zusammenbleiben sollten. Die Quittungen erreichten fast das Doppelte des Durchschnitts. Er sagte, als Team seien sie beide unschlagbar. Er habe das Mundwerk und Pater Leo den Priesterkragen, den «Überreder», wie Jerry ihn nannte.

Sie machten weiter wie zuvor. Pater Leos Aufgabe war es, einfach nur dazusitzen. Er brauchte nichts zu sagen. Wenn jemand ihn fragend anschauen sollte, brauchte er nur die Augen zu schließen. Kein Nicken. Kein Murmeln.

«Wir werden das Geld nur so scheffeln», sagte Jerry, und das taten sie.

Wenn sie ihre Runde beendet hatten, gingen Jerry und Pater Leo gewöhnlich einen trinken, in einer Nostalgie-Bar auf der Werft. Sie saßen in einer Nische, und Jerry erzählte Geschichten aus seinem Leben. Er hatte Autos verkauft und als Privatdetektiv gearbeitet. Zwei Jahre lang war er Profiboxer gewesen. Er war überall herumgekommen und hatte alles gesehen. In Singapur war er Zeuge eines Mordes geworden; ein Mann hatte einem anderen direkt ins Gesicht geschossen. «So wie man auf eine Zielscheibe schießt», sagte Jerry. Später hatte er gehört, daß die Männer Brüder waren. Er hatte gesehen, wie sich an Bord eines Schiffes Männer liebten. In Dakar hatte er zugesehen, wie eine Frau mit Stummeln an der Stelle, wo ihre Arme hätten sein sollen, Bilder von Seeleuten gemalt, ihr Geld entgegengenommen und ihnen das Wechselgeld herausgegeben hatte, und das alles mit den Zehen. Er hatte Kinder gesehen, die an eine Wand gekettet zum Verkauf angeboten wurden.

Das behauptete er. Pater Leo glaubte nicht alle Geschichten, die Jerry ihm erzählte. Grob gesagt, glaubte er etwa die Hälfte dessen, was er hörte. Das war für ihn in Ordnung. Es machte ihm nichts aus, auf den Arm genommen zu werden. Er meinte, es sei so etwas, was Männer in Holzfällerlagern oder auf Schiffen taten – herumsitzen und Lügengeschichten austauschen.

Kurz vor Thanksgiving hatte sie einen Termin bei einem Vorstandsvorsitzenden von Boeing. Der Mann trug während des Interviews eine Sonnenbrille. Es war schwer zu erkennen, was er dachte. Pater Leo vermutete, daß er bemüht war, ruhig zu bleiben, denn seiner Meinung nach hatte Jerry eine falsche Strategie eingeschlagen. Jerry redete in einem fort von Raketen und Bombern und Instrumenten der Zerstörung. Er legte dem Mann nahe, daß er eine Menge wiedergutzumachen habe. Pater Leo wäre am liebsten hinausgegangen. Als Jerry fertig war, saß der Vorstandsvorsitzende einfach nur hinter seinem Schreibtisch und starrte sie an. Er sagte nichts. Pater Leo wurde es unbehaglich, dann wurde er ärgerlich. Dies war offenbar eine Technik, die der Vorstandsvorsitzende benutzte, um seine Untergebenen einzuschüchtern. «Sie sollten sich schämen», sagte er.

Der Vorstandsvorsitzende fiel plötzlich nach vorn. Er begrub sein Gesicht in der Armbeuge. «Sie wissen ja nicht einmal die Hälfte von allem», sagte er. Seine Schultern begannen zu zucken.

Jerry sah Pater Leo an und gab ihm ein Zeichen, den Daumen nach oben. Er ging um den Schreibtisch herum und stellte sich hinter den Mann. «Na, na», sagte er. «Wird ja alles wieder gut.»

Der Vorstandsvorsitzende hörte zu weinen auf. Er nahm seine Sonnenbrille ab und wischte sich die Augen. «Das habe ich gebraucht», sagte er. «Bei Gott, das habe ich gebraucht.» Er ging ins angrenzende Zimmer und kam mit einem Plastikmüllsack zurück. Er war voller Geldscheine, aber der Mann wollte weder, daß Jerry das Geld in seinem Büro zählte, noch eine Quittung haben. Er bestand darauf, daß die Spende anonym bleiben solle. Während er sie zur Tür begleitete, faßte er Pater Leo am Ärmel. «Beten Sie für mich», sagte er.

Sie zählten das Geld im Auto. Es waren siebentausend Dollar, alles in Zwanzigdollarnoten. Jerry schloß es in den Kofferraum ein, und sie gingen zum Feiern in die Nostalgie-Bar. Jerrys Wangen waren rot, und sie wurden noch röter, während er Cognac um Cognac trank. Pater Leo versuchte nicht mitzuhalten, aber er trank mehr als gewöhnlich, und ihm wurde ein wenig taumelig. Hin und wieder drehten sich die jungen Leute an der Bar um und lächelten ihn an. Er sah, daß sie dachten: *Was für ein fröhlicher Priester!* Das war schon in Ordnung. Er wollte aussehen wie jemand, der Gutes zu vermelden hat, nicht wie jemand mit einer Hiobsbotschaft.

Jerry hielt sein Glas hoch. «Auf das Team!» sagte er, und Pater Leo sagte auch: «Auf das Team!» Sie prosteten sich zu. «Ich will dir was sagen», erklärte Jerry. «Uns steht ein Bonus zu, und ich werde mich darum kümmern, daß wir ihn bekommen, und wenn ich der Vincent den Arm umdrehen muß.» Als Pater Leo fragte, an was für einen Bonus er dachte, sagte Jerry: «Wie wär's mit Thanksgiving in Vegas?»

«Las Vegas?»

«Klaro. Wir reiten auf einer Glückswelle. Wir haben eine Masse Geld für die Vincent reingeholt, warum sollten wir nicht auch ein bißchen was für uns selbst reinholen?»

Pater Leo wußte, daß Mutter Vincent niemals darauf eingehen würde, deshalb sagte er: «Sicher. Warum nicht?» Und sie stießen noch einmal an.

«Slim, du bist mir schon einer», sagte Jerry. «Du bist mir wirklich einer.» Er schüttelte den Kopf. «Du bist genauso schlimm wie ich.»

Pater Leo lächelte.

Jerry sagte: «Ich werd dir was erzählen, das habe ich noch keinem vorher erzählt. Vielleicht sollte ich es auch nicht einmal dir erzählen.» Er zündete sich eine Zigarre an und blies den Rauch zur Decke. «Ach zum Teufel, was soll's», sagte er. Er beugte sich vor. Mit gedämpfter Stimme erzählte er Pater Leo, daß Jerry nicht sein wahrer Name sei. Auch Royce, sein Nachname, war erfunden. Er hatte ihn von Rolls-Royce, seinem Lieblingsauto.

Folgendes war passiert. Er war vor ein paar Jahren in San Diego

Versicherungsvertreter gewesen, und es hatte Klagen von Kunden gegeben, weil sie nicht die Leistungen bekamen, die er ihnen versprochen hatte. Es war seine Schuld. Er war zu weit gegangen, hatte den Mund zu voll genommen. Er sei der erste, der das zugeben würde. Jedenfalls mußte er seinen Namen ändern. Er hatte keine andere Wahl. Nicht wenn er dem Knast entgehen und weiterhin arbeiten wollte. Das Schlimmste war, daß seine Frau mit ihrem Sohn die Stadt verlassen hatte. Er hatte sie seither nicht mehr gesehen, hatte keine Ahnung, wo sie waren. Das tat weh. Obwohl, in mancher Hinsicht fand er jetzt rückblickend, daß es doch zum besten aller gewesen war. Sie waren nicht miteinander zurechtgekommen, und sie hatte ihn eingeschränkt. Immer kritisiert. Wenn es nach ihr gegangen wäre, wäre er jetzt noch bei der Marine und würde lumpige hundertvierzig Dollar pro Monat verdienen. «Sie fand das toll», sagte er. «Ich auch, jedenfalls eine Zeitlang. Wir waren halbe Kinder. Wir hatten überhaupt keine Ahnung.»

Jerry sah die Leute in der benachbarten Nische an, dann Pater Leo. Er sagte: «Möchtest du wissen, wie ich wirklich heiße?»

Pater Leo nickte. Aber als Jerry schon im Begriff war zu reden, unterbrach er ihn. «Sag es mir vielleicht doch lieber nicht», sagte er. «Wahrscheinlich ist es doch keine so gute Idee.»

Jerry sah enttäuscht aus. Pater Leo kam sich gemein vor, aber er wollte diese Art von Macht nicht haben, die Macht, einen Menschen ins Gefängnis zu bringen. Er hatte auch Angst, daß Jerry anfangen würde, sich ständig seinetwegen Gedanken zu machen, ob er ihm trauen könne, ob er ihn verraten würde. Das würde alles verderben. Sie saßen eine Weile da, ohne ein Wort zu sagen. Pater Leo wußte, daß er jetzt an der Reihe war. Zur Abwechslung sollte er einmal den Mund aufmachen und etwas über sich erzählen. Aber es gab nichts zu erzählen. Er hatte keine Geschichten. Nicht eine einzige.

Draußen vor dem Fenster regnete es. Autos fuhren mit einem zischenden Geräusch vorüber. Pater Leo sagte: «Jerry?» Sein Hals fühlte sich kratzig an. Er wußte nicht, was er als nächstes sagen würde.

Jerry rutschte auf seinem Platz hin und her und sah ihn an. «Du mußt das für dich behalten», sagte Pater Leo.

Jerry zog Daumen und Zeigefinger über die Lippen, so, als

würde er einen Reißverschluß zuziehen. «Bis hierher und nicht weiter», sagte er.

«Na gut», sagte Pater Leo. Er nahm einen kleinen Schluck aus seinem Glas.

Dann begann er zu reden. Er sagte, als er in der letzten Klasse der High School gewesen sei, habe er einmal auf einen Bus gewartet, und da habe er auf der anderen Straßenseite jemanden schreien gehört. Er sei hinübergelaufen und habe eine Frau auf den Knien liegen sehen, die sich an den Gürtel eines Mannes mit einer Handtasche in der Hand klammerte. Der Mann habe sich umgedreht und der Frau seinen Fuß ins Gesicht gestoßen. «Ich glaube, ich bin durchgedreht», gab Pater Leo zu. Als er wieder zur Besinnung gekommen sei, hätten ihn Polizisten von dem Körper des Mannes weggezerrt. Der Mann sei tot gewesen. Pater Leo sagte, sie hätten seine Finger gewaltsam einzeln von der Kehle des Mannes lösen müssen.

«Großer Gott», sagte Jerry. «Ist das der Grund, warum du Priester geworden bist?»

Pater Leo blickte aus dem Fenster. «Einer der Gründe», sagte er.

«Großer Gott», sagte Jerry noch einmal. Er sah jung und überrascht aus, mit großen Augen, so wie er vor Jahren ausgesehen haben mußte, bevor er sich Jerry nannte. Seine Augen waren feucht; als er zu lächeln versuchte, wollte sein Mund die Form nicht halten. Er streckte die Hand aus und drückte Pater Leos Schulter. Er drückte sie noch einmal, dann stand er auf und ging an die Bar.

O nein, dachte Pater Leo. Was habe ich getan?

Jerry kam mit neuen Drinks zurück. Er setzte sich und schob einen zu Pater Leo hinüber. Seine Augen waren noch immer verhangen. «Vegas», sagte er und hob sein Glas.

«Vegas», sagte Pater Leo.

Mutter Vincent gab ihnen den Bonus. Das Thanksgiving-Wochenende in Las Vegas, alles frei – Flug, Hotel, Essen und einhundert Dollar für jeden in Chips. Die Reise wurde von einer Nonne, die in einem Reisebüro arbeitete, mit Preisnachlaß organisiert.

«Es wird etwas geschehen», sagte Jerry zu Pater Leo, als ihr Flugzeug sich über der Wüste in die Kurve neigte. «Ich spüre es.

Etwas Großes. Wir werden mit Gold in den Satteltaschen heimkehren. He, lach nicht», sagte er. «Lach da ja nicht drüber.»

«Ich kann nichts dagegen tun», sagte Pater Leo.

«Jetzt mal ernsthaft, Slim. Wir sind zwei ernsthafte Hombres, denen das Glück hold ist, und wir werden diese Stadt in den Ruin stürzen. Wir werden nie wieder arbeiten. Das steht fest.» Er beugte sich an Pater Leo vorbei und schaute auf das Meer von Lichtern hinab, das sich unter ihnen in der Dunkelheit drehte.

In der Hotelhalle war ein kleiner Aufruhr, als sie ankamen. Eine Frau kreischte, in ihr Zimmer sei eingebrochen worden. Zwei Männer in fransenbesetzten Lederjacken versuchten, sie zu beruhigen, und es gelang ihnen schließlich, sie in ein Bürozimmer hinter der Rezeptionstheke zu führen, wo sie wieder zu kreischen begann. Pater Leo konnte von seinem Platz in der Schlange jedes Wort verstehen. Er nahm den Zimmerschlüssel, die Essensmarken und die Chips und drehte sich gerade rechtzeitig um, um mitzubekommen, wie Jerry an einem der Spielautomaten neben dem Hertz-Schalter zwölf Dollar gewann. Die Münzen fielen mit einem gleichmäßig klingelnden Geräusch aus der Maschine auf den gefliesten Fußboden und rollten in alle Richtungen davon. Jerry ließ sich auf alle Viere hinunter und krabbelte hinterher. Keiner achtete darauf, mit Ausnahme eines rothaarigen Mannes in Silberhose, der zu Jerry hinüberging, ihm auf die Schulter klopfte und dann davoneilte.

Sie aßen im Hotel zu Abend, dem einzigen Ort, wo ihre Coupons gültig waren. Jerry gab seinen Gewinn für eine Flasche Wein zum Feiern aus. Er konnte sich gar nicht wieder beruhigen – einen Jackpot, gleich beim erstenmal. «Rechne dir doch nur mal die Chancen aus», sagte er. «Das ist ein Omen. Das bedeutet, daß wir gar nicht verlieren können.»

«Ich bin kein großer Spieler», sagte Pater Leo. Es stimmte. Er hatte noch nie in seinem Leben eine Wette gewonnen. Die Chips, die sie bekommen hatten, waren übertragbar, und er hatte vor, sie kurz vor seiner Abreise umzutauschen und seiner Schwester etwas Hübsches zu Weihnachten zu kaufen, etwas, was er sich normalerweise nicht leisten konnte. Im Augenblick lagen sie auf dem Grunde seines Koffers versteckt.

«Wer spricht denn vom Spielen?» sagte Jerry. «Ich rede vom Schicksal. Du weißt, was ich meine.»

«Ich glaube nicht», sagte Pater Leo. «Eigentlich nicht.»

«Doch natürlich. Wie war das denn mit dem Typen, den du umgebracht hast. Das Schicksal hat dich doch dorthin geführt! Es war Schicksal, daß du Priester wurdest!»

Pater Leo sah, wie die Lüge gewachsen war. Sie hatte eine Bedeutung bekommen, und die Bedeutung war falsch. Er war die Sache leid. Er sagte: «Jerry, es stimmt nicht.»

«Was stimmt nicht?»

«Ich habe nie einen umgebracht.»

Jerry lächelte ihn an. «Na, komm schon.»

«Ich war noch nicht einmal an einer Schlägerei beteiligt», sagte Pater Leo.

Jerry beugte sich vor. «Schau mal», sagte er, «du solltest keine Schuldgefühle haben deshalb. Es war die Situation. Ich hätte an deiner Stelle dasselbe getan. Das habe ich Schwester Gervaise auch gesagt.»

«Nein», sagte Pater Leo. «Das hast du nicht.»

«Mach dir keine Sorgen», sagte Jerry. «Sie hat mir versprochen, es keinem weiterzusagen. Es war nur so, daß sie eine blöde Bemerkung über dich gemacht hat, und ich wollte es ihr mal zeigen. Es hat auch funktioniert. Sie wurde weiß wie ein Leintuch. Sie sah aus, als würde sie gleich tot umfallen. Du hättest sie sehen sollen.»

«Sie ist eine Klatschbase», sagte Pater Leo. «Sie wird es allen erzählen. Sie wird es Mutter Vincent erzählen.»

«Ich habe ihr das Versprechen abgenommen», sagte Jerry. «Sie hat ihr Wort gegeben.»

«Das hast du auch.»

Jerry legte einen Essenscoupon auf den Tisch. Er drückte seine Zigarre aus. «Diese Unterhaltung führt zu nichts», sagte er. «Was passiert ist, ist passiert. Wir sind schließlich in Werdreichstadt, und jetzt wird's langsam Zeit zu kassieren.»

Auf der anderen Seite der Halle befand sich ein kleines Casino. Jerry schlug vor, dort zu beginnen. Er setzte sich an den Blackjack-Tisch. Pater Leo stellte sich dazu und beobachtete das Spiel. Er tat, als ob er Jerrys Taktik studierte, verstand aber absolut nichts davon. Er konnte nur noch an die zu Tode erschrockene Schwester Gervaise denken. Er hatte das Gefühl, als würde er selbst weiß. «Ich gehe nach oben», sagte er zu Jerry. «Ich bin bald wieder zurück.»

Pater Leo saß auf dem Balkon vor seinem Zimmer. Im Hof darunter war ein türkisfarbenes Schwimmbad, das von Unterwasserlampen beleuchtet wurde. Er umklammerte die Armlehnen seines Sessels. Er konnte gar nicht mehr aufhören, an Schwester Gervaise zu denken, betroffen und bleich. Was sollte er nur tun? Er konnte nicht zulassen, daß Oberin Vincent und die anderen glaubten, er hätte einen Mann umgebracht. Er würde sie zu Tode erschrecken. Andererseits wollte er nicht, daß sie glaubten, er liefe herum und erzählte verrückte Lügengeschichten über sich selbst. Auf seine Art war das genauso schlimm. Er stützte den Kopf in die Hände. Er konnte nicht nachdenken. Schließlich gab er es auf und ging wieder nach unten.

Ein anderer Mann hatte Jerrys Platz am Blackjack-Tisch eingenommen. Pater Leo konnte Jerry auch an keinem der anderen Tische entdecken, und er war nicht an der Bar und nicht in der Hotelhalle. Für den Fall, daß er in sein Zimmer gegangen wäre, rief Pater Leo über das Haustelefon oben an. Er bekam keine Antwort. Er ging nach draußen und stellte sich neben den Türsteher unter die Markise.

Ein Windhund, der einen Pullover trug und eine alte Frau hinter sich herzog, blieb stehen und hob über einer kleinen Blumenrabatte vor dem Hotel das Bein. Während der Hund pinkelte, starrte die Frau den Portier drohend an. Er legte seine weißbehandschuhten Hände hinter dem Rücken zusammen und blickte zum Himmel.

An der Straße ließen bunte Lichter Namen und Bilder aufblinken. Weiter unten war ein Reklameschild, das wohl sieben Meter hoch sein mußte, eine Reihe von Tanzgirls in Bikinis und Cowboystiefeln. Abwechselnd schwangen sie die Beine in die eine und in die andere Richtung. Sie lächelten, und jeder ihrer Zähne war ein Lämpchen. Auf der Straße wimmelte es von Leuten, die sich in verschiedene Richtungen bewegten. Sie riefen sich laut Dinge zu und beachteten die Autos gar nicht, die sie anhupten.

«Thanksgiving», sagte der Portier. Dann sagte er etwas, das Pater Leo wegen des Lärms nicht verstehen konnte. Es hatte keinen Sinn, in der Menge nach Jerry zu suchen. Pater Leo ging wieder nach drinnen und setzte sich auf einen Hocker an die Bar. Von der Bar aus konnte er sowohl die Hotelhalle als auch das Kasino im Auge behalten. Er nippte an seinem Glas und schaute um sich. Ein muskulös aussehendes Mädchen mit tätowierten Schlangen auf den nackten Armen drückte auf einem Punchboard Zahlen durch. Zwei dickliche Indianer in identischen Hawaiihemden saßen stumm Seite an Seite. Am Ende der Bar leerte eine kleine rothaarige Frau ihre Handtasche aus und breitete den Inhalt vor sich aus. Sie tauchte die Hand mit der räuberischen Schärfe einer Amsel, die den Schnabel in die Erde bohrt, in die Tasche, und Pater Leo ertappte sich dabei, wie er sie beobachtete, um zu sehen, was sie herausholte. Endlich fand sie, was sie suchte – Zigaretten –, und zündete sich eine an. Sie schürzte die Lippen und blies einen langen Rauchstrahl aus. Dann bemerkte sie, daß Pater Leo sie beobachtete. Sie erwiderte seinen Blick. Pater Leo nickte leicht und senkte die Augen. Bald darauf trank er sein Glas aus und verließ die Bar.

Pater Leo saß eine Stunde in der Halle und las Zeitung. Jedesmal, wenn jemand hereinkam, schaute er auf. Als er spürte, wie er schläfrig wurde, ging er zur Rezeption und sprach mit dem Hotelangestellten. Jerry hatte seinen Schlüssel, aber keine Nachricht hinterlassen. «Komisch», sagte Pater Leo. Er ging quer durch die Halle zum Fahrstuhl. Die rothaarige Frau von der Bar stand drinnen und hielt ihm die Tür auf. «Welches Stockwerk?» fragte sie.

«Fünf. Danke.»

«So ein Zufall», sagte sie. «Da wohne ich auch.» Sie und Pater Leo betrachteten sich gegenseitig in der verspiegelten Wand. Sie war etwa in seinem Alter, älter als er gedacht hatte. Um ihren Mund herum waren Falten. Er sah, daß ihr Gesicht ganz rot verbrannt war, bis auf einen weißen Kreis um jedes Auge. Er spürte fast die Hitze, die von ihrer roten Haut ausging. Sie klopfte mit der Fußspitze auf den Boden.

«Schon lange hier?» fragte sie.

Er schüttelte den Kopf. Der Fahrstuhl hielt, und sie stiegen beide aus. Sie ging neben ihm den Gang entlang. «Ich bin vor zwei Tagen eingeflogen», sagte sie. «Ich muß schon sagen, es ist großartig hier.» Als Pater Leo den Schlüssel ins Schlüsselloch steckte, las sie die

Nummer an seiner Zimmertür. «Fünf-fünfzehn. Das ist leicht zu merken. Um fünf Uhr fünfzehn gehe ich immer von der Arbeit nach Hause. Ich könnte schon um fünf gehen, aber ich mag es gern, wenn alle anderen schon weg sind. Ich sitze gern einfach nur da und schaue aus dem Fenster. Das ist so friedlich.»

«Gute Nacht», sagte Pater Leo. Sie redete immer noch, als er die Tür hinter sich schloß. Er saß noch eine Zeitlang auf seinem Balkon. Um den Swimmingpool herum standen hohe Palmen und darüber ein leuchtender Halbmond. Pater Leo dachte an eine Räuberbande, die an einem Brunnen in der Wüste lagerte und ein Lamm über einem knisternden Feuer briet und an den silbernen Mond, der sich in der Gravur ihrer langen, mit Einlegearbeiten verzierten Gewehre spiegelte. Verschleierte Frauen, die sich stumm hierhin und dorthin bewegten und taten, was sie geheißen wurde.

Bevor er zu Bett ging, rief Pater Leo noch einmal an der Rezeption an. Jerrys Schlüssel hing immer noch am Haken.

«Es ist ja erst halb eins», sagte der Angestellte. «Sie könnten es später noch einmal probieren.»

Pater Leo knipste das Licht aus. Die Decke glitzerte. Während er noch zur Decke schaute, glaubte er, an der Tür ein Geräusch zu hören. Er setzte sich auf. «Wer ist da?» rief er. Als keine Antwort kam, fragte er: «Jerry?» Das Geräusch kam nicht wieder.

Auf dem Weg zum Frühstück am nächsten Morgen blieb Pater Leo an der Rezeption stehen. Jerry war immer noch nicht zurückgekehrt. Pater Leo hinterließ eine Nachricht – «Bin im Frühstücksraum» –, und als er gefrühstückt hatte, änderte er sie um in: «Bin weggegangen. Komme bald zurück.»

Obwohl es erst kurz nach elf war, drängten sich auf der Straße schon die Leute. Ein leichter trockener Wind wehte und führte einen schwachen Duft mit sich, der Pater Leo an das Wort *Salbei* denken ließ. Weit in der Ferne schwammen lila Berge auf einem schimmernden See von Blau. Der Bürgersteig glühte.

Den Rest des Vormittags suchte Pater Leo die Kasinos ab. Er dachte, Jerry sei vielleicht hineingeschlendert und habe sich in eines jener Spiele verwickeln lassen, die endlos dauern. Aber er sah ihn nicht, oder falls er ihn sah, erkannte er ihn nicht. Das war möglich.

Es waren so viele Menschen. Über ihre Automaten gebeugt, mit fixierten Gesichtern, die von den heißen Lichtern ausgetrocknet waren, begannen für Pater Leo alle gleich auszusehen. Er konnte nicht unterscheiden, wen er ansah, und es strengte ihn an, den Versuch zu machen. Um zwei Uhr ging er zum Hotel zurück, in der Absicht, die Kasinos noch einmal abzusuchen, nachdem er zu Mittag gegessen hatte.

Er saß an der Theke und beobachtete die Menge, die sich draußen vorbeischob. Es war laut in der Cafeteria, die voller Japaner in Geschäftsanzügen war. Alle hatten Cowboyhüte auf und trugen schmale Krawatten mit Donald-Duck-Klammern. Hinten im Raum spielte eine Gruppe von ihnen an Spielautomaten. Es gab nicht genügend Automaten für alle, deshalb wechselten sie sich ab und standen in kleinen Warteschlangen hintereinander. Einer von ihnen traf den Jackpot, und alle anderen, einschließlich die an den Tischen, hörten auf zu reden und applaudierten.

«Wenn das nicht fünfhundertfünfzehn ist!» Die rothaarige Frau vom Abend zuvor setzte sich auf den nächsten Hocker und hielt Pater Leo ein Päckchen Salem hin, aus dem eine Zigarette halb hervorguckte. Er schüttelte den Kopf. Sie zog die Zigarette aus der Packung, stupste sie einmal auf der Theke auf und legte sie in den Aschenbecher.

«Für später», sagte sie. «Ich vertrage Rauchen auf leeren Magen nicht.» Ihr Gesicht war jetzt ziegelsteinrot. Es tat Pater Leo weh, sie anzusehen und sich vorzustellen, wie heiß und stramm ihre Haut sich anfühlen und wie weh es ihr tun mußte, andauernd so zu lächeln.

«Übrigens», sagte sie, «ich heiße Sandra.»

Pater Leo wollte den Namen dieser Frau nicht wissen, und er wollte auch nicht, daß sie seinen Namen wußte. Aber sie wartete weiter. «Slim», sagte er.

«Dann müssen Sie aus dem Westen sein.»

Er nickte. «Seattle – die Gegend.»

Sie sagte: «Ich habe im Kasino einen kennengelernt, der Will heißt. In Chicago hört man solche Namen einfach nicht. Will und Slim. Das ist so fremd. Ich rede zuviel, stimmt's?»

«Durchaus nicht», sagte Pater Leo.

Die Bedienung nahm Sandras Bestellung auf und schob Pater Leo seinen Bon unter den Teller. Er nahm ihn in die Hand und sah ihn an.

«Darf ich Sie zum nächsten einladen?» fragte Sandra und zeigte auf seine Kaffeetasse.

Er stand schon. «Nein danke», sagte er. «Ich muß gehen. Vielen Dank.»

Jerry hatte sich weder gemeldet noch seinen Schlüssel benützt. Pater Leo hinterließ ihm eine weitere Nachricht und ging nach oben in sein Zimmer. Er überlegte, daß er sich einen Augenblick hinlegen würde, bevor er noch einmal eine Tour durch die Kasinos machte. Als er das Zimmer betrat, sah er, daß sein Koffer offen war, obwohl er sich daran erinnerte, daß er ihn zugemacht hatte. Auf dem Tisch neben dem Koffer löste sich eine Zigarette in einem Wasserglas auf.

Er kniete nieder und durchsuchte den Koffer. Er setzte sich einen Augenblick zurück, kam zu Atem und durchsuchte den Koffer noch einmal. Die Chips waren fort. Pater Leo spülte die Zigarette die Toilette hinunter und warf das Glas in den Papierkorb. Er spürte, wie das Blut in seinen Schläfen pochte; der Schlag war stark und ungleichmäßig, er überraschte ihn und schüttelte ihn, als sei er hohl. Er setzte sich aufs Bett. Das hohle Gefühl verbreitete sich nach unten in seine Brust und seine Beine. Beim Aufstehen erhob er sich höher und höher. Er sah seine Schuhe Seite an Seite auf dem Bettvorleger, weit unten. Er ging hinüber zur Balkontür und wieder zurück. Dann fing er an, mit sich selbst zu reden.

Was Pater Leo zu sich selbst sagte, ergab keinen Sinn. Es waren nur Laute. Er fuhr fort, das Zimmer zu durchschreiten. Er schlug sich aufs Herz. Er packte sein Hemd mit beiden Händen und riß es bis zur Taille auf. Er schlug sich noch einmal an die Brust. Auf und ab ging er, auf und ab.

Die Laute, die er von sich gab, wurden leise und fern, dann hörten sie auf. Pater Leo stand auf. Er schaute vorne an seinem Hemd hinunter. Ein Knopf fehlte. Ein weiterer hing nur noch an einem Faden. Das Zimmer war heiß und roch noch immer nach der Zigarette des Diebes. Pater Leo schob die Glastür auf und trat auf den Balkon hinaus. Die Wüste war von Kasinos verdeckt, aber er spürte sie rings um sich und konnte in dem leichten Windhauch ihre Trockenheit schmecken. Das Lüftchen kräuselte die Oberfläche des Swimmingpools unter ihm und brach das Spiegelbild der Sonne. Das gebrochene Licht glitzerte auf dem Wasser.

Als der Hotelangestellte an der Rezeption Pater Leo kommen sah, schüttelte er den Kopf. Pater Leo ging trotzdem zu ihm hinüber. «Keine Nachricht?»

«Nichts, gar nichts», erwiderte der Angestellte. Er wandte sich wieder seiner Zeitschrift zu.

Pater Leo hatte die Absicht gehabt, den Diebstahl zu melden, aber jetzt sah er keinen Sinn mehr darin. Die Polizei würde kommen und ihn eine Menge Formulare ausfüllen lassen. Sie würden ihm Fragen stellen; er fühlte sich unwohl dabei, bei der Vorstellung, seine Anwesenheit in Las Vegas erklären zu müssen.

Den Rest des Nachmittags ging er die Straße auf und ab und hielt Ausschau nach Jerry. Einmal dachte er, er hätte ihn in ein Kasino hineingehen sehen, aber dann war es doch jemand anderes. Pater Leo kehrte zum Hotel zurück. Er hatte keine Lust, zurück auf sein Zimmer zu gehen, deshalb kaufte er sich eine *Time* und ging hinaus zum Swimmingpool.

Zwei junge Mädchen machten vom Sprungbrett Hocksprünge. Pater Leo versuchte, einen Artikel über die Entstehung des Universums zu lesen, aber er konnte seine Gedanken nicht beisammenhalten. Nach einer Weile gab er es auf und beobachtete die Mädchen, die seine Aufmerksamkeit spürten. Sie begannen, sich zu produzieren. Zuerst machten sie Hechtsprünge. Dann versuchte die eine von ihnen einen Salto. Sie schlug mit einem lauten Klatschen auf dem Wasser auf, platt auf dem Bauch. Pater Leo erhob sich halb aus seinem Stuhl, aber ihr schien nichts passiert zu sein. Sie zog sich an der Leiter hoch und verließ weinend den Innenhof. Ihre Freundin ging vorsichtig nach vorne aufs Sprungbrett, drehte sich um, wippte zweimal und sprang einen perfekten Salto rückwärts. Dann ging auch sie vom Pool fort, wobei ihre Füße auf dem nassen Beton klatschten.

«So ein Zufall!» sagte Sandra. «Sieht aus, als hätten wir den Pool ganz für uns allein.» Sie stand neben dem nächsten Stuhl und sah auf ihn hinunter. Sie stieg aus ihren Pantoletten und zog ihren Bademantel aus.

«Sie sollten sich nicht hier draußen aufhalten», sagte Pater Leo. «Bei Ihrem Sonnenbrand!»

«Heute ist mein letzter Tag», sagte sie. «Ich wollte den Sonnenuntergang mitbekommen.»

Pater Leo schaute nach oben. Die Sonne beschien gerade noch das Dach des Hotels gegenüber. Es sah aus wie eine Neonreklame.

Sandra setzte sich und nahm eine Flasche Babyöl aus ihrer Badetasche. Sie rieb sich das Öl über die Arme und unter den Trägern ihres Badeanzugs über die Brust. Dann hob sie ihre Beine eines nach dem anderen und ölte sie langsam ein, bis sie glänzten. Sie waren knallrot. «So», sagte sie. «Und wo ist Ihre Frau?»

«Ich bin nicht verheiratet.»

«Ich auch nicht», sagte sie.

Pater Leo schlug seine Zeitschrift zu und setzte sich aufrecht hin.

«Was für Shows haben Sie schon gesehen?» fragte sie.

«Keine.»

«Sollten Sie aber», sagte sie. «Die Tänzer sind so wunderschön. Ich glaube nicht, daß ich in meinem ganzen Leben schon einmal so schöne Menschen gesehen habe. Tanzen Sie gern?»

Pater Leo schüttelte den Kopf. Sandra zog die Beine an. Sie legte das Kinn zwischen die Knie. «Was mögen Sie denn gern?»

Pater Leo war im Begriff zu sagen: «Ich mag Ruhe und meinen Frieden», aber er hielt sich zurück. Sie war einsam. Es gab keinen Grund, sie zu verletzen. «Ich lese gern», sagte er. «Ich mag Musik. Gute Musik, keine verrückte Musik. Gehe gern essen. Rede mit Freunden.»

«Ich auch», sagte Sandra. «Das ist genau das, was ich auch gern tue.» Sie verstellte ihre Liege auf flach und drehte sich auf den Bauch. Sie rieb sich die Schultern mit Babyöl ein und hielt dann Pater Leo die Flasche hin. «Könnten Sie mir mal helfen?» sagte sie.

Er sah, daß sie wollte, daß er ihr den Rücken einrieb, der geschwollen und schmerzend aussah und in den wenigen Sonnenstrahlen, die noch da waren, glühte. «Ich fürchte, das kann ich nicht», sagte er.

«Oh», sagte sie. Sie stellte die Flasche ab. «Tut mir leid, daß ich gefragt habe.»

«Ich bin Priester», sagte er.

«Das wär ja das allerneueste», sagte sie und sah ihn dabei nicht an. «Ein Priester, der Slim heißt.»

«Slim ist mein Spitzname», sagte er.

«Ah so», sagte sie. «Ihr Spitzname. Und was für ein Priester sind Sie bitte schön?»

Pater Leo begann, es zu erklären, aber sie schnitt ihm das Wort ab. «Sie sind kein Priester», sagte sie. Sie setzte sich auf und begann, Gegenstände in ihre Badetasche zu packen – Feuerzeug, Zigaretten, Babyöl, Sonnenbrille. Sie zog ihren Bademantel über und trat in ihre Pantoletten. «Wenn Sie Priester wären, dann hätten sie mich nicht so eine Show abziehen lassen. Dann hätten Sie nicht zugelassen, daß ich mich zum Narren mache.» Sie stand da und schaute auf ihn hinunter. «Und was für einer sind Sie dann?»

«Ich bin mit einem Freund hier», sagte Pater Leo. «Er ist schon seit gestern abend verschwunden. Ich habe keine Ahnung, wo er ist. Das ist keine sehr gute Erklärung», fügte er hinzu. «Ich bin im Augenblick ein wenig verwirrt.»

«Was weiß ich, was Sie sind», sagte sie, «aber wenn Sie noch einmal in meine Nähe kommen, schreie ich los.»

Pater Leo dachte daran, die Polizei zu rufen, aber er hatte Angst, daß sie, wenn sie Jerry tatsächlich fänden, seinen richtigen Namen herausbekommen und ihn ins Gefängnis stecken würden. Er schlug die Telefonnummern aller Krankenhäuser in der Stadt nach. Es gab sieben. In keinem war ein Jerry Royce eingetragen, aber im Krankenhaus von Desert Springs sagte die Krankenschwester, die den Anruf entgegennahm, daß in der Nacht zuvor ein John Doe mit einer, wie sie sagte, klaffenden Brustwunde eingeliefert worden sei. Pater Leo bat um eine Beschreibung des Mannes, aber sie hatte seine Akte nicht, und der Apparat der Intensivstation war besetzt. «Bei denen ist immer besetzt», erklärte sie. «Wenn Sie hier am Ort sind, ist es am einfachsten, wenn sie schnell vorbeikommen.»

Aber als Pater Leo in der Intensivstation ankam, erfuhr er, daß John Doe schon tot war. Er war am Nachmittag gestorben, und sie hatten seine Leiche in die Leichenhalle geschickt. Pater Leo legte die Hände auf den Tisch. «In die Leichenhalle?» fragte er.

Die Schwester nickte. «Wir haben aber ein Bild. Möchten Sie es sich ansehen?»

«Ich denke, ich sollte wohl», sagte Pater Leo. Er hatte Angst davor, das Bild anzusehen, aber einem Gang in die Leichenhalle fühlte er sich nicht gewachsen. Die Schwester öffnete einen Ordner und nahm ein großes glänzendes Foto heraus und gab es ihm. Das Gesicht war das eines Jungen mit schmalen Gesichtszügen. Seine Augen waren offen und blickten ohne Trotz oder Schüchternheit in den Schein des Blitzlichts. Pater Leo wußte, daß der Junge gestorben war, bevor das Foto aufgenommen wurde. Er gab ihr das Bild zurück.

Die Schwester sah es an. «Nicht Ihr Freund?» fragte sie.

Er schüttelte den Kopf. «Was ist mit ihm passiert?»

«Er ist erstochen worden.» Sie stellte den Ordner weg.

«Hat man den Täter erwischt?»

«Wahrscheinlich nicht», sagte sie. «Wir haben über hundert Morde im Jahr hier in der Stadt.»

Auf dem Rückweg ins Hotel beobachtete Pater Leo die Menschenmenge durch das Taxifenster. Eine Gruppe von Matrosen lief über die Straße. Der vorderste warf Münzen über die Schulter nach hinten, und die übrigen sprangen danach. Neonschilder flimmerten. Die Gesichter der Menschen pulsierten im Widerschein des Lichtes.

Pater Leo beugte sich nach vorn. «Ich habe gerade gehört, daß hier in der Stadt über hundert Morde im Jahr passieren. Stimmt das?»

«Kann schon möglich sein, denke ich», sagte der Taxifahrer. «Die Stadt hier hat schon ihre Schattenseiten. Aber Utica ist ein gutes Stück schlimmer. Die haben dort jetzt fast einen halben Meter Schnee, und es soll noch mehr kommen.»

Um halb drei Uhr morgens rief Jerry an. Es tue ihm leid wegen des Durcheinanders, aber er könne alles erklären. Es stellte sich heraus, daß Jerry in der ersten Nacht, während Pater Leo oben war, einen Typen getroffen hatte, der auf dem Weg zu einem Pokerspiel außerhalb der Stadt war. Es war ein privates Spiel. Die Spieler waren reich, und es gab kein Limit. Sie mußten sofort aufbrechen, deshalb konnte Jerry Pater Leo nicht mehr Bescheid sagen. Und als er dort war, hatte er keine Möglichkeit gehabt, anzurufen. Das Spiel war so intensiv. Unglaubliche Mengen von Geld hatten den Besitzer gewechselt. Es lief immer noch; er hatte nur unterbrochen, um ein paar Augen voll Schlaf zu nehmen und Pater Leo mitzuteilen, daß er am nächsten Morgen nicht mit nach Seattle zurückfahren würde. Er könne einfach nicht, jetzt nicht. Jerry hatte seine gesamten Ersparnisse, die siebentausend Dollar von dem Mann von Boeing und noch ein wenig anderes Bargeld, das er zurückgehalten hatte, verloren. «Ich habe ein schlechtes Gewissen», sagte er. «Ich weiß, daß dich das in eine unangenehme Lage bringt.»

«Ich denke, du solltest mit nach Hause kommen», sagte Pater Leo. «Wir können das doch in Ordnung bringen.»

«Sie werden mir den Prozeß machen», sagte Jerry.

«Nein, das werden sie nicht. Ich laß das nicht zu.»

«Mal ernst jetzt. Die Vincent frißt mich auf, mit Haut und Haaren!»

«Sie braucht ja nicht zu wissen, daß du es warst», sagte Pater Leo. «Ich sage, daß ich es genommen hätte.»

Jerry antwortete nicht sofort. Schließlich sagte er: «Das würde sie dir nie glauben.»

«Warum denn nicht? Sie denkt doch schon, daß ich ein Mörder bin.»

Jerry lachte. «Slim, du bist mir schon einer. Danke, aber nein danke! Ich habe noch vierhundert übrig. Ich habe schon tiefer dringesteckt und habe mich wieder allein herausgearbeitet. Ich werde ja gerade erst warm.»

«Jerry, hör zu.»

«Hast du noch nie das Gefühl gehabt, daß du einfach gewinnen mußt?» fragte Jerry. «Daß du auserwählt bist, und daß alles gut geht, egal wie und was?»

«Sicher», sagte Pater Leo, «das Gefühl habe ich auch schon gehabt. Es bedeutet überhaupt nichts.»

«Das behauptest *du*. Ich bin da rein zufällig anderer Meinung.»

«Um Gottes willen, Jerry, sei doch nicht kopflos. Komm mit nach Hause.»

Aber es half nichts. Jerry verabschiedete sich und legte auf. Pater Leo saß auf der Bettkante. Das Telefon klingelte erneut. Er nahm den Hörer ab und sagte: «Jerry?»

Aber es war nicht Jerry. Es war Sandra. «Tut mir leid, wenn ich Sie aufgeweckt habe», sagte sie.

«Sandra», sagte er. «Was in aller Welt wollen Sie?»

«Sind Sie wirklich Priester?» fragte sie.

«Was ist das für eine Frage? Was soll das heißen, daß Sie mich um diese Zeit anrufen?» Pater Leo wußte, daß er ein Recht darauf hatte, ärgerlich zu sein, aber er war es nicht, nicht wirklich. Der Klang seiner eigenen Stimme, pedantisch und gereizt, war ihm peinlich. «Ja», sagte er.

«Oh, Gott sei Dank. Ich habe solche Angst.»

Er wartete.

«Jemand hat versucht, in mein Zimmer einzubrechen», sagte sie. «Zumindest glaube ich das. Vielleicht habe ich auch nur geträumt», fügte sie hinzu.

«Sie sollten die Polizei rufen.»

«Daran habe ich auch schon gedacht», sagte sie. «Und was würden die tun? Sie würden hereinkommen und dumm herumstehen und dann wieder fortgehen. Und ich hätte gar nichts davon.»

«Ich weiß nicht, wie ich Ihnen da helfen könnte», sagte Pater Leo.

«Sie könnten herüberkommen.»

«Mein Freund ist immer noch nicht zurück», sagte Pater Leo. «Wir müssen morgen früh nach Hause fahren, und ich sollte hier sein, falls er anruft. Und was, wenn Sie nur geträumt haben?»

«Bitte», sagte sie.

Pater Leo schlug mit der Faust auf sein Kopfkissen. «Natürlich», sagte er, «ich bin sofort bei Ihnen.»

Nachdem Sandra die Tür aufgeschlossen hatte, bat sie Pater Leo, einen Augenblick zu warten. Dann rief sie: «Okay, kommen Sie rein.» Sie hatte ein blaues Nachthemd an. Sie schlüpfte ins Bett und zog sich die Decke bis über die Taille. «Bitte sehen Sie mich nicht an», sagte sie. «Und falls Sie sich Gedanken gemacht haben: Ich habe das nicht erfunden. So verzweifelt suche ich nun auch wieder nicht Gesellschaft. Fast, aber nicht ganz.»

Es gab zwei Betten in dem Zimmer, mit einem Nachttisch dazwischen. Pater Leo setzte sich an das Fußende des anderen Bettes. Er sah sie an. Ihr Gesicht war rot und aufgedunsen. Sie hatte etwas Weißes auf der Nase.

«Ich sehe vielleicht aus, was?» sagte sie.

«Sie sollten sich den Sonnenbrand behandeln lassen, wenn Sie nach Hause kommen.»

Sie zuckte mit den Achseln. «Es wird sich ohnehin schälen, egal, was ich tue. In zwei, drei Wochen bin ich wieder wie vorher.» Sie versuchte zu lächeln und gab es auf. «Ich dachte, ich würde wenigstens schön braun nach Hause kommen. Dies war mein schlimmster Urlaub überhaupt. Eine Panne nach der anderen.» Sie zupfte an der Decke. «In meiner zweiten Nacht hier habe ich über dreihundert Dollar verloren. Wissen Sie, wie lange ich brauche, um dreihundert Dollar zusammenzusparen?»

«Es ist fürchterlich hier», sagte Pater Leo. «Ich weiß nicht, warum überhaupt jemand hierherkommt.»

«So erstaunlich ist das nicht», sagte Sandra. «Wenn man einen bestimmten Punkt erreicht hat, ist es völlig logisch, daß man hierherkommt.»

«Das Ganze ist ein abgekartetes Spiel», sagte Pater Leo.

Sandra zuckte mit den Achseln. «An einem bestimmten Punkt spielt das keine Rolle mehr.»

Pater Leo ging zur Glasschiebetür hinüber. Er öffnete sie und trat hinaus auf den Balkon. Die Nacht war kalt. Dunst hing über der schimmernden blauen Wasseroberfläche des Pools.

«Sie werden sich den Tod holen da draußen», rief Sandra.

Pater Leo ging wieder nach drinnen und schloß die Tür. Er war rastlos. Das Zimmer roch nach Kokosöl.

«Ich muß Ihnen etwas beichten», sagte Sandra. «Es war kein Zufall, daß ich heute an den Pool kam. Ich hatte Sie dort unten gesehen.»

Pater Leo setzte sich auf den Stuhl neben dem Fernseher. Er rieb sich die Augen. «Hat wirklich jemand versucht, in Ihr Zimmer einzubrechen?»

«Ich dachte es jedenfalls», sagte Sandra. «Merken Sie nicht, daß ich Angst habe?»

«Doch», sagte er.

«Was spielt es dann für eine Rolle?»

«Keine», sagte Pater Leo.

«Dies war mein schlimmster Urlaub überhaupt», sagte Sandra. «Ich will Ihnen gar nicht im einzelnen erzählen, was mir passiert ist. Sagen wir doch einfach nur, das einzig Gute daran war, daß ich Sie kennengelernt habe.»

«Dies ist ein schrecklicher Ort», sagte Pater Leo. «Es ist gefährlich hier, und alles ist so inszeniert, daß man gar nicht gewinnen kann.»

«Einige Leute gewinnen», sagte sie.

«Nur theoretisch. Ich habe noch keine Gewinner gesehen. Könnte ich einmal Ihr Telefon benützen?»

Sandra rauchte und beobachtete Pater Leo, während er mit der Rezeption sprach. Jerry war noch nicht zurückgekommen. Pater Leo hinterließ Sandras Zimmernummer und legte auf.

«Sie haben ihm gesagt, daß Sie hier sind?» sagte sie. «Was er sich dabei wohl denkt?»

«Er kann sich denken, was er denken will.»

«Wahrscheinlich denkt er sich überhaupt nichts», sagte Sandra. «Ich wette, dem ist nichts fremd.»

Pater Leo nickte. «Würde mich nicht wundern.»

«Komisch», sagte sie, «normalerweise freue ich mich, wenn ich aus dem Urlaub wieder nach Hause fahre – auch wenn es toll war. Dieses Jahr bin ich einfach nur traurig. Und Sie? Freuen Sie sich darauf heimzufahren?»

«Nicht sehr», gestand Pater Leo.

«Warum nicht? Wie ist es da, wo Sie wohnen?»

Pater Leo dachte an den Lärm im Refektorium, an Schwester Gervaise, die sich über einen ihrer eigenen Witze totlachen wollte. Dann sah er, wie ihr Gesicht bei der Lüge, die er Jerry erzählt hatte, weiß wurde. Inzwischen mußte es im ganzen Kloster herumgekommen sein, und es gab keine Möglichkeit, es ungeschehen zu machen. Wenn man so eine Geschichte hörte, dann wurde sie zur Wahrheit über den Menschen, von dem sie erzählt wurde. Wenn er sie abstritt würde sie nur noch um so wahrer erscheinen.

Er würde damit leben müssen. Und das bedeutete, daß sich alles verändern würde. Er sah vor sich, wie es sein würde. Die Gänge, nachts, leer und still. Die Nonnen, plötzlich verstummt, wenn er an ihnen vorbeiging, mit niedergeschlagenen Augen.

«Worüber lächeln Sie?» fragte Sandra.

Er schüttelte den Kopf. «Nichts. Nur ein Gedanke.»

«Um noch einmal auf das zurückzukommen, worüber wir gesprochen haben», sagte Sandra. «Manche Leute gewinnen doch. Man muß nur Glück haben. Eine Freundin von mir hat ihren Mann beim Zahnarzt kennengelernt, ausgerechnet! Wenn entweder er oder meine Freundin sich nicht für diesen Vormittag einen Termin hätten geben lassen, wären sie sich nie begegnet. Wenn der Zahnarzt bei dem Patienten, den er gerade behandelte, nicht so lange gebraucht hätte, dann wären sie nicht ins Gespräch gekommen und hätten all die Dinge, die sie gemeinsam haben, nicht entdeckt. Aber es ist passiert. So etwas gibt es.»

Sandra drückte ihre Zigarette aus. «Sie müssen ja denken, daß ich ein erbärmlicher Mensch bin, so, wie ich mich verhalten habe. Ich möchte Sie gerne davon überzeugen, daß ich das nicht bin.»

«Das habe ich nie gedacht», sagte Pater Leo.

«Ach, was. Sie würden jetzt alles sagen, nur damit ich still bin.»

Pater Leo gab protestierende Laute von sich.

«Ich bin kein bemitleidenswerter Mensch», sagte Sandra, «ich habe mein eigenes Leben. Es war nur so, daß ich mich wegen ein paar Dingen deprimiert gefühlt habe, und Sie haben eine Saite in mir angerührt.»

«Sie kennen mich doch gar nicht, Sandra.»

«Vielleicht nicht auf die übliche Weise. Aber ich erkenne Sie. Was für ein Mensch Sie sind. Intelligent. Freundlich. Ritterlich.»

«Ritterlich», sagte Pater Leo.

Sandra nickte. «Sie sind doch hier, stimmt's?»

Eine Gruppe von Menschen ging laut redend draußen an der Tür vorbei. Als es wieder still war, sagte Sandra: «Kann ich Sie mal etwas ganz Persönliches fragen?»

«Ich denke schon», sagte Pater Leo. «Gewiß. Warum nicht?»

«Glauben Sie, daß Sie mich lieben könnten? Wenn die Umstände anders wären?»

«Die Umstände werden nie anders sein», sagte Pater Leo.

«Das verstehe ich. Ich verstehe das vollkommen. Aber jetzt mal hypothetisch gesprochen: glauben Sie, daß Sie es könnten? Haben Sie keine Angst, daß ich beleidigt sein könnte – ich bin einfach nur neugierig.»

Hypothetisch gesprochen, nahm Pater Leo an, war es ihm möglich, jeden beliebigen Menschen zu lieben. Aber das meinte sie eigentlich nicht. Er dachte darüber nach. «Ja», sagte er.

«Und weswegen? Was ist an mir, das Sie lieben würden, wenn Sie mich lieben würden?» Sie legte die Arme um die Knie und beobachtete ihn.

«Das ist schwer in Worte zu fassen», sagte Pater Leo.

Sandra sagte: «Sie müssen nicht.» Sie schüttelte noch eine Zigarette aus dem Päckchen und legte sie auf den Nachttisch.

«Ich mag die Art, wie Sie reden», sagte Pater Leo. «So geradeheraus – das, was Ihnen auf dem Herzen liegt.»

Sie nickte. «Das tue ich, das stimmt. Wo gehobelt wird, fallen Späne.»

«Ihren Unternehmungsgeist», sagte Pater Leo. «Daß Sie hier so ganz allein hergekommen sind.»

«Ich habe die Reise ziemlich verbilligt bekommen.»

«Ich auch», sagte Pater Leo.

Sie lachten beide.

«Ich hatte schon daran gedacht, früher heimzufahren», sagte Sandra, «aber wenn ich einmal etwas anfange, dann muß ich es auch weitermachen. Ich muß bis zum Ende durchhalten und sehen, wie es weitergeht, selbst wenn es gräßlich weitergeht.»

«Ich weiß, wie Sie das meinen», sagte Pater Leo. «So bin ich auch.»

Sandra gähnte. «Und was gefällt Ihnen sonst noch an mir?»

«Wie freundlich Sie sind. Wie Sie zuhören.»

Sie lehnte sich ins Kissen zurück.

«Ihre Augen.»

«Meine Augen? Wirklich?»

«Sie haben schöne Augen.»

Pater Leo sprach weiter. Er dachte nicht nach, er hörte nur sich selbst zu. Seine Stimme machte in dem stickigen Zimmer ein kühles Geräusch. Nach einer Weile flüsterte Sandra: «Sie gehen nicht weg, nicht wahr?»

«Ich werde hier bleiben», sagte er.

Sie schlief. Pater Leo knipste das Licht aus und rückte seinen Stuhl vor die Tür. Falls jemand versuchte einzubrechen, würde er im Weg sein. Sie würden erst einmal an ihm vorbeikommen müssen.

Er saß da und horchte. Gelegentlich hörte er undeutlich, wie am Flurende der Fahrstuhl aufging. Dann versucht er, die Stimmen der aussteigenden Menschen zu hören, um zu erkennen, ob es Frauen oder Männer waren. Immer wenn er die Stimmen eines Mannes oder gar keine Stimme hörte, straffte er sich. Er horchte auf die Geräusche im Gang. Mehrere Menschen gingen an Sandras Tür vorbei. Niemand blieb stehen.

Die einzigen Geräusche im Zimmer waren sein und Sandras Atem; ihrer unregelmäßig, seiner tief, fast lautlos.

Nach ein paar Stunden Wache begann er schläfrig zu werden. Schließlich ertappte er sich dabei, wie er einnickte und ging hinaus auf den Balkon. Ein paar Sterne leuchteten noch. Der leichte Wind bewegte die Palmwedel. Die Palmen standen schwarz vor dem lila Himmel. Der Mond war weiß.

Pater Leo stand gegen das Geländer gelehnt, vom kühlen Wind wach geworden. Eine Autohupe ertönte, ein schwaches Geräusch in der Stille. Er lauschte, ob es sich wiederholte, aber es kam nicht wieder, und die Stille schien zu wachsen. Wieder spürte er die Wüste rings umher. Er dachte an einen Coyoten, der heimwärts trottete, mit gelb glühenden Augen, ein Kaninchen im Maul.

Pater Leo rieb sich die Arme. Die Kälte begann in ihn zu dringen, und er ging zurück ins Zimmer.

Die Wände färbten sich von blau nach grau. Im Zimmer darüber fing ein Telefon an zu läuten. Schwere Schritte waren zu hören.

Sandra drehte sich um. Sie sprach im Schlaf. Dann drehte sie sich noch einmal um.

«Alles ist gut», sagte Pater Leo. «Ich bin ja da.»

SAG JA

Aus dem Amerikanischen
von Helga Pfetsch

Sie waren dabei, Geschirr abzuwaschen, seine Frau spülte, und er trocknete ab. Er hatte am Abend vorher gespült. Im Gegensatz zu den meisten Männern, die er kannte, packte er bei der Hausarbeit kräftig mit an. Ein paar Monate zuvor hatte er mitbekommen, wie eine Freundin seiner Frau dazu gratuliert hatte, einen so rücksichtsvollen Mann zu haben, und er hatte gedacht, *ich tue mein Bestes*. Beim Abwasch zu helfen war seine Art zu zeigen, wie rücksichtsvoll er war.

Sie sprachen über dieses und jenes, und irgendwie landeten sie bei der Frage, ob Weiße und Schwarze heiraten sollten. Er sagte, alles in allem betrachtet, fände er, es sei keine gute Sache.

«Warum?» fragte sie.

Manchmal bekam seine Frau diesen Blick, bei dem sie die Brauen zusammenzog und sich auf die Unterlippe biß und nach unten starrte. Wenn er sie so sah, wußte er, daß er lieber den Mund halten sollte, aber er tat es dann doch nie. Es verführte ihn sogar dazu, noch mehr als sonst zu reden. Jetzt hatte sie diesen Blick.

«Warum?» fragte sie noch einmal, und stand da, die Hand in einer Schüssel, die sie nicht abwusch, sondern über dem Spülwasser in der Luft hielt.

«Hör zu», sagte er, «ich bin mit Schwarzen zur Schule gegangen, und ich habe mit Schwarzen zusammen gearbeitet, und ich habe auch mit Schwarzen gemeinsam in der Straße gewohnt, und wir sind immer prima miteinander klargekommen. Das hätte gerade noch gefehlt, daß du jetzt daherkommst und mir unterstellst, ich sei ein Rassist.»

«Ich habe dir überhaupt nichts unterstellt», sagte sie und begann, die Schüssel weiter abzuwaschen, wobei sie sie in der Hand drehte, als gebe sie ihr die rechte Form. «Ich verstehe nur nicht, was verkehrt sein soll, wenn ein weißer Mensch einen Schwarzen heiratet, das ist alles.»

«Sie kommen eben aus einer anderen Kultur als wir. Hör sie dir doch nur mal an – sie haben sogar ihre eigene Sprache. Für mich ist das in Ordnung, ich höre sie sogar gern reden» – das stimmte; aus irgendeinem Grund machte ihn das immer glücklich, «aber es ist etwas anderes. Ein Mensch ihrer Kultur und einer von uns können sich niemals richtig kennenlernen.»

«So wie du mich kennst?» fragte seine Frau.

«Ja. So wie ich dich kenne.»

«Aber wenn sie sich lieben», sagte sie. Sie wusch jetzt rascher ab und sah ihn dabei nicht mehr an.

Ach du liebes bißchen, dachte er. Er sagte: «Mir brauchst du ja gar nicht zu glauben, Aber sieh dir die Statistiken an. Die meisten dieser Ehen gehen kaputt.»

«Statistiken!» Sie stellte jetzt mit einer wahnsinnigen Geschwindigkeit Teller, die sie nur flüchtig mit dem Lappen abgewischt hatte, auf die Abtropfplatte. Viele waren noch fettig, und zwischen den Gabelzinken hingen Speisereste. «Na schön», sagte sie, «und wie sieht es mit Ausländern aus? Wahrscheinlich denkst du genauso über Ehen zwischen Leuten aus verschiedenen Ländern.»

«Ja», sagte er, «das tue ich. Wie kann man denn jemanden verstehen, der einen völlig anderen Hintergrund hat?»

«Einen anderen», sagte seine Frau. «Nicht denselben, wie wir.»

«Ja, einen anderen», schnauzte er, ärgerlich, weil sie sich des Tricks bediente, seine Worte so zu wiederholen, daß sie undifferenziert oder falsch klangen. «Die sind noch schmutzig», sagte er und warf das gesamte Besteck wieder in das Spülbecken zurück.

Das Wasser war nun flach und grau. Sie starrte mit fest zusammengepreßten Lippen darauf hinunter, dann tauchte sie die Hände hinein. «Oh!» schrie sie und sprang zurück. Sie faßte ihre rechte Hand am Gelenk und hielt sie hoch. Ihr Daumen blutete.

«Nicht bewegen, Ann!» sagte er. «Bleib da stehen!» Er lief ins Badezimmer nach oben und durchwühlte das Apothekenschränkchen nach Alkohol, Watte und einem Pflaster. Als er wieder herunterkam, stand sie gegen den Kühlschrank gelehnt, mit geschlossenen Augen, und hielt noch immer ihre Hand fest. Er nahm die Hand und betupfte den Daumen, der zu bluten aufgehört hatte, mit Watte. Er drückte den Daumen, um zu sehen, wie tief die Wunde war, und ein einziger Tropfen Blut quoll hervor, zitternd und leuchtend, und fiel zu Boden. Sie sah ihn über den Daumen hinweg anklagend an. «Die Wunde ist nicht tief», sagte er. «Morgen hast du schon vergessen, daß sie da war.» Er hoffte, daß sie zu schätzen wußte, wie schnell er ihr beigesprungen war. Er hatte aus Fürsorge gehandelt, ohne einen Gedanken daran, etwas dafür zu bekommen, aber jetzt ging ihm durch den Sinn, daß es eigentlich eine nette Geste ihrerseits wäre, diese Unterhaltung nicht wieder aufzunehmen, die er leid war. «Ich mache hier fertig», sagte er. «Geh du und ruh dich aus.»

«Es geht schon», sagte sie. «Ich trockne ab.»

Er fing noch einmal an, das Besteck abzuwaschen, wobei er den Gabeln viel Aufmerksamkeit schenkte.

«Also», fuhr sie fort, «dann hättest du mich nicht geheiratet, wenn ich schwarz gewesen wäre.»

«Herrgott noch mal, Ann!»

«Aber das hast du doch gesagt, oder?»

«Nein, habe ich nicht. Die ganze Frage ist lächerlich. Wenn du schwarz gewesen wärst, wären wir uns höchstwahrscheinlich nie begegnet. Du hättest deine Freunde gehabt, und ich meine. Das einzige schwarze Mädchen, mit dem ich jemals näher bekannt war, war meine Partnerin im Debattierclub, und damals bin ich ja schon mit dir gegangen.»

«Aber wenn wir uns begegnet wären und ich schwarz gewesen wäre?»

«Dann wärst du wahrscheinlich mit einem schwarzen Typen gegangen.» Er nahm die Spülbrause in die Hand und überspülte das Besteck. Das Wasser war so heiß, daß sich das Metall erst blaßblau verfärbte und dann wieder silbrig schimmerte.

«Nehmen wir einmal an, ich wäre nicht mit einem Schwarzen gegangen. Sagen wir mal, ich bin schwarz und nicht gebunden, und wir lernen uns kennen und verlieben uns.»

Er warf ihr einen flüchtigen Blick zu. Sie beobachtete ihn, und ihre Augen glänzten. «Schau mal», sagte er und schlug einen vernünftigen Ton an, «das ist doch blöd. Wenn du schwarz wärst,

wärst du nicht du.» Während er das sagte, wurde ihm klar, wie vollkommen richtig es war. Es gab einfach nichts an der Tatsache zu rütteln, daß sie nicht dieselbe wäre, wenn sie schwarz wäre. Deshalb wiederholte er es noch einmal: «Wenn du schwarz wärst, dann wärst du nicht du.»

«Ich weiß», sagte sie, «aber nehmen wir es doch einmal an.»

Er holte tief Luft. Sein Argument hatte gesiegt, aber trotzdem fühlte er sich in die Enge getrieben. «Nehmen wir einmal was an?» fragte er.

«Daß ich schwarz bin, aber trotzdem ich, und daß wir uns verlieben. Wirst du mich heiraten?»

Er dachte darüber nach.

«Nun?» sagte sie und stellte sich dicht vor ihn. Ihre Augen glänzten noch mehr. «Wirst du mich heiraten?»

«Ich überlege gerade», sagte er.

«Du wirst es nicht tun, das weiß ich. Du wirst nein sagen.»

«Laß uns das nicht übereilen», sagte er. «Da gibt es vieles zu bedenken. Wir wollen schließlich nichts tun, was wir den Rest unseres Lebens bedauern würden.»

«Kein langes Überlegen. Ja oder nein?»

«Wenn du es so drehst –»

«Ja oder nein?»

«Herrje, Ann. Na gut. Nein.»

Sie sagte: «Vielen Dank», und lief aus der Küche ins Wohnzimmer. Einen Augenblick später hörte er, wie sie die Seiten einer Zeitschrift durchblätterte. Er wußte, daß sie zu ärgerlich war, um wirklich zu lesen, aber sie schnalzte die Seiten nicht durch, wie er es getan hätte. Sie blätterte sie langsam um, so, als studiere sie jedes Wort. Sie demonstrierte ihre Gleichgültigkeit ihm gegenüber, und das hatte die Wirkung, die sie beabsichtigte, wie er sehr wohl wußte. Es verletzte ihn.

Er hatte keine andere Wahl als die, auch seine Gleichgültigkeit ihr gegenüber zu demonstrieren. Ruhig und gründlich spülte er das restliche Geschirr. Dann trocknete er es ab und räumte es weg. Er wischte die Tischflächen ab und dann den Herd, und schrubbte schließlich das Linoleum an der Stelle, auf die der Blutstropfen gefallen war. Wenn er schon einmal dabei war, beschloß er, konnte er genausogut den ganzen Fußboden wischen. Als er fertig war, sah die Küche wie neu aus, so wie sie ausgesehen hatte, als sie zum erstenmal das Haus besichtigt hatten, bevor sie hier eingezogen waren.

Er nahm den Abfalleimer und ging nach draußen. Die Nacht war klar, und er konnte ein paar Sterne sehen, im Westen, wo die Lichter der Stadt sie nicht überstrahlten. Auf El Camino lief der Verkehr gleichmäßig und leicht, friedlich wie ein Fluß. Er schämte sich, daß er sich von seiner Frau zu einem Streit hatte hinreißen lassen. Vielleicht noch dreißig Jahre, und sie wären beide schon tot. Was würde all dieser Unsinn dann noch für eine Rolle spielen? Er dachte an die Jahre, die sie miteinander verbracht hatten, und wie vertraut sie waren, wie gut sie einander kannten, und es schnürte ihm den Hals zu, so daß er kaum mehr durchatmen konnte. Sein Gesicht und Hals begannen zu prickeln. Wärme durchflutete seine Brust. Er stand eine Weile da und genoß diese Empfindungen, dann nahm er den Eimer und ging zum hinteren Gartentor hinaus.

Die beiden Köter vom unteren Ende der Straße hatten wieder den Mülleimer umgerissen. Der eine rollte sich auf dem Rücken hin und her, und der andere, eine Hündin, hatte etwas im Maul. Knurrend warf sie es in die Luft, sprang noch und fing es wieder auf, knurrte wieder und schlug mit dem Kopf von einer Seite zur anderen. Als sie ihn kommen sahen, trotteten die beiden mit kurzen, abgehackten Schritten weg. Normalerweise hätte er Steinbrocken nach ihnen geworfen, aber dieses Mal ließ er sie in Ruhe.

Das Haus war dunkel, als er wieder hereinkam. Sie war im Badezimmer. Er stand vor der Tür und rief ihren Namen. Er hörte Fläschchen klirren, aber sie gab ihm keine Antwort. «Ann, es tut mir leid, wirklich», sagte er. «Ich mache alles wieder gut, das verspreche ich dir.»

«Wie denn?» fragte sie.

Das hatte er nicht erwartet. Aber an einem bestimmten Ton in ihrer Stimme, einer ruhigen und bestimmten Note, die ihm fremd war, erkannte er, daß ihm die richtige Antwort einfallen mußte. Er lehnte sich gegen die Tür. «Ich werde dich heiraten», flüsterte er.

«Wir werden ja sehen», sagte sie. «Geh nur schon ins Bett. Ich bin in einer Minute draußen.»

Er zog sich aus und legte sich unter die Decken. Schließlich hörte er die Badezimmertür auf- und wieder zuklappen.

«Mach das Licht aus», rief sie aus dem Flur.

«Was?»

«Mach das Licht aus.»

Er streckte die Hand hinüber und zog am Kettchen der Nachttischlampe. Das Zimmer wurde dunkel. «Na schön», sagte er. Er lag da, aber nichts geschah. «Na schön», sagte er noch einmal. Dann nahm er auf der anderen Zimmerseite eine Bewegung wahr. Er setzte sich auf, konnte aber überhaupt nichts erkennen. Im Zimmer war es still. Sein Herz klopfte, wie es in ihrer ersten gemeinsamen Nacht geklopft hatte, so, wie es immer noch klopfte, wenn er in der Dunkelheit von einem Geräusch erwachte und darauf wartete, es noch einmal zu hören – das Geräusch von jemandem, der durchs Haus schlich, einem Fremden.

Die Armen sind immer um uns

Aus dem Amerikanischen
von Karin Graf

Das Problem mit einem Porsche ist, daß ständig etwas kaputtgeht. Diesmal klemmte das Bremspedal. Russell hatte für das Osterwochenende einen Ausflug geplant, deshalb machte er am Freitagnachmittag früh mit der Arbeit Schluß und fuhr nach Meanlo-Park, damit Bruno, sein Mechaniker, einen Blick auf den Wagen warf. Bruno war Österreicher. Die Wand hinter seinem Schreibtisch war mit Urkunden behängt, die meisten in deutscher Sprache, die ihm zum Abschluß verschiedener Kurse in Porschetechnologie gratulierten. Brunos Büro lag über der Werkstatt, wo er und sein Assistent an den Wagen arbeiteten, sie beide in gestärkten weißen Kitteln und Werkzeuge schwingend, die wie Operationsinstrumente blinkten.

Als Russell in die Garage fuhr, war Bruno alleine. Er schaute auf, winkte und bückte sich wieder unter die Haube eines grünen Jahrgangs-Speedster. Russell ging ein paarmal um den Speedster und sah dann Bruno über die Schulter zu, wie er den elektrischen Drähten mit einer Taschenlampe folgte, deren dünner Silberstrahl so stabil wie eine Stricknadel aussah.

«Was gibt's?» fragte Bruno. Nachdem Russell sein Problem erklärt hatte, grunzte Bruno und sagte: «Klar, klar. Kein Grund zur Aufregung, alter Freund.» Er sagte, er würde sich darum kümmern, sobald er mit dem Speedster fertig sei – Dreiviertelstunde, vielleicht eine Stunde. Russell könne warten oder ihn am Montag abholen.

Russell sagte, er würde warten.

In Brunos Büro hielten sich zwei Männer auf. Sie warfen Russell einen Blick zu, als er hereinkam, und unterhielten sich dann weiter, über den Lärm eines Radios auf Brunos Schreibtisch hinweg, das Musik aus den fünfziger Jahren spielte. Russell konnte nicht anders als ihnen zuzuhören. Es waren Freunde; das merkte er an der Art, in der sie sich foppten. Sie hörten überhaupt nicht auf, besonders der Größere der beiden, ein Schwarzer, der eine Sonnenbrille und eine Safarijacke trug und ständig mit den Knöcheln knackte. Immer wenn der Weiße eine gute Pointe losließ, grinste der Schwarze und schüttelte den Kopf und ließ eine bessere ab. Zweimal lachte Russell laut auf, und nach dem zweiten Mal drehte der Weiße sich um und starrte ihn an. Er hatte rotgeränderte Augen, die aus dem Kopf quollen, als zwinge irgendein Druck sie hervor. Seine Haut sah straff aus, so fest über die Knochen des Gesichts gespannt, daß selbst jetzt seine Zähne hervorguckten, ohne daß er lächelte. Er starrte Russell an und sagte: «Die Wände haben Ohren.»

Russell sah zu Boden. Danach versuchte er, an seine Angelegenheiten zu denken, bis die beiden über jemanden aus Russells Firma zu reden begannen, der vor kurzem verhaftet worden war, weil er Informationen über einen neuen Computer an die Japaner verkauft hatte. Russell hatte den Mann einmal kennengelernt, und aus dem, was die beiden Typen sagten, schloß er, daß sie vor ein paar Jahren mit ihm bei Hewlett-Packard zusammengearbeitet hatten. Russell wußte, daß er seinen Mund halten sollte, aber er beschloß, etwas zu sagen. Er hatte den Fall verfolgt und eine eigene Meinung dazu. In der Hauptsache jedoch wollte er bloß bei der Unterhaltung mitmischen.

«Wir alle haben unseren Preis», sagte der Schwarze. «Scheiße, die würden doch jeden von uns in den Knast stecken, wenn sie eine Stunde lang unsere Gedanken lesen könnten. Egal wann», setzte er hinzu.

«Als wenn nicht jeder in dieser Stadt etwas genauso Schlimmes verbrochen hätte», sagte der Weiße. «Genauso schlimm oder noch schlimmer. Ein Haufen Schweine. Die sind doch bloß sauer, weil er vor ihnen an den Trog gekommen ist.»

«Das sehe ich anders», sagte Russell. «Ich meine, man sollte ihn einsperren und den Schlüssel wegwerfen. Er hat die Leute, die mit ihm gearbeitet und ihm vertraut haben, verraten. Er hat sein Team verraten. Was mich betrifft, ist so einer eine totale Niete.»

Der Weiße heftete den Blick auf Russell und sagte: «Groves, wer ist das Würstchen?»

«Na, na», sagte Groves.

«Ich schwöre bei Gott», sagte der Weiße. Er stemmte sich aus seinem Stuhl und ging zu dem Fenster, das über der Garage lag, beim Gehen hart mit den Stiefelabsätzen klappernd. Er blieb dort stehen, die Hände zu Fäusten geballt, und als er sich wegdrehte, sah Russell, daß seine oberen Zähne beinahe völlig bloß lagen. Er schaute Russell mit zusammengekniffenen Augen an. «Eine totale Niete», sagte er. «Wie alt bist du eigentlich überhaupt?»

Groves ließ einen Knöchel knacken. «Immer mit der Ruhe», sagte er. «Laß mal locker, Dave.»

Dave, dachte Russell. Er kannte keinen Dave, aber dieser hier hatte was gegen ihn. «Zweiundzwanzig», sagte er, und fügte insgeheim ein Jahr hinzu.

«Also dann, dann weißt du wohl alles. Aus der luftigen Höhe deiner zweiundzwanzig Jahre.»

«Ich weiß nicht alles», sagte Russell. «Aber ich kenne den Unterschied zwischen falsch und richtig.» *So rede ich sonst eigentlich nie*, wollte er hinzusetzen. *Du solltest mich mal zu Hause mit meinen Freunden hören*. Die Hose, die Dave trug, sah zu klein geraten für ihn aus, und als er nun auch seine Hände in die Hintertaschen zwängte, ließ er sie noch kleiner erscheinen. «Hau ab», sagte er zu Russell. «Hau ab und komm später wieder, okay?»

«Immer mit der Ruhe», sagte Groves wieder. Er legte einen kleinen silbernen Bong auf Brunos Schreibtisch und begann ihn mit braunem Marihuana aus einem Frühstücksbeutel zu stopfen. «Friedenspfeife», sagte er. Er zündete es an und gab den Bong an Russell weiter. Russell nahm einen Zug und hielt ihn Dave hin, aber Dave behielt die Hände in den Taschen. Russell legte den Bong auf Brunos Schreibtisch zurück. Er wünschte, er hätte ihn auch abgelehnt.

«Da wir gerade davon sprechen», sagte Dave, «gibt es noch jemanden, der für dich eine totale Niete ist?»

«Kaum zu glauben», sagte Groves und drehte das Radio lauter. «‹Runaround Sue›. Mann, ‹Runaround Sue› habe ich seit ungefähr hundert Jahren nicht mehr gehört.»

Dave sah finster aus dem Fenster. «Ist das dein Targa?» fragte er. Ohne auf Russells Antwort zu warten, sagte er: «Wie kommst du denn an einen Targa? Geschenk zum Schulabschluß von Daddy?»

«Ich habe ihn mir selbst gekauft», sagte Russell.

Dave fragte Russell, wo er arbeite, und als Russell es ihm sagte, erwiderte er: «Ach, in dem Laden. Bloß japanische Spione und Wunderknaben. Ich schwöre bei Gott, die stellen sie nächstens direkt von der Schulbank an.»

«Einen Porsche hätte ich ehrlich nur zu gerne», sagte Groves. «Es gibt nichts, was ich nicht für einen Porsche täte.»

Dave sagte: «Warum kaufst du dir keinen?»

«Frag meine Frau.»

«Welche von deinen Frauen?»

«Da siehst du mein Problem», sagte Groves. Er steckte den Bong wieder an und bot ihn Russell an. «Nimm schon, Kind, nimm schon», beharrte er, als Russell den Kopf schüttelte, und drängte ihn ihm auf, bis Russell noch einen Zug nahm. Russell behielt den Rauch im Mund, stieß ihn dann aus und sagte: «Gracias. Das ist ein ordentliches Kraut.»

«Ordentlich!» sagte Dave. Er grinste Groves an, der sich krümmte und ein Geräusch machte, als entweiche Luft aus einem Ballon. Groves begann mit den Füßen auf den Boden zu trampeln. «Gracias!» sagte Dave, und Groves warf den Kopf zurück und heulte.

Bruno kam mit einem Klemmblock unter dem Arm ins Büro. «Na, Jungs», sagte er. «Immer am Lachen.» Er setzte sich an den Schreibtisch und begann auf einen Taschenrechner einzutippen.

Groves sagte: «O Gottogottogott.» Er schob seine Sonnenbrille auf die Stirn und rieb sich die Augen.

Bruno riß ein Blatt aus dem Klemmblock. «Zweiundsiebzigfünfzig», sagte er zu Dave.

«Erledige ich morgen», sagte Dave.

«Besser jetzt», sagte Bruno zu ihm. «Morgen könnte was dazwischen kommen.»

Dave zählte langsam das Geld hin. Er steckte gerade seine Brieftasche in die Tasche, als Groves mit dem Finger auf ihn zeigte und sagte: «Sag mir, wie das Lied heißt!»

«‹Turn Me Loose›», sagte Dave. «Kookie Byrnes. Neunzehnhundertachtundfünfzig.»

«Fabian», sagte Russell.

«Was weißt *du* denn schon?» sagte Dave. «Du warst noch nicht mal geboren, als das Lied rauskam.»

Russell sagte: «Es ist Fabian. ich gehe jede Wette ein. Ich wette um mein Auto.»

Dave musterte Russell einen Augenblick. «Junge, du mutest mir ganz schön was zu, weißt du das? Okay», sagte er. «Mein Speedster gegen deinen Targa.»

Russell wandte sich an Bruno. «Sie haben's gehört.»

«Holt eure Papiere», sagte Bruno.

Russell hatte seine in der Brieftasche. Daves waren im Handschuhfach seines Speedster. Während er unten in der Garage war, um sie zu holen, stand Groves auf und begann im Büro auf und ab zu laufen. «Wahnsinn, ich kann's nicht glauben», sagte er. Dave kam zurück und übergab Bruno die Papiere, und sie alle warteten darauf, daß das Lied zu Ende ging. Aber als es zu Ende war, wurden nacheinander noch zwei weitere Lieder gespielt: ‹My Prayer› und ‹Duke of Earl›. Dann kam der DJ und verkündete die Namen der Gruppen.

«Bekloppt», sagte Dave. Dann zu Russell: «Du kleines Würstchen.»

Bruno fand das Ganze zum Brüllen. Er lachte, bis ihm die Tränen in die Augen traten. «Ihr verrückten Kerle», sagte er. «Ihr total verrückten Kerle.»

Russell war damit einverstanden, daß Dave das Auto nachmittags zu seiner Wohnung bringen würde. Er war jetzt der rechtmäßige Besitzer; wenn Dave nicht auftauchte, konnte Russell ihn wegen Autodiebstahls verhaften lassen. Bruno wies ihn darauf hin. Immer noch lachend, holte Bruno seinen Fotoapparat aus dem Schreibtisch und machte ein paar Aufnahmen von dem Speedster, die er als Andenken an das Ereignis behalten wollte.

Russell wartete alleine im Büro, während Bruno den Targa in Ordnung brachte; dann fuhr er nach Hause und aß neben dem Pool im Innenhof seines Apartmenthauses ein Sandwich. Er hatte Hof und Pool für sich. Alle anderen Mieter waren noch auf der Arbeit, und keiner von ihnen hatte Kinder. Manche hatten Hunde, aber ihnen war beigebracht worden, nicht zu bellen, so daß der Hof still war bis auf den Hauch des Verkehrs von der Page Mill Road und das Knistern von Palmwedeln über dem Sessel, in dem Russell saß.

Er haßte den Gedanken, den Speedster zurückzugeben. Er wollte ihn behalten, und er konnte sich Gründe dafür einreden, ihn zu behalten, Gründe, die vernünftig waren. Aber sie alle klangen in seinen Ohren wie Lügen – die Art Lügen, die man sich vormacht, wenn man die Wahrheit bereits kennt. Die Wahrheit war, daß er sicher gewesen war, daß Fabian das Lied sang, und sicher, daß Dave seine Wette annehmen würde. Er hatte mitten am Tag Marihuana geraucht wie ein Aussteiger von der Junior High School und sein Alter verleugnet und sich überhaupt zum Idioten gemacht. Dann hatte er, bloß weil seine Gefühle verletzt waren, einen Mann angestiftet, sein Auto zu verwetten.

So sah die Wahrheit für Russell aus, und sie war weit von seinem Traum entfernt, ein großmütiger Mensch zu sein, offenherzig und gerecht. Natürlich würde es nicht jeder so sehen. Russell wußte, daß die meisten Leute ihn für kleinkariert halten würden.

Russell wohnte jetzt alleine, aber als er in die Stadt gekommen war, hatte er eine Wohnung mit einem Arbeitskollegen geteilt, einem MIT-Absolventen, dessen Ehrgeiz es war, möglichst schnell einen Haufen Geld zu machen, es zu investieren und dann Komponist zu werden. Er schrieb melancholische Geigenkonzerte, die er Russell manchmal vorspielte. Russell meinte, daß sie großartig klängen und daß sein Mitbewohner ein Genie sei. Aber sein Mitbewohner war auch ein Swinger. Jedes Wochenende hatte er ein Mädchen im Apartment und manchmal sogar während der Woche, immer andere Mädchen, und eines Abends bekamen er und Russell deswegen Streit. Russell hatte bis dahin nichts gesagt, aber sein Mitbewohner wußte, daß es ihm nicht paßte. Er wollte wissen weshalb. Russell erklärte ihm, daß es ihm billig vorkomme. Sein Mitbewohner sagte: «Du bist völlig verklemmt, das ist dein Problem», und ging weg, aber einen Augenblick später kam er zurückgerannt und brüllte, daß niemand, aber auch niemand ihn billig nennen und so davonkommen könne. Er wedelte mit seinen langen weißen Händen vor Russells Gesicht herum und sagte: «Soll ich dir die Fresse polieren?» Russell entschuldigte sich und entschuldigte sich am nächsten Morgen noch einmal, und danach gingen sie so höflich miteinander um, daß sie einander um Verzeihung baten, wenn sie gehustet hatten. Russell begriff, daß er für seinen Mitbewohner eine Niete war.

Gegen Monatsende zog Russell aus. Noch lange danach, bis er sich an das Alleinleben gewöhnt hatte, erfand er Unterhaltungen mit seinem ehemaligen Mitbewohner, in denen er seine Seele offenlegte und hierfür Verständnis und Mitgefühl erhielt. «Hör mal», sagte Russell. «Ich weiß, daß du denkst, ich sei verklemmt, weil ich nicht in der Gegend rumbumse oder viele Drogen nehme und auf Partys gehe. Aber ich bin nicht verklemmt, ehrlich nicht. Ich will bloß nicht wie Teddy Wells enden. Ich will nicht mit fünfzig dastehen, sechsmal geschieden sein und ein Goldkettchen tragen und mir mein halbes Gehalt in die Nase stecken und erotische Kunst sammeln und die Boulevards rauf und runter sausen, um die Teenager anzumachen.»

Und Russells Mitbewohner antwortete: «So habe ich das nie gesehen, aber ich begreife, was du meinst, und du hast absolut recht.»

Russell wollte einfach seine Lebenseinstellung bewahren, das war alles. Es war leicht, seine Lebenseinstellung zu verlieren, wenn man dreitausend Meilen von zu Hause weg war und mehr Geld verdiente, als man brauchte, beinahe doppelt soviel, wie der eigene Vater nach dreißig Jahren als Mathematiklehrer an der High School verdiente. «Ich bin ja erst am Anfang», sagte Russell. «Ich gebe mein Bestes!»

Und sein Mitbewohner antwortete: «Natürlich. Natürlich.»

Dave brachte den Speedster um halb sechs vorbei, eine halbe Stunde später, als er versprochen hatte. Russell wartete vor dem Appartmenthaus, als Dave vorfuhr. Eine dunkelhaarige Frau in einem alten Kombi fuhr hinter dem Speedster an den Bordstein und blieb bei laufendem Motor sitzen. Dave kurbelte sein Fenster herunter. «Hast du schon die Bullen gerufen?» fragte er.

«Ich wußte, daß Sie kommen würden», sagte Russell. Er lächelte, aber Dave erwiderte das Lächeln nicht.

«Komisch», sagte Dave. «Ich hätte gedacht, daß ein Typ wie du, der einsperrt und die Schlüssel wegwirft, mittlerweile mein Bild im Postamt hätte aushängen lassen.» Er stieg aus und schloß die Tür sanft. «Hier», sagte er und warf Russell die Schlüssel zu. «Was machst du damit? Verkaufen?» Er schaute das Auto an, dann wieder Russell.

«Nein», sagte Russell. «Hören Sie –»

Dave sagte: «Du hörst mir zu.» Er überquerte den Grasstreifen zwischen sich und Russell am Rand des Bürgersteigs und trat zu ihm. Russell spürte den Haß des Mannes und machte einen Schritt zurück. Die Frau in dem Kombi ließ den Motor aufheulen. Dave blieb stehen und drehte sich nach ihr um, dann steckte er die Hände in die Taschen, wie er es vormittags getan hatte. Russell verstand diese Geste nun: Dave tat das, um seine Hände davon abzuhalten, etwas anderes zu tun.

«Ich wünschte, das wäre nicht passiert», sagte Russell.

Obwohl Dave ein paar Zentimeter kleiner als Russell war, schien er ihn von oben herab zu mustern. «Du bist nichts Besonderes», sagte er. «Du denkst vielleicht, du hast großartige Ideen, aber die hast du nicht. Seit fünf Jahren hat niemand mehr in dem Business eine richtige Idee gehabt. Willst du wissen, wie ich zu dem Speedster gekommen bin?» Als Russell nicht antwortete, sagte er: «Ich sag's dir. Sie haben ihn mir für eine Idee gegeben, die ich hatte, genaugenommen für eine Reihe von Ideen. Sie gaben mir einfach die Schlüssel, sagten, wo er geparkt war, und damit hatte es sich. Keine Reden oder so was. Keine Medaille. Alles verstand sich ganz von selbst.»

Die Frau im Kombi ließ wieder den Motor aufheulen. Dave ignorierte sie. Er sagte: «Ihr kleinen Rotznasen denkt, ihr steht vor dem großen Durchbruch, aber ihr fegt doch nur noch zusammen, haltet unser Zeug beieinander. Die Arbeit ist getan. Ihr seid bloß noch ein Haufen Hausmeister.»

«Das stimmt nicht», sagte Russell.

«Du bist ein Hausmeister», wiederholte Dave. «Nicht im Traum verdienst du so ein Auto wie das hier. So ein Auto ist weit über deinem Niveau.» Er zog einen Vierteldollar aus der Tasche und sagte: «Wirf für mich hoch.»

«Hochwerfen? Hochwerfen für was?»

Dave sah die Straße hinab, wo die Frau sie vom Wagen aus beobachtete. «Den Kombi», sagte er.

«Also kommen Sie», sagte Russell. «Was soll denn das?»

Dave warf die Münze. «Kopf oder Zahl.»

«Das ist doch Unsinn», sagte Russell. Dann, weil er Angst vor Dave hatte und schnell mit ihm fertig werden wollte, sagte er: «Also gut. Meinetwegen. Kopf.»

«Kopf ist es», sagte Dave und warf die Münze Russell ins Gesicht. Sie traf ihn unterm Auge und fiel auf den Bürgersteig. Dave ging zu dem Kombi zurück. Er klopfte ans Fenster, und als die Frau es herunterkurbelte, griff er an ihr vorbei, stellte den Motor ab und warf den Schlüssel in den Gulli.

«He», sagte sie.

«Steig aus!» befahl Dave ihr und hielt die Tür auf, bis sie ihm gehorchte. Sie war dünn und blaß. Sie hatte wäßrige braune Augen wie ein Reh, und wie ein Reh sah sie sich unruhig um, als sei sie sich der Dinge um sich herum nicht sicher.

«Ich schicke Groves mit den Papieren», sagte Dave. Er drehte sich um und ging die Straße hinunter in Richtung Page Mill Road. Die Frau schaute ihm nach und sah dann Russell an.

«Tut mir leid», sagte er. «Es war nicht meine Idee.»

«O nein!» sagte sie. «Warten Sie mal. Dave!» rief sie, aber Dave ging einfach weiter und drehte sich nicht um. «Gehen Sie nicht weg», sagte sie zu Russell. «Warten Sie hier, okay?» Sie machte ein paar Schritte und stieß einen lauten Schrei aus. Dann verfiel sie ins Laufen, blieb noch einmal stehen und schrie wieder – keine Worte, nur der reine Laut stieg zwischen den Ziegeldächern in den wolkenlosen blauen Himmel auf.

Russell aß bei einem Chinesen in der Nähe des Freeway zu Abend. Als er nach Hause kam, fand er Groves zurückgelehnt in einem der Liegestühle am Pool. Die Frau, die das Gebäude verwaltete, saß neben ihm. Sie war eine Witwe aus Michigan. Die anderen Mieter beschwerten sich über sie, weil sie eine Schnüfflerin war und alle Vorschriften durchsetzte. In den acht Monaten seit Russells Einzug hatte er sie kein einziges Mal lächeln sehen, aber als er in den Hof trat, lachte sie gerade.

«Ist verbürgt», sagte Groves. «Ich schwöre es.»

Sie lachte wieder.

Es war dunkel, aber Groves hatte noch seine Sonnenbrille auf. Die Hände hatte er hinter dem Kopf verschränkt. Als er Russell sah, zeigte er mit einem Fuß auf ihn und sagte: «Hier kommt der Meister.»

«Tut mir leid, wenn ich Sie warten gelassen habe», sagte Russell. «Ich wußte nicht, daß Sie heute abend kommen.»

«Sehen Sie?» sagte Groves. «Ich bin kein Eindringling.» Er stemmte sich aus dem Liegestuhl hoch und sagte zu Russell: «Emma hier hat gedacht, ich sei ein Eindringling.»

«Nein, habe ich nicht!» widersprach sie.

Groves lachte. «Das ist cool. Jeder darf mal einen Fehler machen.» Er schlug Russell die Hand auf die Schulter. «Komm, Meister, wir haben was zu besprechen.»

Russell führte Groves die Treppe hinauf und über den Gang zu seinem Apartment. Groves folgte ihm hinein und sah sich um. «Was ist denn das für 'ne Nummer?» fragte er. «Übst du, Mönch zu werden oder so was?»

«Ich bin erst vor kurzem hier eingezogen», sagte Russell.

«Keine Bilder, kein Stereo, keine Glotze», fuhr Groves fort. «Kein nichts. Bist du sicher, daß du hier wohnst?» Er zog einen Umschlag aus der Tasche und warf ihn auf die Theke, die den Wohnraum von der Küche trennte. «Liebesgrüße von Dave», sagte er. «Der verrückte Dave. Meister, wir haben ein Problem.» Groves begann in dem kleinen Zimmer auf und ab zu laufen, erst gemächlich, dann immer schneller, im Kreis herum, wie eine Katze im Käfig. Die nicht zugeschnallten Laschen seiner Safarijacke flatterten an seinen Seiten. «Dringlichkeitsstufe Eins liegt hier vor», sagte er, «denn du hast dich da in was reingeritten, was du nicht verstehst, und was du nicht verstehst ist, daß mein Freund Dave in *keiner* Lage ist, ausgerechnet zu diesem Zeitpunkt seine Autos abzustoßen. Er ist, wie sagt man, *nicht zurechnungsfähig*, kapiert? Wir reden hier über eine ernsthafte Post-Vietnamscheiße. Ich meine ernsthafte Probleme mit dem Kopf.»

Ohne seine Schritte zu verlangsamen, zündete Groves sich eine Zigarette an. Er ging weiter, schlenkerte mit den Händen und verstreute Asche auf den Teppich. «Wir haben hier einen verwirrten Veteranen vor uns. Wir haben einen Mann vor uns, der den großen Marsch durch das Tal der Schatten des Todes mitgemacht hat, kapierst du? Ich rede von Khe Sanh, Meister. Die Hölle. Und so ging's runter. Daves Kompanie sitzt da draußen auf Vorposten oder was weiß ich, und der Cong überfällt sie in dichten Schwärmen, kapierst du? Minenwerfer gehen los und der ganze Scheiß und Maschinengewehre und was weiß ich, und ein ganzer Haufen von Daves

Freunden, seine ganz speziellen Kumpel, meine ich, gehen hops. Ich meine, sie hängen da im Draht und so weiter. Mein Freund Dave nun, der wurde auch getroffen, aber was macht er, er kriecht da heraus und zieht seine Kameraden rein. Alle. Selbst die Toten. Und die ganze Zeit prasselt der alte Charlie Cong auf ihn nieder. Ich meine, er hat Löcher an Stellen, von denen du noch nicht mal *gehört* hast.»

Groves schüttelte den Kopf. «Zwei Jahre im Krankenhaus, Meister. Zwei Jahre wie in einem Horrorfilm bandagiert, und was tun sie dann? Sie geben ihm die Ehrennadel des Kongresses und sagen, das war's, du Arsch. Er kann nicht mehr geradeaus denken, aber das ist nicht ihr Problem, stimmt's?»

Groves ging um die Theke herum. Er ließ Wasser über seinen Zigarettenstummel laufen und warf ihn ins Becken. «Womit ich sagen will, wenn du auch nur ein bißchen Selbstachtung hast, gehst du nicht hin und luchst einem verwirrten Veteranen mit der verdammten Ehrennadel des Kongresses die Autos ab. Das will ich hier heute abend einmal deutlich gesagt haben.»

Groves beugte sich über die Theke vor und lächelte Russell an. «Kind», sagte er, «warum gibst du dem Mann nicht einfach seine Autos wieder?»

«Mein Name ist Russell. Und ich glaube die Geschichte nicht. Ich glaube nicht, daß Dave überhaupt in Vietnam war.»

«Verdammt noch mal!» sagte Groves. «Hast du keine Phantasie?» Er nahm die Sonnenbrille ab, legte sie auf die Theke und begann sich so die Augen zu reiben, daß Russell dachte, sie täten ihm weh – langsam, mit den Fingerspitzen. «Ich weiß nicht», sagte er. «Also gut. Fangen wir noch mal von vorne an. Wir sprechen von Dave.»

Russell nickte.

«Dave ist ein verdammt guter Kopf», fuhr Groves fort. «Ich gebe zu, in der Öffentlichkeit wirkt er nicht gerade nett, aber er ist in Ordnung. Hat auch jede Menge auf dem Kasten. Ich meine, ich bin nicht doof, aber Dave ist wirklich *smart*. Früher wollte so ungefähr jeder in der Stadt was von ihm. Eine Zeitlang war Dave ein Spitzenmann, aber heutzutage geht bei ihm einfach alles schief. Es ist, als sei der Brunnen ausgetrocknet. Passiert vielen Leuten. Könnte auch dir passieren. Ich meine, du könntest heute mit phantastischen Ergebnissen ankommen, aber es gibt kein Gesetz, das sagt, daß das morgen auch so sein muß, und vielleicht ist es nicht so. Darüber solltest du mal nachdenken.»

«Tu ich», sagte Russell.

«Jetzt ist ihm seine Frau abgehauen. Geht dich nichts an, aber mein Gott, was für eine Geschichte.»

«Ich habe versucht, ihm das Auto zurückzugeben», entgegnete Russell. «Er hat mir keine Chance gelassen. Er wollte mich noch nicht mal aussprechen lassen.»

Groves lachte.

«Es war nicht komisch», sagte Russell. «Ich war den ganzen Abend nervös. Er hat mir wirklich Angst gemacht, Groves. Deshalb kann ich ihm das Auto jetzt nicht wiedergeben. Ich würde mich immer fragen, ob ich es bloß getan hätte, weil ich Angst vor ihm habe. Ich hätte nie ein gutes Gefühl dabei.»

Groves sagte: «Russell, ich möchte mal einen Achtzigjährigen sehen, der so dreinguckt wie du.»

«Ich weiß, was ich mache, ich gebe Ihnen den Speedster», sagte Russell. «Dann können Sie ihn Dave geben. Damit kann ich leben. Aber den Kombi behalte ich», setzte er hinzu. «Den habe ich ganz reell gewonnen.»

«Tja dann», sagte Groves. Er schien noch etwas sagen zu wollen, schüttelte aber schließlich bloß den Kopf und schaute auf die Theke hinunter.

Russell hatte die Papiere in der Tasche. Er breitete sie aus. «Wie schreibe ich Ihren Namen?» fragte er.

«Genauso wie er gesprochen wird. Groves. Tom Groves.» Als Russell die Kappe vom Füller schraubte, sagte Groves mit leiser Stimme: «Schreib Thomas B. Groves hin, Kleiner.»

Russell sah Groves nie wieder, aber von Zeit zu Zeit verspürte er eine Kälte im Rücken, drehte sich um und sah Dave, der ihn aus einer anderen Schlange in dem Supermarkt, wo er einkaufen ging, beobachtete, oder durch das Fenster der Bank, wo er sein Konto hatte. Dave sagte nie etwas, klagte ihn nie an, aber Russell begann zu denken, daß er verfolgt und es bald zu einer Kraftprobe kommen würde. Er versuchte sich darauf einzustellen. Abends und sogar bei der Arbeit gab es Zeiten, wo Russell ein böses Gesicht machte und den Kopf schüttelte und Gegenstände anfunkelte, ohne sie wahrzunehmen, als probe er immer wieder den Beweis für seine Anständigkeit. Das ging beinahe ein Jahr so.

Dann, im April, sah er Dave auf El Camino. Russell wartete auf dem Kundenparkplatz eines Spirituosengeschäftes im Auto darauf, daß das Mädchen, mit dem er verabredet war, mit dem Wein für eine Party herauskam, zu der sie fuhren. Er saß da und beobachtete die vorbeifahrenden Autos, als ihm Dave ins Auge fiel, der auf der anderen Straßenseite am Bordstein stand. Russell war sich sicher, daß Dave ihn nicht bemerkt hatte, denn Dave widmete seine ganze Aufmerksamkeit dem Verkehr. Er drehte den Kopf hin und her, während die Autos an ihm vorbeirasten. Er suchte, vermutete Russell, nach einer Gelegenheit, die Straße zu überqueren. Manchmal wurde die Reihe der Autos in Richtung Norden dünner, und manchmal die in Richtung Süden, aber nie beide zugleich. Es war keine Ampel in der Nähe und auch kein Fußgängerüberweg, denn auf diesem Highway gab es keine Fußgänger. Man sah dort nie jemanden zu Fuß.

Dave wartete weiter auf eine Pause. Zweimal trat er, wie um sein Glück zu versuchen, auf die Straße, aber beide Male besann er sich anders und kehrte zurück. Russell wartete darauf, daß Dave die Zähne bleckte und kreischte und die Fäuste schüttelte. Nichts dergleichen geschah. Er stand da und wartete auf seine Chance, ein wenig vornübergebeugt, als er in jede Richtung blickte. Sein Gesicht war ruhig. Er akzeptierte seine Situation, sah nichts Empörendes darin – nichts, das ihn veranlaßte, nach Hause zu gehen und mit einem Gewehr zurückzukommen und auf jeden Fahrer auf der Straße zu schießen.

Schließlich entdeckte Dave eine Lücke und stürzte sich hinein. Er bewegte sich schwerfällig, aber bemühte sich nach Kräften, die Knie flogen hoch, die Arme droschen durch die Luft, und Russells Herz flog dem Mann zu. In dem Augenblick hätte er Dave alles gegeben – sein Geld, sein Auto, seinen Job, alles – aber wozu? Es war sinnlos, zu versuchen, Dave zu helfen, denn Dave war nicht zu helfen. Was immer Russell ihm gab, er würde es verlieren. Es stand nicht in den Karten für ihn, etwas zu haben.

Als Dave den Bordstein erreichte, blieb er stehen, um wieder zu Atem zu kommen. Dann ging er nach Süden in Richtung Mountain View. Russell beobachtete ihn, als er am Parkplatz vorbeiging, beobachtete ihn, bis er aus der Sicht verschwand. Die niedrigstehende Sonne schien in die Fenster eines Motels ein Stück die Straße hinunter. Über dem Dach des Motels war am blauen Himmel ein schwacher weißer Schleier erkennbar, wie der Schleier von Kreidestaub auf dem blauen Anzug, den Russells Vater zur Schule trug. Verschwommene Silhouetten von Autos rasten hin und her. Russell fühlte sich ein wenig verloren und dachte, *ich bin auf El Camino*. Er war auf El Camino. Bloß eine kurze Strecke entfernt feierten ein paar Leute eine Party, und dorthin war er unterwegs.

Schwester

Aus dem Amerikanischen
von Helga Pfetsch

Am Fuß des Hügels lag ein Park. Jetzt, wo die Blätter abgefallen waren, konnte Marty vom Küchenfenster aus durch ein Netz von braunem Geäst die Stationen des Trimm-Pfads und den Teil eines Tennisplatzes sehen. Sie nahm noch einen Doughnut aus der Schachtel auf dem Tisch und aß ihn langsam, wobei sie die Leute an den Trimmstationen beobachtete: zwei Männer und eine Frau. Die Frau lag auf der Erde und hob und senkte die Beine. Die Männer standen nur da. Obwohl es ein kalter Tag war, hatte der eine Mann das Hemd ausgezogen, und sogar aus dieser Entfernung fiel Marty die tiefbraune Färbung seiner Haut auf. Eine solche Sonnenbräune bekam man hier in der Gegend kaum zu sehen, nicht einmal im Sommer. Er war wohl nicht von hier.

Sie ging ins Schlafzimmer und zog einen Trainingsanzug und ein Paar alte Turnschuhe an. Die Nähte platzten schon auf, aber das andere Paar war neu, und die weiße Farbe ließ Martys Füße zu groß aussehen. Sie nahm die Brille ab und setzte ihre Kontaktlinsen ein. Tränen stiegen unter den Linsen auf. Einen Moment lang verlor sie ihr Bild im Spiegel; dann kam es zurück, und sie sah die Gespanntheit in ihrem Gesicht, den Eifer. Hey, dachte sie. Sie saß eine Weile da und spürte das gleichmäßige Stampfen der Stereoanlage in der Wohnung über ihr. Dann drehte sie sich einen Joint und steckte ihn in die Tasche ihres Sweatshirts.

Ein Hund bellte Marty an, als sie den Flur entlangging. Er bellte sie immer an, wenn sie an seiner Tür vorbeikam, und erschreckte sie jedesmal wieder und machte sie flatterig und atemlos. Es war ein großer Schäferhund, dessen Besitzer die ganze Zeit über fort waren. Sie konnte seine Pfoten scharren hören und sehen, wie er die Nase unter die Tür steckte. «Brav», sagte sie, «ganz brav», aber er versuchte weiter, sie anzufallen, und Marty hörte ihn den ganzen Flur entlang bellen, bis sie zur Tür kam und nach draußen trat.

Es war später Nachmittag und kalt, so kalt, daß sie ihren Atem sehen konnte. Wie jeden Sonntag war die Straße völlig ausgestorben, bis auf das Tanzen der Blätter auf dem Bürgersteig, wenn der Wind durch sie hindurchfuhr und die kalt aussehenden Wasserlachen vom Regen der vergangenen Nacht kräuselte. Jetzt, wo die Bäume kahl waren, schien der Himmel unendlich. Zwei dunkle Wolken zogen vorbei, und weit in der Ferne flog eine Formation von Wildgänsen über den Himmel. *Honkers*, Schreihälse, nannte ihr Bruder sie. Gerade jetzt ballerte er vermutlich mit seinen Kameraden auf welche, in einer der Sumpfgegenden außerhalb der Stadt. Beim Einbruch der Nacht würden sie alle betrunken sein. Sie mußte lächeln, wenn sie daran dachte.

Marty machte ein paar Kniebeugen und ging in Richtung Park, wobei sie sich, entgegen ihrem Drang zu rennen, zwang, langsam zu gehen. Sie überlegte, ob sie ein paar Züge von dem Joint in ihrer Tasche nehmen sollte, entschloß sich dann aber dagegen. Sie wollte nichts von ihrer wachen Aufmerksamkeit verlieren.

Die Frau, die sie an der Trimmstation gesehen hatte, war verschwunden, aber die beiden Männer standen noch da. Marty wartete einen Augenblick, machte noch ein paar Kniebeugen und sah einigen Jungen zu, die auf dem Feld hinter den Tennisplätzen Football spielten. Sie konnten kaum älter als zehn oder elf sein, aber sie bewegten sich wie Männer, zogen die Schultern hoch und schüttelten die Handgelenke, wenn sie zur Mitte zurücktrabten und grunzten, wenn sie losstürmten, als seien ihre Körper groß und schwer. Man sah ihnen an, daß sie in ihrer Vorstellung von einem ganzen Stadion voller Leute beobachtet wurden. Marty mußte lachen. Sie schaute ihnen bei mehreren Versuchen zu, dann ging sie zu der Trimmstation hinüber.

Als sie dort ankam, bekam sie einen Schreck. Marty kannte den einen der Männer, und sie hatte solche Angst davor, daß er auch sie wiedererkennen würde, daß sie sich fast umgedreht hätte und nach Hause gegangen wäre. Er war Stammgast in der Kon-Tiki. Ein paar Wochen zuvor war er auf Marty aufmerksam geworden, und sie hatte ein, zwei Stunden mit ihm Daiquiris getrunken, und alles hatte recht vielversprechend ausgesehen. Dann war sie zum Auto gegangen, um das Buch zu holen, von dem sie ihm erzählt hatte, ein Buch über Edgar Cayce und die Reinkarnation, und als sie zurückkam, saß er mit einer anderen auf der gegenüberliegenden Seite des Raums. Er hatte kein Geld für die Drinks liegen lassen, so daß sie mit der ganzen Rechnung allein dasaß. Und ihr Feuerzeug war auch verschwunden. Der Mann hieß Jack. Als sie ihn an der Trimmstation lehnen sah, wußte sie nicht, was sie tun sollte. Sie wäre am liebsten im Erdboden versunken.

Aber er schien sich nicht an sie zu erinnern. Er war sogar derjenige, der zuerst grüßte. «Hallo», sagte er.

Sie lächelte ihn an. Dann sah sie den Gebräunten an und sagte «Hi».

Er gab keine Antwort. Seine Augen glitten einen Augenblick lang über sie hin, dann schaute er weg. Er hatte eine Trainingsjacke mit Kapuze übergezogen, aber den Reißverschluß fast bis zur Taille offengelassen. Seine Brust war mit glänzenden blonden Löckchen bedeckt. Der andere, Jack, hatte einen verblichenen Armeeoverall an, mit dunklen Flecken an den Stellen, wo die Abzeichen abgetrennt worden waren. Er war unrasiert. Er hielt eine Bierflasche in der Hand.

Die beiden Männer hatten sich unterhalten, als sie auf sie zugegangen war, aber jetzt waren sie still. Marty spürte, wie sie sie beobachteten, während sie ihre Dehnübungen machte. Sie hatten über Sex gesprochen, da war sie ganz sicher. Was sie gesagt hatten, hing noch irgendwie in der Luft, zusammen mit dem reifen Geruch nasser Blätter und regendurchweichter Erde. Sie atmete tief ein.

Dann sagte sie: «Die Bräune hast du nicht von hier.» Sie wiegte sich weiter auf den Handgelenken vorwärts und rückwärts, schaute dabei aber zu ihm hoch.

«Da kannste deine Arschbacken drauf wetten», sagte er. «Das einzige, was man sich hier holt, ist Arthritis.» Er zog den Reißverschluß seiner Jacke herauf und herunter. «Hawaii. Waikiki Beach.»

«Waikiki», sagte Jack. «Weltmetropole der Bikini-Spanner.»

«Bruder, du sprichst die Wahrheit», sagte der Sonnengebräunte. «Die haben da unten diese spezielle Rasse, die wird nur dazu gezüchtet, daß sie vor deiner Nase auf und ab spaziert. Die sollten mal so Stücker fünfzig davon nach Rußland einfliegen lassen. Die alten Furzer im Kreml würden aus ihren Gebeinen fahren. Wir könnten glatt einmarschieren und die Macht übernehmen.»

«Ein paar könnten sie auch hier absetzen, wenn sie schon dabei sind», sagte Jack.

«Amen.» Der Braune nickte. «Sagen wir vier – zwei für jeden.»

«Aloha», sagte Marty. Sie drehte sich auf den Rücken und hob die Füße ein paar Zentimeter über den Boden. Sie hielt sie einen Augenblick in der Luft, dann legte sie sie wieder ab. «Mehr Hawaiisch kann ich nicht», sagte sie. «Nur Aloha und Maui Zowie. Die züchten dort irgendein Wahnsinns-Weed.»

«Aber sicher», sagte der Braune. «Das ist Gottes Land, Schwester, und das ist echt wahr.»

Jack kam näher heran. «Ich kenn dich von irgendwoher», sagte er.

O nein, dachte Marty. Sie lächelte ihn an. «Vielleicht», sagte sie. «Wie heißt du?»

«Bill», sagte er.

Ja richtig, hätte Marty am liebsten gesagt, *genau, Jack.*

Jack schaute auf sie hinunter. «Und du?»

Sie hob die Füße wieder. «Elizabeth.»

«Elizabeth», wiederholte er, so langsam, daß Marty auffiel, wie schön der Name war. Fairfield hätte sie fast hinzugefügt, aber sie zögerte, und dann war der Augenblick dafür vorbei.

«Vielleicht doch nicht», sagte er.

Sie legte die Füße ab und setzte sich hoch. «Viele Leute sehen aus wie ich.»

Er nickte.

In diesem Augenblick flog etwas an Martys Kopf vorbei. Sie zuckte zur Seite und warf die Hände vors Gesicht. Sie schauderte und sah um sich. «Mein Gott», sagte sie.

«'tschuldigung!» rief jemand.

«Verfluchte Frisbees», sagte Jack.

«Alles in Ordnung», sagte Marty zu Jack und winkte dem Mann zu, der ihn geworfen hatte. Sie drehte sich um und winkte noch einmal, einem anderen Mann ein Stück hinter ihr zu, der den Frisbee an seinem Hemd abwischte. Er winkte zurück.

«Frisbee-Freaks», sagte Jack. «Ich habe die Nase voll von denen.» Er setzte die Flasche an und trank daraus, dann hielt er sie Marty hin. «Komm, trink», sagte er.

Sie nahm einen Zug. «Da ist mehr als Bier drin», meinte sie.

Jack zuckte mit den Achseln.

«Was ist da drin?» fragte sie.

«Geheimrezept», antwortete er. «Nimm noch zwei. Du bist im Rückstand.»

Marty sah die Flasche an, dann trank sie noch einmal und gab sie dem anderen Mann weiter. Sogar seine Finger waren braun. Er trug einen dicken Ehering und ein goldenes Gliederarmband. Sie hielt die Flasche einen Augenblick länger fest, lange genug, daß er es merkte und ihr einen Blick zuwarf; dann ließ sie los. Die Kapuze seiner Jacke fiel nach hinten, als er den Kopf zurücklegte, um zu trinken. Marty sah, daß er fast kahl war. Er trug das Haar direkt über dem einen Ohr gescheitelt und seitlich nach oben gekämmt, um die Kopfhaut zu bedecken, die noch dunkler war als alles andere an ihm.

«Wie heißt du?» fragte sie.

Jack antwortete für ihn. «Er heißt Jack», sagte er.

Der Braune lachte. «Bruder», sagte er, «du bist köstlich.»

«Du bist nicht hier aus der Gegend», sagte sie. «Sonst hätte ich dich schon mal gesehen.»

Er schüttelte den Kopf. «Ich bin einfach losgelaufen und hier gelandet.»

Jack sagte: «Saug nicht den ganzen Tank leer, Jack», und machte mit der Hand die Bewegung des Trinkens. Der Braune nickte. Er nahm einen langen Schluck, wischte sich den Mund ab und gab die Flasche an Jack weiter.

Marty stand auf und wischte sich Grashalme von der Jogginghose.

«Hawaii», sagte sie. «Ich wollte schon immer mal nach Hawaii. Einfach mal drei Wochen Beine baumeln lassen. Die Vulkane erforschen. Ein paar *mai tais* machen.»

«Leis umgehängt kriegen», sagte Jack.

Alle drei lachten.

«Na ja», sagte sie. Sie berührte ihre Zehen ein paarmal.

Jack lachte weiter.

«Hawaii ist irre», sagte der andere Mann. «Da geht alles.»

«Hör auf, von Hawaii zu reden», sagte Jack zu ihm. «Mir wird kalt davon.»

«Mir auch», sagte Marty. Sie rieb die Hände aneinander. «Mir ist immer kalt. Wenn ich wiederkomme, hoffe ich nur, daß ich als Einwohner von irgendeinem warmen Ort zurückkomme. Kalifornien, vielleicht.»

«Richtig», sagte Jack. «Der wonnige Süden», aber in seiner Stimme war etwas, das sie zu ihm hinüberschauen ließ. Er sah sie genau an. Sie merkte, daß er wieder versuchte, sie unterzubringen, versuchte, sich daran zu erinnern, wo er ihr schon begegnet war. Sie wünschte, sie hätte die Bemerkung über das Wiederkommen nicht gemacht. Die hatte ihn darauf gebracht. Sie war nicht einmal sicher, ob sie wirklich daran glaubte – daran glaubte, daß sie später als anderes Wesen wiederkehren würde, ganz neu und anders. Sie hatte ernsthafte Zweifel, manchmal. Zu anderen Zeiten glaubte sie, daß es wahr sein mußte; dies konnte doch einfach nicht alles sein.

«Also», sagte sie, «kennt ihr beiden euch eigentlich?»

Jack sah sie noch einen Augenblick lang an, dann nickte er. «Schon unser ganzes Leben lang», sagte er.

Der Braune schüttelte den Kopf und lachte: «Viel zu gut», sagte er.

«Wir sind unzertrennlich», sagte Jack. «Stimmt's, Jack?»

Der Braune lachte wieder.

«Stimmt das?» fragte Mary ihn. «Seid ihr unzertrennlich?»

Er zog den Reißverschluß seiner Jacke auf und zu, versteckte und entblößte damit abwechselnd das Brusthaar, wenn auch unbewußt. Er blies die Backen auf, und seine Stirn wurde direkt über den Augen wulstiger, so daß sein Gesicht jetzt gröber erschien. Marty sah ihm an, daß er nachdachte. Er sah sie an und sagte: «Ich glaube schon. Im Augenblick jedenfalls.»

«Na prima», sagte sie. «Das ist gerade recht.» Es war ihr gerade recht. Sie könnte Jill anrufen, dachte sie, Jill war immer für eine Party zu haben, und falls Jill ausgegangen war oder Besuch hatte, würde Marty sich eben etwas anderes ausdenken. Es würde schon hinhauen.

«Okay», sagte sie, aber bevor sie noch etwas anderes sagen konnte, brüllte jemand: «Vorsicht!» und sie drehten sich alle um. Der Frisbee kam direkt auf sie zugeflogen. Marty spürte, wie ihr Körper sich anspannte. «Ich hab ihn!» rief sie und suchte einen sicheren Stand zum Fangen. Plötzlich frischte der Wind auf, und der Frisbee schien mitten in der Luft zu stehen, eine zitternde rote Linie, und dann ruckte er nach oben und flog über ihre Köpfe und an ihnen vorbei. Sie rannte hinterher, einen Arm in der Luft, machte sich bereit zum Hochspringen, aber er blieb knapp außerhalb ihrer Reichweite, und schließlich gab sie auf.

Der Frisbee flog noch ein kleines Stück weiter und fiel dann auf den Bürgersteig und schlidderte halb über die Straße. Marty hob ihn auf und warf ihn in den Park zurück. Sie stand da und wollte lachen, war aber völlig außer Atem. Zu viel Weed, dachte sie. Sie legte die Hände auf die Knie und wiegte sich vor und zurück. Es war ruhig. Dann hörte sie, oben vom Berg kommend, ein leises Rumpeln, das allmählich lauter wurde, und ein paar Sekunden später bog ein großes weißes Auto um die Ecke. Die Reifen quietschten und wurden dann still, als das Auto durch eine lange Wasserlache auf der Straße rutschte. Es bewegte sich seitwärts in ihre Richtung. Sie sah es auf sich zukommen. Das Auto bewegte sich aus dem Wasser heraus, und die Reifen begannen wieder zu quietschen, aber es rutschte weiter, und Marty sah die Gesichter drinnen immer größer werden. Ein Mädchen starrte sie aus dem vorderen Fenster an. Der Mund des Mädchens stand offen, ihre Arme waren gegen das Armaturenbrett gestemmt. Dann griffen die Reifen wieder, und das Auto schoß vorwärts, so dicht an ihr vorbei, daß Marty die Hand ausstrecken und die Wange des vorbeifahrenden Mädchens hätte streifen können.

Das Auto schleuderte bremsend die Straße hinunter. Es überfuhr ein Stoppschild an der Ecke und bog nach links ab, wieder den Berg hinauf, eine Wolke schwarzer Auspuffgase ausstoßend.

Marty wandte sich zum Park und sah die beiden Männer, die zu ihr herüberschauten. Sie sahen sie an, als hätten sie sie nackt gesehen, und genauso fühlte sie sich auch – nackt. Sie war fast überfahren worden, und jetzt war sie eine Peinlichkeit, wie jemand in Not. Sie war im Park nicht willkommen.

Marty überquerte die Straße und stieg langsam den Hügel hinauf, auf ihr Apartmenthaus zu. Sie hatte das Gefühl, als schwimme sie, als sei kein Gewicht an ihr. Sie kam an einer grauen Katze vorbei, die sich auf dem Kühler eines Autos zusammengerollt hatte. Der Wind führte Rauch mit sich und einen Geruch von Zerfall. Es schien Marty, als treibe sie mit dem Rauch durch das gelbe Licht, über das trübe Gras und die braunen Blätterhaufen. Im Park hinter ihr rief ein Junge Football-Zahlen, mit einer Stimme, die in der dünnen kalten Luft deutlich zu verstehen war.

Sie stieg die Stufen zu dem Gebäude hinauf, ging aber nicht hinein. Sie wußte, daß der Hund sie anbellen würde, und sie glaubte, daß sie das im Augenblick nicht aushalten könnte.

Sie setzte sich auf die Stufen. Von irgendwo in der Nähe krähte ein Vogel mit heiserer, knarrender Stimme wie eine Kette, die durch einen Flaschenzug gezogen wird. Marty machte ein paar Atemübungen, um ruhig zu werden, um das flatterige Gefühl in ihren Schultern und Knien zu besänftigen, aber sie konnte sich nicht beruhigen. Sie war vor wenigen Minuten fast überfahren worden, und jetzt war keiner da, mit dem sie darüber reden konnte, der sah, wie verschreckt sie war, und sie trösten konnte, daß sie sich keine Sorgen machen sollte, daß es vorbei sei. Daß sie ja noch am Leben sei. Daß alles wieder gut werden würde.

In diesem Augenblick, als sie hier saß, begriff Marty, daß es niemals jemanden geben würde, der ihr das sagte. Sie wußte nicht, warum das so war; es war einfach nur etwas, was sie wußte. Sie brauchte sich nie mehr lächerlich zu machen.

Die Sonne ging unter. Marty konnte sie von der Stelle, an der sie saß, nicht sehen, aber die Fenster des Hauses auf der anderen Straßenseite hatten sich rot gefärbt, und der Wind war kälter geworden. Ein zerbrochener Drachen flatterte in einem Baum. Marty betastete den Joint in ihrer Tasche, ließ ihn aber dort; sie fühlte sich leer und sauber und wollte dieses Gefühl nicht verlieren.

Sie sah zu, wie der Himmel dunkler wurde. Ihr Bruder und seine Freunde würden jetzt bald aus dem Sumpfgebiet zurückkehren, mit von Kälte und Alkohol geröteten Gesichtern, vor sich, die Hunde, die durch die Binsen und das hohe Gras vorausliefen. Wenn sie zum Auto kommen, werden sie die Vögel vergleichen und die Flasche kreisen lassen, und wenn die Flasche leer ist, werden sie die nächste Bar ansteuern. Abwechselnd Whiskey und Bier trinken. Sich mit eingelegten Eiern und Dörrfleisch den Bauch vollschlagen. Mit einem Lederbecher würfeln. Und draußen im Auto werden die Hunde warten, die Ohren gespitzt für das leiseste Geräusch, manchmal vor sich hin winselnd, aber meistens stumm, angespannt und still, und die helle Tür bewachen, die die Männer hinter sich geschlossen haben.

Soldatenglück

Aus dem Amerikanischen
von Helga Pfetsch

Am Freitag abend wurde Hooper schon zum dritten Mal in dieser Woche zum Fahrer der Wache bestimmt. Vor kurzem war er wieder degradiert worden, dieses Mal vom Korporal zum Gefreiten, und der Kompaniefeldwebel hatte beschlossen, Hooper an den Abenden beschäftigt zu halten, damit er keine Muße zum Brüten hätte. Das jedenfalls erklärte der Kompaniefeldwebel Hooper, als Hooper in die Schreibstube kam, um sich zu beschweren.

«Es ist zu Ihrem Besten», erklärte der Kompaniefeldwebel. «Nicht daß ich erwarte, daß Sie sich bei mir bedanken.» Er schob das Buch, in dem er gelesen hatte, auf dem Schreibtisch zur Seite und lehnte sich zurück. «Hooper, ich habe eine Theorie über Sie», sagte er. «Wollen Sie die hören?»

«Ich bin ganz Ohr, Spieß», sagte Hooper.

Der Kompaniefeldwebel legte seine Beine, die in Armeestiefeln steckten, auf den Tisch und sah zum Fenster, das links von ihm lag, hinaus. Es ging auf fünf Uhr zu. Die Arbeitskommandos begannen, vom Schießstand und von der Wäscherei und vom Haus des Brigadekommandeurs zurückzukehren, wo Hooper und mehrere andere Männer ohne maschinelle Hilfe einen Swimmingpool aushoben. Sowie die Lkws sie freigaben, versammelten sie sich auf den Stufen zu den Unterkünften und unter der abgestorbenen Ulme neben dem Kasino, und ihre Stimmen drangen als gleichmäßiges Murmeln in die Schreibstube, wo Hooper dastand und darauf wartete, daß der Kompaniefeldwebel sprach.

«Sie sind mir böse», sagte der Kompaniefeldwebel. «Sie finden, daß Sie eigentlich hier sitzen sollten. Sie wissen nicht, daß Sie das denken, weil Sie Ihren Ärger auf mich völlig sublimiert haben, aber genau das ist es, und deshalb entwickeln wir beide, Sie und ich, eindeutig ein Konfliktprofil. Es ist, als müßten Sie ständig etwas versauen, um sich selbst zu beweisen, daß es Ihnen im Grunde sowieso egal ist. Das ist meine Theorie. Können Sie mir folgen?»

«Spieß, ich habe Sie schon längst überholt», sagte Hooper. «Das ist Volkshochschullevel.»

Der Kompaniefeldwebel sah weiter aus dem Fenster. «Ich weiß nicht», sagte er. «Ich weiß nicht, was Sie in meiner Truppe verloren haben. Sie haben Ihre zwanzig Jahre abgeleistet. Sie könnten sich in Mexiko zur Ruhe setzen und eine Pesofabrik kaufen. Leben wie ein Diktator. Was wollen Sie also in meiner Armee, Hooper?»

Hooper schaute auf den Schreibtisch hinunter. Er räusperte sich, sagte aber nichts.

«Denken Sie mal darüber nach», sagte der Kompaniefeldwebel. Er stand auf und begleitete Hooper zur Tür. «Ich habe nichts gegen Sie», sagte er. «Ich bin guten Willens, Sie zu unterstützen. Lassen Sie sich was Hübsches zu Mexiko einfallen, okay? Okay, Hooper?»

Hooper rief Mickey an und teilte ihr mit, daß er heute abend doch nicht vorbeikommen würde. Sie erinnerte ihn daran, daß dies das dritte Mal in einer Woche sei, und sagte, daß sie auch nicht jünger würde.

«Und was soll ich machen?» fragte Hooper. «Ausbüchsen oder was?»

«Ich habe heute dreimal geweint», sagte Mickey. «Ich bin einfach zusammengeklappt und habe geweint, und weißt du was? Ich weiß nicht einmal, warum. Ich fühle mich einfach nur die ganze Zeit über mies.»

«Was hast du gestern abend gemacht?» fragte Hooper. Als Mickey nicht antwortete, fragte er: «Ist Briggs vorbeigekommen?»

«Ich bin den ganzen Tag drinnen gewesen», sagte Mickey. «Nur hier rumgesessen. Ich schnappe bald über.» Dann sagte sie, mit derselben müden Stimme: «Lang hin, Hoop.»

«Ich muß weiter», sagte Hooper.

«Noch nicht. Warte. Ich gehe ins Schlafzimmer. Ich nehme gleich dort das Telefon ab. Bleib dran, Hoop. Denk an das Schlafzimmer. Denk an mich, wie ich auf dem Bett liege. Warte, Baby.»

Einige Männer gingen an der Telefonzelle vorbei. Hooper beobachtete sie und versuchte, nicht an Mickeys Schlafzimmer zu denken, aber jetzt konnte er an nichts anderes mehr denken. Mickeys Mann war Versorgungsunteroffizier und hatte einen Geschmack für Qualität. Die Schlafzimmerwände waren aus Teakholzpaneelen, die er auf dem Weg zum Büro eines Colonels abgezweigt hatte. Die Messinglampen neben dem Bett waren aus Kartuschen hergestellt. Das Bettzeug war aus Fallschirmseide. Manchmal, wenn er auf diesem Bettzeug lag, dachte Hooper an die Männer, die darunter zur Erde geschwebt waren. Er war kein besonders guter Liebhaber – die Frauen, mit denen er zusammen war, fanden gewöhnlich eine Gelegenheit, ihn das wissen zu lassen – und in Mickeys Schlafzimmer hatte Hooper seine allertraurigsten Vorstellungen gegeben, immer dann, wenn ihm am meisten bewußt war, daß alles um ihn herum gestohlen war. Er wußte selbst nicht recht, warum er immer wieder dorthin zurückkehrte. Es war eben etwas, was er tat, wieder und wieder.

«Okay», sagte Mickey. «Hier bin ich.»

«Da wartet einer, der telefonieren will», erklärte Hooper.

«Hoop, ich liege auf dem Bett. Ich ziehe mir gerade die Schuhe aus.»

Hooper sah sie genau vor sich. Er zündete sich eine Zigarette an und öffnete die Zellentür, um den Rauch hinauszulassen.

«Hoop?» sagte sie.

«Ich habe dir doch gesagt, da wartet einer.»

«Dann dreh dich um.»

«Du brauchst mich nicht», sagte Hooper. «Das einzige, was du brauchst, ist das Telefon. Warum rufst du nicht Briggs an? Das tust du doch sowieso, wenn ich aufgelegt habe.»

«Wahrscheinlich ja», gab sie zu. «Hör zu, Hoop, ich liege gar nicht auf dem Bett. Ich wollte dich nur ein bißchen kitzeln. Ich dachte, es würde meine Laune heben, aber es hat überhaupt nichts gebracht.»

«Das wußte ich», sagte Hooper. «Du glotzt in die Röhre, stimmt's?»

«Gerade hat einer eine Säge gewonnen», sagte Mickey.

«Eine Säge?»

«Ähä, die sind vor das Haus von dem Mann gefahren und haben einen Lkw voller Baumstämme in seinem Vorgarten abgeladen und haben ihm die Kettensäge geschenkt. Das war sein Traum. Du solltest mal sehen, wie glücklich er ist, Hoop. Ich würde etwas darum geben, wenn ich einmal so glücklich wäre.»

«Vielleicht kann ich später noch vorbeikommen», sagte Hooper. «Nur auf einen Sprung.»

«Ich weiß nicht», sagte Mickey. «Ruf mich lieber erst an.»

Nachdem Mickey aufgelegt hatte, versuchte Hooper seine Frau anzurufen, aber es meldete sich niemand. Er stand da und lauschte auf das Klingeln des Telefons. Schließlich legte er den Hörer auf und trat aus der Telefonzelle, gerade als über den Kompanielautsprecher der Zapfenstreich zu ertönen begann. Zusammen mit den Männern um ihn herum stand Hooper stramm und salutierte. Die Schallplatte hatte Kratzer, aber wie immer bewirkte die Musik, daß es in Hooper abrupt und vollkommen still wurde. Die Stille breitete sich durch seinen Körper nach unten aus. Er ließ die Hand an der Mütze, bis der letzte Ton verklungen war, dann nahm er sie zackig herunter und ging die Straße entlang aufs Kasino zu.

Der Offizier vom Dienst war Captain King von der Stabskompanie. Captain King war auch Montag und Dienstag nacht Offizier vom Dienst gewesen, und Hooper war froh, ihn heute wieder hier zu sehen, denn Captain King war zu faul, um seinen Dienst ordentlich zu versehen und auch zu bequem, dafür zu sorgen, daß die Wachen den ihren taten. Er blieb im Wachlokal und überließ alles andere Hooper.

Captain King hatte graues Haar und ein langes, fahl wirkendes Gesicht. Er war West Point-Absolvent, hatte achtundzwanzig Dienstjahre hinter sich und bemühte sich im Augenblick, die letzten beiden Jährchen durchzustehen, um sich dann endlich mit Dreivierteln seines Gehalts zur Ruhe zu setzen. Alle seine ehemaligen Kameraden waren Generäle oder zumindest Oberstleutnants, aber er selbst war nicht befördert worden, aus guten Gründen, von denen er Hooper in ihrer ersten gemeinsamen Nacht eine ganze Reihe gestanden hatte. Hooper war verblüfft gewesen, daß dieser Offizier ihm von seinem Versagen bei der Diensterfüllung, seinen Nervenzusammenbrüchen und seinen Valiumgewohnheiten erzählte, aber schließlich begriff Hooper: Captain King betrachtete ihn, einen Gefreiten mit einundzwanzig Dienstjahren, als einen Genossen der Pflichtvergessenheit, einen, der wie er selbst versagt hatte, und der nicht den geringsten Anlaß dazu hatte, andere zu verurteilen.

Der Abend war heiß und schwül. Kleine schwarze Fledermäuse jagten über ihre Köpfe, als Captain King die Linie der Männer abschritt, die vor den Stufen des Wachlokals angetreten waren. Er beanstandete die Ausrichtung der Gürtelschnalle bei einem der Männer. Er stellte Fragen über die Befehlskette, gab aber durch kein Anzeichen zu erkennen, ob die Antworten, die er bekam, richtig oder falsch waren. Er inspizierte ein paar Gewehre und gab vor, an jedem etwas auszusetzen zu finden, obwohl offensichtlich war, daß er kaum ein Laufende vom anderen unterscheiden konnte, und als er bei dem letzten Mann in der Reihe angekommen war, begann er eine Rede zu halten. Er sagte, er habe in seinem Leben noch nie eine so trostlose Truppe gesehen. Er fragte sie, wie sie sich gegen einen entschlossenen Feind behaupten wollten. Er redete und redete. Captain King hatte schon am Montag und am Dienstag dieselbe Rede gehalten, und als Hooper sie wiedererkannte, zündete er sich die nächste Zigarette an und setzte sich auf das Trittbrett des Lkws, an den er sich angelehnt hatte.

Der Himmel war grau. Er sah feucht und schwer aus und schien auch schwer auf ihnen zu lasten, dicht über ihren Köpfen, mit nervösem Rumpeln und aufgeregten kleinen Blitzen in der Ferne. Hooper schwitzte schon beim bloßen Dasitzen. Hinter dem Wachlokal raste ein Strom von Autos die Straße nach Tacoma entlang. Vom Offizierskasino weiter oben an der Straße kam der gedämpfte Rhythmus von Rockmusik, fast übertönt, wie jedes andere Geräusch des Abends, vom Zirpen der Grillen, das überall aufstieg und die Luft verdichtete wie der Dunst der Hitze.

Als Captain King mit seiner Rede fertig war, übergab er Hooper die Männer zum Transport zu ihren Posten. Zwei von ihnen, beides Gefreite, waren aus Hoopers Kompanie, und er erlaubte ihnen, gemeinsam mit ihm im Führerhaus des Lkws zu fahren, während alle anderen nach hinten durchrutschten. Der eine war ein Koch namens Kopleff, bekannt als Kotelett. Der andere war ein Funker namens Trac, dem es gelungen war, sich beim Zusammenbruch von

Saigon über die Luftbrücke aus der Stadt zu retten, indem er sich an die Kufen eines Hubschraubers hängte. Das war jedenfalls die Geschichte, die Hooper gehört hatte, und es gab keinen Grund, sie anzuzweifeln; er hatte viele Male gesehen, wie die Viets diesen Trick anwandten, obwohl wenige von ihnen so jung waren, wie Trac damals gewesen sein mußte – acht oder neun allerhöchstens. Wenn Hooper versuchte, sich seinen Sohn Wesley im selben Alter so vorzustellen, an den Fingerspitzen über einer brennenden Stadt baumelnd, mußte er lächeln.

Aber Trac sprach nie davon. Nichts an ihm deutete auf diese Vergangenheit hin, mit Ausnahme vielleicht der tiefen, sichelförmigen Narbe über seinem rechten Auge. Für Hooper war etwas Vertrautes an dieser Narbe. Eines Abends, als er Trac zusah, wie er im Tagesraum das Video-Spiel spielte, überkam ihn das sichere Gefühl, daß er Trac schon einmal irgendwo gesehen hatte – auf einem Wasserbüffel in irgendeinem stinkenden Reisfeld oder mitten in einem Schwarm von Kindern, die neben Hoopers Jeep herliefen und um Geld bettelten und dabei Melonen in die Höhe hielten oder eine Tüte voller Weed oder einen verhungernden Affen an einem Stock.

Obwohl Hooper die Fenster geöffnet hatte, roch das Fahrerhaus stark nach Aftershave. Es fiel Hooper auf, daß Trac orangefarbene Kopfhörer unter seinem Innenhelm trug. Sie waren gegen die Vorschrift, aber Hooper sagte nichts. Solange Trac die Ohren zugestopft hatte, würde er wenigstens nicht horchen können, ob sich Unbefugte auf dem Militärgelände herumtrieben, und dann irgendwann sein Gewehr auf ein armes Eichhörnchen abfeuern, das eine Eichel aufknackte. Kopleff und Trac würden als einzige Wachen Munition bekommen, da sie der Bataillonsfunkzentrale zugewiesen waren, wo es ein Terminal mit Verbindung zum Zentralcomputer der Division gab. Die Theorie war, daß ein Eindringling, der sich auskannte, Zugang zu höchst geheimem Material erlangen könnte. So war es Hooper erklärt worden. Hooper hielt das für Blödsinn. Die Russen wußten sowieso alles.

Hooper ließ die ersten beiden Männer am PX raus und die nächsten beiden am Parkplatz vor dem Hauptoffizierskasino, wo in letzter Zeit mehrere Autos mutwillig demoliert worden waren.

Als sie wieder losfuhren, beugte sich Kopleff über Trac und packte Hooper am Ärmel. «Sie sind doch Korporal gewesen», sagte er.

Hooper schüttelte Kopleffs Hand ab. Er sagte: «Ich fahre einen Lkw, falls Sie das noch nicht bemerkt haben.»

«Wieso sind Sie degradiert worden?»

«Geht Sie nichts an.»

«Ich frage ja nur», sagte Kopleff. «Also, was ist gewesen?»

«Reg dich ab, Kotelett», sagte Trac. «Der Mann hat keinen Bock, drüber zu reden, kapiert?»

«Reg dich selbst ab, du Pißgesicht», sagte Kopleff. Er sah Trac an. «Hab ich zu dir was gesagt?»

Trac sagte: «Mann, hast wohl zuviel von deinem eigenen Fraß eingeworfen.»

«Ich glaube nicht, daß ich zu dir was gesagt habe», sagte Kopleff. «Ich glaube sogar, wir sind einander nicht einmal anständig vorgestellt worden. Das ist noch so was, was ich an der Armee nicht leiden kann, wie die Leute, denen man nicht mal offiziell vorgestellt worden ist, gleich glauben, daß sie dir ins Gesicht springen können und den ganzen Scheiß, den sie im Hirn haben, abladen. Die ganze Zeit passiert das. Bis jetzt hat aber noch keiner ‹Reg dich ab› zu mir gesagt. Du bist vielleicht ein Phrasendrescher, Pißgesicht.«

«Das reicht», meinte Hooper.

Kopleff lehnte sich zurück und sagte mit Falsettstimme: «Das reicht.» Ein paar Sekunden später fing er an, vor sich hinzusummen.

Hooper lud die restlichen Wachen ab und fuhr dann den Hügel hinauf auf die Funkzentrale zu. Auf beiden Seiten der Kiesauffahrt standen Rhododendronbüsche mit weißen Blüten, die allmählich im Dämmerlicht grau wurden. Kies spritzte unter den Reifen hoch und klapperte gegen den Unterboden des Lkws. Kopleff hörte auf zu summen. «Ich habe einen Krampf», sagte er.

Hooper fuhr neben das Tor und stellte den Motor ab. Er blickte zu Kopleff hinüber. «So, was ist jetzt Ihr Problem?» sagte er.

«Ich habe einen Krampf», wiederholte Kopleff.

«Herrgott noch mal», sagte Hooper. «Warum haben Sie das denn nicht schon früher gesagt?»

«Hab ich ja. Ich habe mich krank gemeldet, aber der Arzt hat ihn nicht gefunden. Er wandert herum. Jetzt ist er hier.» Kopleff faßte sich an den Hals. «Ich schwöre zu Gott.»

«Behalten Sie ihn im Auge», riet Hooper ihm. «Sie können sich morgen früh wieder krank melden.»

«Sie glauben mir nicht», sagte Kopleff.

Alle drei stiegen aus. Hooper zählte Kopleff und Trac die Munition ab und sah zu, wie sie ihre Ladestreifen luden. «Die Muni hier ist nur zur Show», sagte er. «Ihr könnt ruhig vergessen, daß ich sie euch überhaupt gegeben habe. Wenn es Schwierigkeiten gibt, was nicht der Fall sein wird, benutzt das Telefon im Wachhäuschen. Ihr könnt euch die Schichten selbst einteilen.»

Hooper machte das Tor auf und schloß die beiden Männer ein. Sie standen da und beobachteten ihn, die Gesichter im Schatten, die schwarzen Gewehrläufe hinter ihnen in die Luft ragend. «Hört zu», sagte Hooper, «es wird keiner versuchen, hier einzubrechen, verstanden?»

Trac nickte. Kopleff sah ihn nur an.

«Okay», sagte Hooper. «Ich schau später noch mal vorbei. Ich und der Captain.» Hooper wußte, daß Captain King sich nirgends hinrühren würde, aber Trac und Kopleff wußten das nicht. Hooper selbst funktionierte besser, wenn er glaubte, daß er beobachtet wurde, deshalb nahm er an, daß das gleiche auch für andere galt.

Hooper kletterte wieder in den Lkw und ließ den Motor an. Er hob die Hand und spreizte Zeige- und Mittelfinger zum V. Trac erwiderte das Zeichen und wandte sich ab. Kopleff rührte sich nicht. Er blieb stehen, wo er war, die Finger in den Maschendraht gekrallt. Er sah aus, als wollte er gleich anfangen zu weinen. «Verdammt», sagte Hooper und trat aufs Gas. Kies klapperte gegen die Radwellen. Als Hooper die Hauptstraße erreichte, begann ein leichter Regen zu fallen, aber er hörte schon wieder auf, bevor Hooper die Scheibenwischer eingeschaltet hatte.

Hooper und Captain King saßen auf benachbarten Kojen im Wachlokal, das leer war, bis auf sie und eine Fledermaus, die zwischen den Dachsparren hin- und herflatterte. Wie am Montag- und Dienstagabend hatte Captain King eine Kühlbox mitgebracht, die mit Perrier-Fläschchen gefüllt war. Von Zeit zu Zeit versuchte er, Hooper eines aufzudrängen, aber Hooper lehnte ab. Seine Weigerungen bewirkten, daß Captain King sich entschuldigte. «Das hat nichts mit Schickeria zu tun», sagte Captain King und schaute die Flasche in seiner Hand an. «Ich trinke das Zeug nicht, weil ich in Point war oder so.» Er beugte sich nach unten und stellte die Flasche zwischen seine nackten Füße. «Aber ich bin allergisch gegen Alkohol», sagte er. «Sonst wäre ich wahrscheinlich Alkoholiker. Warum auch nicht? Ich bin ja auch alles andere.» Er lächelte Hooper an.

Hooper legte sich zurück, faltete die Hände hinter dem Kopf und starrte die Matratze über sich an. «Ich bin selbst auch kein großer Trinker», sagte er. Er wußte, daß Captain King gern eine Erklärung von ihm gehört hätte, warum er das Perrierwasser ablehnte, aber es gab eigentlich keinen besonderen Grund. Hooper hatte einfach nur keine Lust.

«Einmal habe ich als Kind zu Weihnachten Eierlikör getrunken und wäre fast krepiert», sagte Captain King. «Meine Arme und Beine schwollen auf den doppelten Umfang an. Die Ärzte konnten mir nicht einmal die Brille abnehmen, weil die Haut ringsum so aufgedunsen war. So, wie manchmal Bäume um ein Stück Felsen herumwachsen, wissen Sie. Genauso war das. Ein paar Monate später habe ich bei der Schulabschlußfeier von einem Freund mein erstes Bier probiert, und dasselbe passierte. Reichlich merkwürdig, was?»

«Ja, Sir», sagte Hooper.

«Ich habe früher immer gedacht, es wäre nur von Vorteil. Ich habe eine Persönlichkeit, die zur Sucht tendiert, und Sie können Gift drauf nehmen, daß ich Alkoholiker geworden wäre. Überhaupt keine Frage. Aber inzwischen habe ich meine Zweifel. Wenn ich eine große Schwäche wie die hätte, hätte ich vielleicht nicht alle diese kleinen erbärmlichen Schwächen, mit denen ich jetzt dasitze. Ich weiß, das klingt nach Bullenkacke, aber nehmen Sie mal Alexander den Großen. Alexander der Große war ein Säufer. Haben Sie das gewußt?»

«Nein, Sir», sagte Hooper.

«War er aber. Lesen Sie im Geschichtsbuch nach. Churchill auch. Churchill hat eine Flasche Cognac pro Tag getrunken. Und Grant natürlich. Sie wissen doch, was Lincoln sagte, als jemand sich bei ihm darüber beklagte, daß Grant trank?»

«Ja, Sir. Ich habe die Geschichte gehört.»

«Er sagte: ‹Stellen Sie fest, welche Marke er trinkt, damit ich den anderen Generälen auch ein Kistchen zuschicken lassen kann.› Haben Sie das auch so gehört?»

«Ja, Sir.»

Captain King nickte. «Ich bin eben auf dem laufenden», sagte er. Er streckte sich aus und nahm genau die Haltung ein, die Hooper innehatte. Hooper wurde es ungemütlich. Er setzte sich auf und stellte die Füße auf den Boden.

«Verheiratet?» fragte Captain King.

«Ja, Sir.»

«Kinder?»

«Ja, Sir. Eins. Wesley.»

«Ach du lieber Gott, ein Knabe», sagte Captain King. «Die bringen nichts als Ärger, das können Sie mir glauben. Die sind darauf vorprogrammiert, Sie zu hassen. Es muß so sein, sonst würden sie ihr Leben lang daheimhocken und Trübsal blasen, aber trotzdem, es ist kein Spaß, wenn das losgeht. Ich habe zwei von der Sorte, und keiner kann mich leiden. Bin schon Jahre nicht mehr zu Hause gewesen. Herzzerreißend. Aber natürlich war ich als Vater schlechter als die meisten. Wie alt ist Ihr Junge?»

«Sechzehn oder siebzehn», sagte Hooper. Er legte die Hände auf die Knie und blickte zu Boden. «Siebzehn. Er lebt bei der Schwester meiner Frau in San Diego.»

Captain King wandte den Kopf und sah Hooper an. «Klingt ganz, als wären Sie auch nicht gerade ein toller Vater.»

Hooper fing an, seine Stiefel zuzuschnüren.

«Das ist keine Kritik», sagte Captain King. «Zumindest waren Sie schlau genug, den Job jemand anderem aufzuhalsen.» Er gähnte. «Ich bin erschlagen», sagte er. «Brauchen Sie mich für irgendwas? Wollen Sie, daß ich mit Ihnen die Runde mache?»

«Ich kümmere mich schon drum, Sir», sagte Hooper.

«Na prima.» Captain King schloß die Augen. «Wenn Sie mich brauchen, brüllen Sie einfach.»

Hooper ging nach draußen und zündete sich eine Zigarette an. Es war fast Mitternacht, schon über die Zeit, die für die Inspektion der Wachen festgesetzt war. Während er auf den Lkw zuging, summten Mücken um seinen Kopf. Ein leichter Wind ließ die Baumwipfel rascheln, aber am Boden war die Luft heiß und still.

Hooper ließ sich Zeit bei seiner Runde. Er ging bei allen Wachen vorbei, mit Ausnahme von Kopleff und Trac, und fand alles in Ordnung vor. Es gab keine Probleme. Er begann in Richtung Funkzentrale zu fahren, aber als er die Abzweigung erreichte, richtete er die Augen stur geradeaus und fuhr daran vorbei. Laue, duftende Luft strich vom offenen Fenster her über sein Gesicht. Die Straße vor ihm war leer. Hooper lehnte sich zurück und drückte aufs Gas. Der Motor heulte auf. Er fuhr jetzt schnell, richtig schnell, an verdunkelten Kasernen und leeren Fahnenmasten vorbei und an Büschen, deren Blüten im Licht der Scheinwerfer aufflammten. Hooper grinste. Er empfand kein Vergnügen, aber er grinste und holte aus dem Lkw heraus, was er hergab.

Hooper fuhr langsamer, als er die Kaserne verließ. Er entfernte sich unerlaubt von der Truppe. Obwohl es nicht in seiner Natur lag, sich groß Gedanken darüber zu machen, sah er keinen Anlaß dafür, die Aufmerksamkeit unnötig auf sich zu lenken.

Betrunkene Fahrer fuhren Zickzack zwischen den Fahrbahnen hin und her. Alle halbe Meile etwa stand ein Polizeiauto mit blinkendem Blaulicht mit einem angehaltenen Auto am Straßenrand. Weitere Polizeiautos standen wartend hinter Plakatwänden. Hooper blieb auf der rechten Fahrbahn und fuhr langsam, bis er an seine Abbiegung kam, dann brachte er den Motor wieder auf Hochtouren und raste die mit Schlaglöchern übersäte Straße hinunter, die zu Mickeys Haus führte. Er fuhr an einem Grüppchen von Jugendlichen vorbei, die mit Bierdosen in der Hand auf dem Kühler eines Autos saßen. Die Autotür stand auf, und Hooper mußte das Steuer herumreißen, um ihr auszuweichen. Als er vorbeifuhr, hörte er Musik in voller Lautstärke.

Als er zur letzten Querstraße vor Mickeys Haus kam, schaltete Hooper den Motor aus. Der Lkw rollte lautlos die Straße hinunter, und wieder nahm Hooper das Geräusch der Grillen wahr. Er hielt am Straßenrand gegenüber von Mickeys Haus an und saß lauschend da.

Das dichte pulsierende Geräusch schien mit jedem Augenblick anzuwachsen. Hooper ließ sich von Erinnerungen treiben, die Zigarette ohne zu rauchen in der Hand, bis sie zu seinen Fingern heruntergebrannt war. Im selben Augenblick, in dem er die Hitze der Glut auf seiner Haut spürte, wurde Hooper von einem anderen Schmerz gepackt, dem Schmerz, dort zu sein, wo er war. Er nahm ihm einen Augenblick den Atem. Dann raffte er sich auf und stieg aus.

Die Fenster waren dunkel. Mickeys Buick stand in der Einfahrt neben einem anderen Auto, das Hooper nicht erkannte. Es gehörte nicht ihrem Mann, und es gehörte nicht Briggs. Hooper warf einen kurzen Blick auf die anderen Häuser, dann ging er über die Straße und schlüpfte unter den hängenden Blättern der Weide in Mickeys Vorgarten. Er kniete sich hin und hielt den Atem an, um besser lauschen zu können, aber er hörte kein Geräusch außer dem Zirpen der Grillen und dem Sausen der großen Klimaanlage, die Mickeys Mann von einem Hubschrauberhangar hatte mitgehen lassen. Hooper sah keinen Sinn darin, unter dem Baum hocken zu bleiben, deshalb stand er auf und ging zum Haus hinüber. Wieder schaute er sich um, dann bückte er sich und begann, sich an der Wand entlangzutasten. Er bog um die Hausecke und begann an der anderen Seite auf Mickeys Schlafzimmer zuzuschleichen, als plötzlich ein Lichtkegel um seinen Kopf herum aufflammte und die Stimme einer Frau sagte: «Du sollst nicht ehebrechen.»

Hooper schloß die Augen. Ein langes Schweigen folgte. Dann sagte die Frau: «Kommen Sie her.»

Sie stand in der Einfahrt zum Nachbarhaus. Als Hooper zu ihr hinüberging, hielt sie ihm eine Pistole vors Gesicht und befahl, die Hände hochzunehmen. «Ein Soldat», sagte sie und bewegte den Lichtstrahl über seine Uniform hinauf und hinunter. «Schon gut, nehmen Sie die Hände runter.» Sie knipste die Lampe aus und stand da und betrachtete Hooper in dem flackernden bläulichen Schein, der aus der offenen Tür hinter ihr fiel. Hooper hörte einen Hund zweimal bellen und einen Mann sagen: «Denken Sie daran: für Ihren Hund ist nichts zu gut. Wau-wau heißt es beim Zeichen mit dem zweifachen W.» Der Hund bellte wieder zweimal.

«Ich würde gerne wissen, was Sie da zu suchen haben», sagte die Frau.

Hooper sagte: «Das weiß ich selbst nicht.» Er sah sie jetzt deutlicher. Sie war dünn und groß. Sie trug eine Brille mit schwarzem Gestell und ein weißes Kleid von der Sorte, die von Mädchen zu Hoopers High School-Zeit als «Cocktailkleid» bezeichnet wurde – eng in der Taille und von der Hüfte an steif ausgestellt, der Busen von hart aussehenden Schalen gehalten. Schatten lagen auf ihren eingefallenen Wangen. Unter den Volants des Kleids kamen die Füße groß und nackt hervor.

«Ich weiß, was Sie da suchen», sagte sie. Sie deutete mit der Pistole, einer Armeewaffe Kaliber 11, zu Mickeys Haus hinüber. «Sie schnüffeln der Hure da drüben hinterher.»

Jemand trat hinter der Frau an die Tür. Eine tiefe Stimme rief: «Ist er das?»

«Bleib drinnen, Paps», antwortete die Frau. «Es ist niemand.»

«Das ist er!» rief der Mann. «Laß dich nur nicht wieder von ihm einwickeln! Tu es, jetzt, wo du die Chance hast, mein Goldkind.»

«Was wollen Sie denn von der Hure?» fragte die Frau Hooper. Bevor er antworten konnte, sagte sie: «Ich könnte Sie erschießen, und keiner würde einen Mucks sagen. Das Recht ist auf meiner Seite.»

Hooper nickte.

«Ich versteh nicht, was an der dran sein soll», sagte sie. «Aber schließlich bin ich kein Mann.» Sie gab ein Geräusch von sich, das wie Lachen klang. «Wissen Sie was? Ich hätte es fast getan. Ich hätte Sie fast erschossen. So dicht war ich, aber dann habe ich Ihre Uniform gesehen.» Sie schüttelte den Kopf. «Schande über Sie. Wo ist Ihr Stolz?»

«Laß ihn nicht reden», sagte der Mann auf der Türschwelle. Er kam die Stufen herunter, ein großer weißhaariger Mann in gestreiftem Schlafanzug. «Da bist du ja, du geiles Arschloch», sagte er. «Na warte, auf deinem Grab werd ich tanzen.»

«Das ist er nicht, Paps», sagte die Frau traurig. «Es ist jemand anderes.»

«Das sagte er nur», schnauzte der Mann. Er kam langsam die Einfahrt herunter, von einem Fuß auf den anderen über den Kies hüpfend. Die Frau gab ihm die Taschenlampe, und er knipste sie an und leuchtete Hooper ins Gesicht, dann ließ er den Lichtstrahl langsam nach unten bis zu seinen Stiefeln gleiten. «Goldkind, das ist ein Soldat», sagte er.

«Ich hab dir doch gesagt, daß er es nicht ist», sagte die Frau.

«Gott, was für ein fürchterlicher Irrtum», sagte der Mann. «Sir, mir fehlen die Worte.»

«Ach, lassen Sie doch», sagte Hooper. «Ich nehm Ihnen das nicht übel.»

«Sie sind zu freundlich», sagte der Mann. Er streckte den Arm aus und schüttelte Hooper die Hand. «Sie leben ja noch», sagte er. «Das ist das Entscheidende.» Er nickte zum Haus hinüber. «Kommen Sie, trinken Sie was.»

«Er muß gehen», sagte die Frau. «Er hat etwas gesucht, und er hat es gefunden.»

«Das ist richtig», erklärte Hooper. «Ich war gerade auf dem Rückweg zur Kaserne.»

Der Mann verneigte sich leicht mit dem Kopf. «Na, dann ab in die Kaserne! Gute Nacht, Sir.»

Hooper und die Frau sahen zu, wie er sich zum Haus zurückarbeitete. Als er drinnen war, wandte sich die Frau Hooper zu und sagte: «Wenn ich ihm erzählen würde, was Sie da drüben gesucht haben, würde es ihm das Herz zerreißen. Aber ich werde es ihm nicht erzählen. In seinem Leben hat es schon genügend Enttäuschungen gegeben, und Gott weiß, was als nächstes dran ist. Irgend etwas muß ihm doch bleiben.» Sie richtete sich auf und warf Hooper einen bösen Blick zu. «Warum sind Sie denn immer noch hier?» fragte sie ärgerlich. «Gehen Sie in Ihre Kaserne zurück!»

Captain King schlief immer noch, als Hooper ins Wachlokal zurückkam. Er hatte den Daumen im Mund und machte beim Lutschen kleine Geräusche. Hooper lag mit offenen Augen in der Koje daneben. Er war immer noch wach, als um vier Uhr früh das Telefon zu läuten begann.

Es war Trac, der von der Funkzentrale aus anrief. Er sagte, Kopleff drohe, sich zu erschießen und auch Trac zu erschießen, wenn Trac versuche, ihn daran zu hindern. «Der Kerl ist übergeschnappt», sagte Trac. «Holen Sie mich hier raus, und zwar ein bißchen dalli.»

«Wir sind sofort da», sagte Hooper. «Lassen Sie ihm nur viel Raum. Versuchen Sie nicht, ihm das Gewehr abzunehmen oder so.»

«Können vor Lachen», sagte Trac. «Mann Gottes, wissen Sie, was der zu mir gesagt hat? Viet hat der zu mir gesagt. Ich hoffe nur, der verheizt sich selbst. Ich kann hier kein Arschloch mit geladener Knarre brauchen, das mir den Krieg erklärt, Menschenskind.»

«Nur die Ruhe», sagte Hooper. Er legte auf und ging, um Captain King zu wecken, denn dies war eine Scheißsituation und er wollte, daß auch Captain King diese Scheißsituation ausbaden sollte, und daß Captain King sich gefälligst den Arsch versengen sollte, wenn irgendwas danebenging. Er ging hinüber zu Captain King und stand da und schaute auf ihn hinunter. Der Daumen war ihm aus dem Mund gerutscht, aber Captain King machte immer noch saugende Geräusche und spitzte die Lippen. Hooper beschloß, ihn doch nicht aufzuwecken. Captain King würde sich wahrscheinlich ohnehin weigern, mitzukommen, und wenn er mitkäme, würde er bestimmt alles versauen. Sein Anblick genügte schon, um jemanden losballern zu lassen.

Ein leichter Regen hatte eingesetzt. Die Straße war leer, bis auf einen Jeep, der in die andere Richtung fuhr. Hooper winkte im Vorbeifahren den beiden Männern, die vorne drinsaßen, zu, und beide winkten zurück. Hooper spürte in sich eine Welle der Freundlichkeit aufsteigen. Er verfolgte ihre Rücklichter im Spiegel, bis sie hinter ihm verschwanden.

Hooper stellte den Lkw auf halber Höhe der Auffahrt ab und ging den Rest des Weges zu Fuß. Der Regen fiel jetzt stärker und klopfte gleichmäßig auf die Schultern seines Ponchos. Süße, fast unerträgliche Gerüche stiegen von der Erde auf. Er ging langsam, und der Kies knirschte unter seinen Stiefeln. Als er beim Tor ankam, sagte eine Stimme links von ihm: «Scheiße, Mann, das hat ewig gedauert.» Trac trat aus dem Schatten heraus und wartete, während Hooper versuchte, den Schlüssel ins Schloß zu stecken. «Na los schon, Mann», sagte Trac. Er kniete mit dem Rücken zum Zaun und schwenkte seinen Gewehrlauf von einer Seite zur anderen.

«Jetzt hab ich's», sagte Hooper. Er nahm das Schloß ab, und Trac schob das Tor auf. «Der Lkw steht dort unten», erklärte Hooper, «gleich hinter der Biegung.»

Trac stand dicht vor Hooper, rasch und flach atmend, und trat von einem Fuß auf den anderen. Sein Gesicht war dunkel unter der Kapuze seines glänzenden Ponchos. «Wollen Sie das?» fragte er. Er hielt ihm sein Gewehr hin.

Hooper sah es an. Er schüttelte den Kopf. «Wo ist Kopleff?»

«Hinten, auf der anderen Seite», sagte Trac. «Da wo die Picknickbänke stehen.»

«In Ordnung», sagte Hooper. «Ich werde mich um ihn kümmern. Warten Sie im Auto.»

«Scheiße, Mann, ich komme mir beschissen vor», sagte Trac. «Ich geb Ihnen Deckung, Mann.»

«Ist schon gut», beruhigte Hooper ihn. «Ich schaffe das schon.»

«Ich hab noch nie einen im Stich gelassen», sagte Trac. Er trat von einem Fuß auf den anderen.

«Sie lassen keinen im Stich», sagte Hooper. «Es wird nichts passieren.»

Trac ging die Zufahrt hinunter. Als er um die Kurve verschwand, sah Hooper ihm weiter nach, um sicherzugehen, daß er nicht wieder umkehrte. Ein kräftiger Wind begann zu wehen und die Bäume zu schütteln, so daß Regentropfen prasselnd durch die Blätter nach unten fielen. Weit entfernt rumpelte Donner.

Hooper wandte sich um und ging durchs Tor auf das Gelände. Die Umrisse von Büschen und Kiefern waren im schrägfallenden Regen dunkel und undeutlich. Hooper folgte dem Zaun nach rechts und schaute mit zusammengekniffenen Augen in den Schatten. Als er Kopleff über den Picknicktisch gebeugt sitzen sah, blieb er stehen und rief zu ihm hinüber: «He, Kopleff! Ich bin's – Hooper.»

Kopleff hob den Kopf.

«Ich bin's nur», sagte Hooper und ging der eigenen Stimme nach zu Kopleff hinüber und zeigte seine leeren Hände. Er sah das Gewehr auf dem Tisch vor Kopleff liegen. «Ich bin's nur», wiederholte er, so monoton er konnte. Er blieb bei einem anderen Picknicktisch stehen, drei Meter oder so von dem Tisch entfernt, an dem Kopleff saß, und ließ sich auf die Bank nieder. Er schaute zu Kopleff hinüber. Eine Weile sprach keiner von ihnen. Dann sagte Hooper: «Okay, Kopleff, reden wir darüber. Trac sagt, Sie haben eine Art Verhaltensstörung.»

Kopleff antwortete nicht. Regentropfen liefen ihm über den Helm auf die Schultern und tropften gleichmäßig an seinem Gesicht vorbei. Seine Uniform war durchweicht und dunkel und klebte an seiner Haut. Er starrte Hooper an und sagte nichts. Hin und wieder zuckten seine Schultern.

«Sind Sie schwul?» fragte Hooper.

Kopleff schüttelte den Kopf.

«Gut, was dann? Sind Sie auf Tabletten oder was? Sie können es mir ruhig sagen, Kopleff. Es ist nicht schlimm.»

«Ich habe nichts mit Drogen am Hut», sagte Kopleff. Er hatte zum erstenmal gesprochen. Seine Stimme war ruhig.

«Gut», sagte Hooper. «Ich meine, dann weiß ich doch wenigstens, daß ich mich mit Ihnen unterhalte und nicht mit einer Chemikalie. Jetzt hören Sie mal her, Kopleff – ich will nicht, daß Sie das Gewehr da auf mich anlegen. Verstanden?»

Kopleff schaute auf sein Gewehr hinunter, dann zurück zu Hooper. Er sagte: «Lassen Sie mich in Ruhe, dann lasse ich Sie auch in Ruhe.»

«Ich habe heute abend schon mal eine Kanone im Gesicht gehabt», sagte Hooper. «Ich würde es ganz gerne dabei belassen.» Er griff unter seinen Poncho und holte sein Zigarettenetui hervor. Er hielt es so, daß Kopleff es sehen konnte.

«Ich steh nicht auf Nikotin», sagte Kopleff.

«Ich aber», sagte Hooper. Er schüttelte eine Zigarette heraus und beugte sich vor, um sie anzuzünden. «He», sagte er. «O gut. Ein Streichholz.» Er steckte das Etui in die Tasche zurück und hielt die Zigarette in der hohlen Hand unter den Picknicktisch, um sie trokken zu halten. Der Regen fiel jetzt leicht, in feinen unsteten Schwällen wie Sprühwasser. Die Wolken hatten die Farbe von Asche angenommen. Dunstiges graues Licht verbreitete sich vom Himmel her. Hooper bemerkte, daß Kopleffs Schultern jetzt unaufhörlich zuckten und daß seine Lippen blau verfärbt waren und zitterten. «Ziehen Sie Ihren Poncho an», befahl Hooper ihm.

Kopleff schüttelte den Kopf.

«Woll'n sich wohl eine Lungenentzündung holen?» fragte Hooper. Er lächelte Kopleff an. «Na los schon, Junge, ziehen Sie den Poncho an.»

Kopleff beugte sich nach vorn und bedeckte sein Gesicht mit den Händen. Hooper merkte, daß er weinte. Er rauchte seine Zigarette und wartete darauf, daß Kopleff aufhörte, aber Kopleff weinte weiter, und Hooper wurde ungeduldig. Er sagte: «Was soll dieser Quatsch von wegen sich erschießen?»

Kopleff rieb sich mit dem Handballen die Augen. «Und warum nicht?» fragte er.

«Und warum nicht? Was soll das heißen, warum nicht?»

«Warum soll ich mich nicht erschießen? Nennen Sie mir einen Grund.»

«Nein, aber ich werd Ihnen einen Rat geben», sagte Hooper. «Man läuft nicht herum und fragt sich, warum soll ich mich nicht erschießen. Das ist dekadent, Kopleff. Und jetzt tun Sie mir einen Gefallen und ziehen Ihren Poncho an.»

Kopleff saß einen Augenblick lang zitternd da. Dann nahm er seinen Poncho vom Gürtel, rollte ihn auf und fing an, ihn über den Kopf zu ziehen. Hooper erwog, sich auf das Gewehr zu stürzen, bremste sich aber. Es war nicht nötig, er hatte Punkte gemacht. Jemand, der sich in die Luft jagen will, schützt sich nicht vor Regen.

«Wissen Sie, wie sie mich nennen?» sagte Kopleff.

«Wer ist sie, Kopleff?»

«Alle.»

«Nein. Wie nennen alle Sie?»

«Kotelett. *Kotelett.*»

«Ach was», sagte Hooper. «Was ist da denn Schlimmes dran? Jeder wird irgendwie genannt.»

«Aber das ist mein *Name*», sagte Kopleff. «Das bin *ich*. So weit ist es schon gekommen: wenn die Leute meinen richtigen Namen benutzen, dann höre ich Kotelett. Ich kann an nichts anderes mehr als an dieses Riesenstück Fleisch denken. Und genau das sehen die auch. Behaupten Sie ruhig, daß die das nicht so sehen, aber ich weiß, daß es so ist.»

Hooper erkannte eine gewisse Wahrheit darin, sogar eine ganze Menge Wahrheit, denn wenn er selbst Kotelett sagte, dann sah auch er genau das vor sich: ein Kotelett.

«Mir tut ständig alles weh», sagte Kopleff, «aber keiner glaubt mir. Nicht einmal die Ärzte. Sie glauben mir auch nicht.»

«Ich glaube Ihnen», sagte Hooper.

Kopleff blinzelte. «Klar», sagte er.

«Ich glaube Ihnen», wiederholte Hooper. Er ließ das Gewehr nicht aus den Augen. Kopleff würde sich nicht erschießen, aber das Gewehr bereitete Hooper immer noch Unbehagen. Er war im Begriff, Kopleff zu bitten, es ihm zu geben, beschloß aber, noch ein wenig zu warten. Es war irgendwie nicht der richtige Augenblick. Hooper schob die Kapuze seines Ponchos zurück und nahm seine Arbeitsmütze ab. Er warf einen Blick hinauf zu den bleichen Wolken.

«Ich habe überhaupt keine Freunde», sagte Kopleff.

«Kein Wunder», sagte Hooper. «Leute Viets schimpfen, Leute bedrohen. Seien wir doch ehrlich, Kopleff. Sie müssen ein bißchen an Ihrem Charakter arbeiten.»

«Aber die geben mir ja keine Chance», sagte Kopleff. «Ich tu nichts anderes als Essen kochen. Ich fülle es ihnen auf die Teller, und sie machen einen Witz darüber und gehen weiter. Es ist, als gäbe es mich überhaupt nicht. Wie soll ich mich denn da verhalten?»

Hooper blickte immer noch zu den Wolken hinauf und spürte den weichen Regen im Gesicht. In den Wäldern auf der anderen Seite des Zaunes begannen die Vögel zu singen. Er sagte: «Ich weiß nicht, Kopleff. Es ist eben ein Teil von dieser Mühle, in der wir alle drinstecken.» Hooper senkte den Kopf und sah zu Kopleff hinüber, der in seinem Poncho zusammengesackt hockte und unter den kleinen Schaudern, die ihn durchfuhren, zitterte. «Schon sehr bald», sagte Hooper, «wird sich alles ändern.»

«Mein Dad war daheim in Ohio bei der National Guard», sagte Kopleff. «Er hat immer davon erzählt, was für tolle Erlebnisse er und seine Kameraden hatten, wenn sie draußen kampierten und so weiter. Ich erlebte nie so etwas.» Kopleff sah auf den Tisch hinunter, dann schaute er auf und sagte: «Und Sie? Was war für Sie am schönsten?»

«Am schönsten», sagte Hooper. Die Frage bewirkte, daß er sich müde fühlte. Er dachte daran, Kopleff irgendeine Lüge zu erzählen, aber die Anstrengung, sich etwas auszudenken, war ihm zuviel, und die Erinnerung, die Kopleff wollte, lag sehr nahe. Für Hooper lag sie näher als die Erinnerung an zu Hause. In Wahrheit war es eine

Art Zuhause. Es war der Ort, an den er ging, um wieder bei seinen Freunden zu sein und bei seinem alten Selbst. Es war der Ort, an den Hooper sich treiben ließ, wenn er zu niedergeschlagen war, um sich groß darum zu kümmern, wieviel niedergeschlagener er sein würde, wenn er wieder zurückkehrte und es alles noch einmal verlor. «Vietnam», sagte er.

Kopleff sah ihn nur an.

«Wir wußten das damals nicht», sagte Hooper. «Wir sprachen oft davon, daß wir dies tun würden und jenes tun würden, wenn wir erst wieder zurück in der Welt wären. Wenn wir wieder daheim wären, würden wir unser Glück machen. Aber seither war alles nur noch ein Durcheinander.» Hooper nahm das Zigarettenetui aus seiner Tasche, öffnete es aber nicht. Er beugte sich über den Tisch nach vorn.

«Damals war alles klar», sagte er. «Man lernte, was man wissen mußte, und den Rest vergaß man. All diese Hühnerkacke. Dieses Wirrwarr. Man hat nicht jede geschlagene Minute des Tages damit verbracht, sich über sein armseliges kleines Ich Gedanken zu machen. Komme ich sexuell auf meine Kosten? Was ist mit meinem Kind los? Soll ich mein Haus isolieren lassen, Scheiße noch mal? Das macht einen fertig, Kopleff. Das Nachdenken über sich selbst. Das bringt einen am Ende um.»

Kopleff hatte sich nicht gerührt. Im grauen Licht konnte Hooper Kopleffs gespreizte Finger vor ihm auf der Tischplatte liegen sehen, weiß und still, als seien sie mit Kreide dort hingezeichnet. Sein Gesicht hatte die gleiche Farbe.

«Sie glauben, Sie hätten Probleme, Kopleff, aber die würden im Feld keine fünf Minuten überdauern. Sie haben nichts, was eine kleine Minensuche nicht kurieren würde.» Hooper hielt inne und lächelte vor sich hin, schon tief in Erinnerungen versunken. Er versuchte, sie für Kopleff herüberzuholen, versuchte, sie in Worte zu fassen, damit Kopleff sie auch sehen könnte, die Schönheit jenes Lebens, das Vertrauen, das so tief war, daß man zeitweise kein einzelner mehr war, sondern Teil voneinander.

Doch die Worte fielen ihm schwer. Hooper sah, daß Kopleff nicht verstand, und dann wurde ihm klar, daß das, was er zu beschreiben versuchte, nicht nur Vertrauen war, sondern auch Liebe, und daß dies zu beschreiben unmöglich war. Immer noch lächelnd sagte er: «Sie werden sehen, Kopleff. Sie werden Ihre Chance noch kriegen.»

Kopleff starrte Hooper an. «Sie spinnen», sagte er.

«Wir werden alle noch eine Chance bekommen», sagte Hooper. «Ich spüre, daß sie kommt. Sonst würde ich doch meine Entlassungspapiere nehmen und gehen. Sie werden sehen, Kopleff. Alles, was Sie brauchen, ist ein bißchen Kontakt. Wir anderen auch. Um aus der Mühle herauszukommen.»

Kopleff schüttelte den Kopf und murmelte: «Sie spinnen wirklich.»

«Machen wir Schluß für heute», sagte Hooper. Er stand auf und streckte die Hand aus: «Geben Sie mir das Gewehr.»

«Nein», sagte Kopleff. Er zog das Gewehr näher zu sich. «Nicht Ihnen.»

«Hier ist keiner außer mir», sagte Hooper.

«Gehen Sie Captain King holen.»

«Captain King schläft.»

«Dann wecken Sie ihn.»

«Nein», sagte Hooper. «Ich werde es Ihnen nicht noch einmal sagen, Kopleff, geben Sie mir das Gewehr.» Hooper ging auf ihn zu, blieb aber stehen, als Kopleff die Waffe nahm und auf ihn anlegte. «Lassen Sie mich in Frieden», sagte Kopleff.

«Nur ruhig Blut», beschwichtigte Hooper ihn. «Ich tu Ihnen nichts.» Er streckte wieder die Hand aus.

Kopleff leckte sich über die Lippen. «Nein», sagte er. «Nicht Ihnen.»

Hinter Hooper rief eine Stimme: «He! Kotelett! Wirf es hin!»

Kopleff setzte sich kerzengerade auf. «Du lieber Gott», sagte er.

«Das ist Trac», sagte Hooper. «Legen Sie das Gewehr hin, Kopleff – sofort!»

«Wirf es hin!» schrie Trac.

«Ach du lieber Gott», sagte Kopleff und kam stolpernd auf die Beine, das Gewehr immer noch in der Hand. Dann flatterte sein Kopf, und sein Helm flog ab, und er taumelte rückwärts über die Bank. Hoopers Herz machte einen Satz, als ihn der Schock der Detonation traf. Dann ging das Geräusch durch ihn hindurch und weiter und in die Bäume und den Himmel und echote in der Ferne wie

Donner. Danach herrschte Stille. Hooper machte einen Schritt vorwärts, dann sank er in die Knie und legte seine Stirn auf das feuchte Gras. Er fuhr mit den gespreizten Fingern durch das Gras neben seinem Kopf. Rings um ihn fiel der Regen mit einem leise flüsternden Geräusch. Ein Eichelhäher kreischte. Ein anderer Vogel antwortete, und dann wurden die Bäume laut von Vogelgezwitscher.

Hooper hörte hinter sich das Rascheln von Stiefeln im Gras. Er stemmte sich hoch, setzte sich auf seine Fersen und holte tief Atem.

«Sind Sie okay?» sagte Trac.

Hooper nickte.

Trac ging weiter zu der Stelle, wo Kopleff lag. Er sagte etwas auf vietnamesisch, dann schaute er zurück zu Hooper und schüttelte den Kopf.

Hooper versuchte aufzustehen, sackte aber wieder auf die Knie.

«Brauchen Sie Hilfe?» fragte Trac.

«Ich glaube fast», sagte Hooper.

Trac kam zu Hooper herüber. Er hängte sein Gewehr um, bückte sich, und die beiden Männer faßten einander bei den Handgelenken. Tracs Haut war trocken und glatt, seine Knochen waren schlank wie die eines Kindes. So dicht vor ihm sah er für Hooper vertrauter als je zuvor aus. «Jetzt los», sagte Trac. Er spannte die Muskeln an, als Hooper sich auf die Beine hochzog, und einen Augenblick danach standen sie noch und sahen einander an, leicht schwankend, die Hände noch immer um die Handgelenke des anderen gelegt.

«Gut», sagte Hooper. Beide ließen langsam los.

Mit leiser Stimme, fast flüsternd, sagte Trac: «Komme ich jetzt in den Bau?»

«Nein», sagte Hooper. Er ging zu Kopleff und sah auf ihn hinunter. Dann wandte er sich schnell ab und sah, daß Trac noch immer schwankte und daß seine Augen glasig waren. «Gönn den Beinen mal ein Päuschen», sagte Hooper. Trac sah ihn selbstvergessen an, nahm dann sein Gewehr ab und lehnte es gegen den Picknicktisch, so weit von Kopleff entfernt wie möglich. Er setzte sich hin und nahm den Helm ab und legte den Kopf auf die überkreuzten Unterarme.

Die Wolken waren dunkler geworden. Der Wind wurde wieder

stärker, brachte das Wimmern ferner Motoren mit sich. Hooper fummelte eine Zigarette aus seinem Etui und rauchte sie bis zu Ende, wobei er auf den Wald blickte und den Regen über Gesicht und Hals herunterlaufen fühlte. Als die Zigarette ausging, ließ Hooper sie fallen, dann hob er sie wieder auf, nahm sie auseinander und zerkrümelte den Tabak rings um seine Füße, so daß keine Spuren davon mehr zu sehen waren. Er setzte seine Mütze wieder auf und zog die Ponchokapuze über. «Wie geht's?» sagte er zu Trac.

Trac schaute auf. Er begann sich die Stirn zu reiben, indem er die Finger in kleinen Kreisen über den Augen bewegte.

Hooper setzte sich ihm gegenüber hin. «Wir haben nicht irrsinnig viel Zeit», sagte er.

Trac nickte. Er setzte seinen Helm auf und sah zu Hooper hinüber; die Narbe an seiner Schläfe lief an der Stelle, wo er gerieben hatte, bläulich an.

«Na schön, mein Junge», sagte Hooper. «Dann wollen wir uns mal unsere Geschichte zurechtlegen.»

Zusammenbruch in der Wüste 1968

Aus dem Amerikanischen
von Karin Graf

Christel schlief, als sie den Colorado überquerten. Mark hatte versprochen, anzuhalten, um ein paar Bilder zu machen, aber als es soweit war, warf er einen Blick auf sie und fuhr weiter. Christels Gesicht war von der Hitze angeschwollen, die ins Auto hereinwehte. Das Haar, für den Sommer kurzgeschnitten, hing ihr feucht in die Stirn. Nur ein paar Strähnen hoben sich im Luftzug. Sie hatte die Hände über dem Bauch gefaltet, und das ließ sie noch schwangerer erscheinen.

Die Reifen sangen auf dem Metallgitter der Brücke. Der Fluß erstreckte sich nach beiden Seiten, blau wie der leere Himmel. Mark sah den Schatten der Brücke, durch den das Auto zwischen den Stützpfeilern auf dem Wasser fuhr, und das Glitzern des Wassers unter dem Gitterwerk. Dann verstummten die Reifen. *Kalifornien*, dachte Mark, und für kurze Zeit fühlte er sich beinahe so gut, wie er es erhofft hatte.

Aber das ging schnell vorüber. Er hatte sein Wort nicht gehalten, und er würde etwas zu hören bekommen, wenn Christel aufwachte. Beinahe hätte er gewendet. Aber er wollte nicht anhalten und Hans auf die Schultern hieven und zusehen müssen, wie Christel wieder die Kamera auf ihn richtete. Mittlerweile hatte Christel Hunderte Fotos von Mark, Mark mit Hans auf den Schultern vor Canyons und Wasserfällen und monumentalen Bäumen und den drei Autos, die sie gehabt hatten, seit sie in die Staaten zurückgekehrt waren.

Mark ließ sich nicht gut fotografieren. Aus irgendeinem Grund sah er immer mutlos aus. Aber die Fotos vermittelten einen falschen Eindruck. Ein alter Zugführer von Mark hatte eine Redensart, die er gerne anwandte – «frei, weiß und einundzwanzig». Und genau das traf auf Mark zu. Alles lag vor ihm. Er brauchte bloß einen Anfang.

Zwei Habichte kreisten über ihnen, ihre Schatten riesig auf dem kochendheißen grauen Sand. Ein wirbelnder Staubtrichter zog quer über die Straße und verschwand hinter einer Plakattafel. Die Plakattafel zeigte ein Bild von Eugene McCarthy. McCarthys Haar wehte ihm um den Kopf. Er grinste. Die Unterschrift darunter besagte: «Ein frischer Wind.» Man sah, daß man in Kalifornien war, denn in Arizona hätte eine Plakattafel mit McCarthy ungefähr fünf Minuten gehangen. Diese hatte Einschußlöcher, aber in Arizona hätte jemand sie abgebrannt oder in die Luft gejagt. Die Leute da waren einfach unglaublich rückständig.

Die Berge in der Ferne schienen kahl und blau. Mark fuhr an Abfahrtsschildern einer Stadt namens Blythe vorbei. Er überlegte, ob er anhalten und tanken solle, aber der Tank war noch halb voll, und er wollte nicht riskieren, Christel oder Hans zu wecken. Er fuhr weiter in die Wüste.

Zum Abendessen würden sie in Los Angeles sein. Mark hatte einen Armeekameraden dort, der angeboten hatte, sie aufzunehmen, so lange sie wollten. Es gebe reichlich Platz, hatte sein Kumpel gesagt. Er hütete das Haus für seine Eltern, während sie berieten, ob sie sich scheiden lassen sollten oder nicht.

Mark war sich sicher, daß er in Los Angeles etwas Interessantes finden würde. Etwas in der Unterhaltungsbranche. Er hatte in der High School immer bei den Theaterstücken mitgewirkt und konnte recht gut singen. Aber seine große Begabung war die Imitation. Er konnte jeden nachmachen. In Deutschland hatte er einen Typen aus dem Süden in seiner Kompanie so haargenau nachgemacht, daß der Junge nach ein paar Wochen darum gebeten hatte, zu einer anderen Einheit versetzt zu werden. Mark wußte, daß er zu weit gegangen war. Er gab es auf, und am Ende zog der Junge seine Bitte um Versetzung zurück.

Am besten konnte er seinen Vater, Dutch, nachmachen. Manchmal rief Mark einfach aus Spaß seine Mutter an und redete in Dutchs langsamer, schwerer Stimme mit ihr, rollte jedes Wort über Kettenräder, wie ein Panzer. Sie fiel jedesmal darauf herein. Mark machte weiter, bis es ihn langweilte, und sagte dann etwas wie: «Übrigens, Dottie, wir sind pleite.» Dann kapierte sie und lachte. Im Gegensatz zu Dutch hatte sie Sinn für Humor.

Ein Laster raste vorbei. Der Motorenlärm weckte Hans, aber Mark griff nach hinten und rieb den Satinrand der Babydecke gegen Hans' Wange. Hans steckte den Daumen in den Mund. Dann reckte er sein Hinterteil in die Luft und schlief wieder ein.

Die Straße flimmerte. Sie schien über dem Wüstenboden zu schweben. Mark sang mit dem Radioprogramm mit, das er lauter gedreht hatte, als der Sender schwächer wurde. Plötzlich dröhnte es auf. Er stellte es leiser, aber es war schon zu spät. Hans wachte wieder auf und begann zu greinen. Mark streichelte mit der Decke seine Wange. Hans stieß Marks Arm weg und sagte: «Nein!» Es war das einzige Wort, das er kannte. Mark schaute nach hinten. Hans hatte auf einem Spielzeugauto geschlafen, und die Räder hatten auf einer Gesichtshälfte vier rote Druckstellen hinterlassen. Mark streichelte ihm die Wange. «Ganz bald», sagte er, «ganz bald, Hansy», ohne etwas Besonderes sagen zu wollen, bloß um zuversichtlich, optimistisch zu klingen.

Auch Christel war jetzt wach. Einen Augenblick lang rührte sie sich nicht und sagte nichts. Dann schüttelte sie rasch den Kopf von einer Seite zur anderen. «So heiß», sagte sie. Sie zog die Uhr an der Kette um den Hals hoch und schaute Mark an. Er hielt die Augen auf die Straße gerichtet. «Von den Toten auferstanden», sagte er. «Junge, Junge, du warst wirklich hinüber.»

«Die Bilder», sagte sie. «Mark, die Bilder.»

«Ich konnte nicht anhalten», sagte er.

«Aber du hast es versprochen.»

Mark schaute sie an, dann wieder auf die Straße. «Tut mir leid», sagte er. «Es kommen noch mehr Flüsse.»

«Ich wollte aber den», sagte Christel und wandte sich ab. Mark wußte, daß sie den Tränen nahe war. Es zermürbte ihn. «Also gut», sagte er. «Soll ich zurückfahren?» Er bremste, um zu beweisen, daß er es aufrichtig meinte. «Wenn du willst, brauchst du es bloß zu sagen.»

Sie schüttelte den Kopf. Mark gab Gas.

Hans begann von hinten gegen den Sitz zu treten. Mark sagte nichts. Wenigstens hielt es Hans beschäftigt und ruhig. «He, Jungs», sagte Mark. «Hört mal! Ich setze zehn Mille, daß wir heute abend um sechs in Ricks Pool schwimmen.»

Hans gab dem Sitz einen Tritt, den Mark bis in die Rippen spürte. «Zehn Mille», sagte Mark. «Nimmt jemand die Wette an?» Er schaute zu Christel hinüber und sah, daß ihre Lippen zitterten. Er klopfte auf den Sitz neben sich. Sie zögerte, rutschte dann herüber und lehnte sich an ihn, wie er es vorausgesehen hatte. Christel war nicht nachtragend. Er legte ihr den Arm um die Schultern.

«So viel Wüste», sagte sie.

«Das ist schon was, das stimmt.»

«Keine Bäume», sagte sie. «Zu Hause konnte ich mir das nie vorstellen.»

Hans hörte auf zu treten. Dann riß er ohne Vorwarnung an Marks Ohren. Christel lachte und zog ihn über den Sitz auf ihren Schoß. Er bog sofort den Rücken durch und rutschte auf den Boden, wo er am Schaltknüppel zu ziehen begann.

«Ich muß mal», sagte Christel. Sie klopfte sich auf den Bauch. «Das Kleine sitzt gern hier, so direkt auf der Blase.»

Mark nickte. Christel kannte die englischen Wörter für das, was Dottie immer einfach ihr Getriebe genannt hatte, und wenn sie schwanger war, beschrieb sie gerne bis in alle Einzelheiten, was dort passierte. Mark war das unangenehm.

«Bei der nächsten Gelegenheit», sagte er. «Wir haben sowieso nicht mehr viel Benzin.»

Mark bog an einer Ausfahrt ab, auf deren Schild TANKSTELLE stand. Von einer Stadt war nicht die Rede.

Die Straße führte über ausgebleichten, mit Rissen durchzogenen Wüstenboden nach Norden. Sie schien sie zu einem einsamen, weit entfernten Berg zu bringen, der für Mark wie ein riesiges untergehendes Schiff aussah. Wasserspiegelungen glitzerten in der Wüste. Kaninchen rasten im Zickzack über die Straße. Schließlich kamen sie zu der Tankstelle, einem ungestrichenen Gebäude aus Betonblöcken, vor dem ein paar Lieferwagen parkten. Mark fuhr vor.

Im Schatten des Hauses saßen auf einer Bank vier Männer. Sie beobachteten, wie das Auto auf sie zukam.

«Cowboys», sagte Christel. «Guck mal, Hans, Cowboys!»

Hans stand auf Christels Beinen und schaute aus dem Fenster.

Christel meinte immer noch, daß jeder, der einen Cowboyhut

trug, auch ein Cowboy war. Mark hatte versucht, ihr zu erklären, daß es ein Stil war, aber sie weigerte sich, das zu begreifen. Er hielt an einer Zapfsäule an und stellte den Motor ab.

Die vier Männer starrten sie an. Ihre Gesichter unter den breiten Hutkrempen waren dunkel. Sie sahen aus, als säßen sie da schon ewig. Einer der Männer erhob sich von der Bank und kam herüber. Er war groß und trug eine Wampe vor sich her, die an seinem knochigen Gestell völlig deplaziert wirkte. Er bückte sich und schaute in den Wagen. Er hatte kleine schwarze Augen ohne Brauen. Sein Gesicht war rot angelaufen, als sei er über irgend etwas wütend.

«Normal bitte», sagte Mark. «Voll.»

Der Mann starrte unverschämt auf Christels Bauch. Er richtete sich auf und ging fort, an den Männern auf der Bank vorbei zur geöffneten Tür des Hauses. Er steckte den Kopf hinein und brüllte etwas. Dann setzte er sich wieder auf die Bank. Der Mann neben ihm sah zu Boden und murmelte etwas. Die anderen lachten.

Ein anderer mit Cowboyhut kam aus dem Haus und ging um das Auto herum. «Mark», sagte Christel.

«Ich weiß», sagte Mark. «Die Toilette.» Er stieg aus. Die Hitze überraschte ihn; er spürte sie wie Regen auf sich niederstürzen. Die Person, die Benzin pumpte, sagte: «Brauchen Sie Öl oder so was?» und erst da erkannte Mark, daß es eine Frau war. Sie hielt den Blick auf den Zapfhahn gerichtet, deshalb konnte er ihr Gesicht nicht erkennen, nur die Spitze ihres Hutes. Ihr Hände waren schwarz von Öl. «Meine Frau würde gerne Ihre Toilette benutzen», sagte er.

Sie nickte. Als der Tank voll war, klopfte sie aufs Dach des Autos. «Okay», sagte sie und ging aufs Haus zu.

Christel öffnete die Tür. Sie schwang die Beine hinaus, schaukelte sich dann vor und stieß sich ins Licht hoch. Einen Augenblick stand sie blinzelnd da. Die vier Männer schauten sie an. Mark ebenfalls. Er nahm Rücksicht auf die Tatsache, daß Christel schwanger war, aber sie war trotzdem zu schwer. Ihre nackten Arme waren von der Hitze gerötet. Desgleichen ihr Gesicht. Sie sah wie eine der Maßkrug stemmenden Kellnerinnen in dem *Biergarten* aus, in dem sie und Mark immer einkehrten. Er wünschte, diese Typen hätten sehen können, wie Christel, mit langen Haaren in ihrem schwarzen Kleid aussah, damals, als sie anfangs miteinander gingen.

Christel beschattete mit einer Hand die Augen. Mit der anderen zog sie die Bluse weg, wo sie an der Haut festklebte. «Noch mehr Wüste», sagte sie. Sie hob Hans aus dem Auto und wollte ihn ins Haus tragen, aber er strampelte sich frei und lief zu der Bank hinüber. Dort blieb er vor den Männern stehen, nackt bis auf seine Windel.

«Komm her», sagte Christel. Als er nicht gehorchte, ging sie auf ihn zu, schaute dann die Männer an und blieb stehen. Mark ging hinüber. «Laß uns gehen, Hansy», sagte er. Er hob Hans hoch und verspürte eine plötzliche Zärtlichkeit, die verging, als Hans sich zu wehren begann.

Die Frau brachte Christel und Hans ins Haus, kam dann wieder heraus und setzte sich auf den Stapel Schrott neben der Tür. «Hans», sagte sie. «Das ist ein komischer Name für einen kleinen Jungen.»

«Ihr Vater hieß so», sagte Mark, und das stimmte. Der ursprüngliche Hans war kurz vor der Geburt des Babys gestorben. Sonst hätte Mark nie eingewilligt. Selbst Deutsche nannten ihre Kinder nicht mehr Hans.

Einer der Männer schnippte einen Zigarettenstummel in Richtung von Marks Auto. Er verfehlte es knapp und blieb schwelend liegen. Mark nahm das als Urteil über das Auto. Es war ein gutes Auto, ein 1958er Bonneville, den er vor zwei Wochen gekauft hatte, als der Ford zu qualmen begann, aber ein vorheriger Besitzer hatte jede Menge extra Chrom darauf angebracht, und jetzt glänzte es rundherum. Es sah idiotisch neben diesen verbeulten Lieferwagen mit ihren Gewehrhalterungen aus und dem stumpfen, blasenwerfenden Lack. Mark wünschte, er hätte in Blythe getankt.

Christel kam wieder heraus, Hans auf dem Arm. Sie hatte sich das Haar gebürstet und sah besser aus.

Mark lächelte sie an. «Alles erledigt?»

Sie nickte. «Vielen Dank», sagte sie zu der Frau.

Mark wäre auch gerne auf die Toilette gegangen, aber er wollte hier weg. Er ging aufs Auto zu, Christel hinter ihm. Sie lachte tief in der Kehle. «Das hättest du mal sehen sollen», sagte sie. «Sie haben ein Motorrad im Schlafzimmer.» Christel meinte wahrscheinlich, sie flüstere, aber Mark schien jedes Wort gebrüllt.

Er sagte nichts. Er stellte die Sonnenblende ein, während Christel Hans auf dem Rücksitz unterbrachte. «Warte mal», sagte sie zu Mark und stieg wieder aus. Sie hielt die Kamera in der Hand.

«Christel!» sagte Mark.

Sie richtete die Kamera auf die vier Männer. Als der Verschluß klickte, ruckten ihre Köpfe hoch. Christel spannte den Film und richtete die Kamera dann wieder auf sie.

Mark sagte: «Christel, steig ein!»

«Ja», sagte Christel, aber sie drehte immer noch an der Kamera, auf die offene Autotür gestützt, die Knie leicht gebogen. Sie schoß noch ein Bild und rutschte dann auf den Sitz. «Gut», sagte sie. «Cowboys für Rainer.»

Rainer war Christels Bruder. Er hatte *Shane* über hundertmal gesehen.

Mark wagte nicht in Richtung Bank zu gucken. Er steckte den Schlüssel ein und schaute die Straße hinauf und hinunter. Er drehte den Schlüssel. Nichts.

Mark atmete tief durch und wartete einen Augenblick. Dann versuchte er es noch einmal. Immer noch nichts. Die Zündung machte *tickticktick,* und das war es. Mark stellte sie ab, und die drei saßen da. Selbst Hans war still. Mark spürte, daß die Männer ihn beobachteten. Bloß deshalb senkte er nicht den Kopf aufs Steuer und ließ den Tränen freien Lauf. Aber sie standen ihm in den Augen, verwischten die Linie des Horizonts, den Umriß des Hauses, die dunklen Formen der Laster und die Gestalt, die über die weiße Erde auf sie zukam.

Es war die Frau. Sie bückte sich. «Okay», sagte sie. «Wo ist das Problem?» Der Geruch von Whisky füllte das Auto.

Beinahe eine halbe Stunde lang werkelte die Frau am Motor herum. Sie ließ Mark den Schlüssel drehen, während sie ihn im Auge behielt, ließ ihn dann noch ein paarmal drehen, während sie unter der Haube Verschiedenes versuchte. Schließlich beschloß sie, daß es an der Lichtmaschine lag. Sie konnte sie nicht reparieren, und sie hatte keine Ersatzteile zur Hand. Mark würde eine in Indio oder Blythe oder vielleicht sogar so weit weg wie Palm Springs holen müssen. Es würde nicht leicht sein, eine Lichtmaschine für ein zehn

Jahre altes Auto zu finden. Aber sie sagte, sie würde für ihn in der Gegend herumtelefonieren.

Mark wartete im Auto. Er versuchte so zu tun, als sei alles in Ordnung, aber als Christel ihn ansah, gab sie ein mitfühlendes Geräusch von sich und drückte seinen Arm. Hans schlief auf ihrem Schoß. «Es wird alles gut», sagte Christel.

Mark nickte.

Die Frau kam wieder zum Auto, und Mark stieg aus, um ihr entgegenzugehen.

«Sie haben Glück», sagte sie. Sie gab Mark einen Zettel mit einer Adresse. «In Indio gab es nichts», sagte sie, «aber dieser Mensch in Blythe hat was für Sie. Das macht zwei Dollar für die Anrufe.»

Mark klappte seine Brieftasche auf und gab ihr die zwei Dollar. Er hatte noch fünfundsechzig Dollar, alles, was ihm von seinem Ablösegeld von der Armee geblieben war. «Wieviel wird die Lichtmaschine kosten?» fragte er.

Sie schloß die Motorhaube. «58,99 waren das, glaube ich.»

«Gott im Himmel», sagte Mark.

Die Frau zuckte die Achseln. «Sie können froh sein, daß er eine hatte.»

«Das wird wohl so sein», sagte Mark. «Es scheint mir bloß eine Menge Geld zu sein. Können Sie mir Starthilfe geben?»

«Wenn Sie Kabel haben. Meine sind ausgeliehen.»

«Ich habe keine», sagte Mark. Er schielte gegen die Sonne. Auch wenn er die Männer auf der Bank nicht direkt angesehen hatte, wußte er, daß sie ihn beobachteten. Er war sicher, daß sie alles gehört hatten. Er war auch sicher, daß sie Startkabel hatten. Leute, die Laster fuhren, hatten immer so etwas.

Aber wenn sie nicht helfen wollten, würde er nicht darum bitten.

«Ich könnte vielleicht zum Highway hochgehen und ein Auto anhalten», sagte Mark, lauter als er beabsichtigt hatte.

«Das könnten Sie», sagte die Frau.

Mark schaute zurück zu Christel. «Ist es in Ordnung, wenn meine Frau hierbleibt?»

«Das muß sie wohl», sagte die Frau. Sie zog den Hut ab und wischte sich mit der Unterseite des Ärmels über die Stirn. Ihr sehr blondes Haar, das zu einem losen Knoten zusammengefaßt war, schimmerte im Licht. Ihre Augen waren schwarz. Sie setzte den Hut wieder auf und erklärte Mark, wie er zu dem Ersatzteillager kam. Sie ließ ihn ihre Anweisungen wiederholen. Dann ging er zum Auto zurück.

Christel sah starr geradeaus und biß sich auf die Lippe, während Mark die Situation erklärte. «Hier?» sagte sie. «Du willst uns hierlassen?»

Hans war wieder aufgewacht. Er hatte den Lautstärkeregler vom Radio abgezogen und hämmerte damit auf das Armaturenbrett.

«Bloß zwei, drei Stunden», sagte Mark, obwohl er wußte, daß es doppelt so lange dauern würde, vielleicht länger.

Christel wollte ihn nicht ansehen.

«Wir haben keine Wahl», sagte er.

Die Frau hatte neben Mark gestanden. Sie schob ihn beiseite und öffnete die Tür. «Komm mit», sagte sie. «Und der Kleine auch.» Sie streckte die Arme aus. Hans ging sofort zu ihr und spähte über ihre Schulter zu den Männern auf der Bank. Christel zögerte und stieg dann aus dem Auto, ignorierte Marks Hand, die er ihr reichte, um ihr behilflich zu sein.

«Es dauert nicht lange», sagte er. Er lächelte Hans zu. «Ganz bald, Hansy», sagte er, drehte sich dann um und begann in Richtung Straße zu gehen.

Die Frau ging mit Hans hinein. Christel stand neben dem Auto und sah Mark weiter und weiter weggehen, bis seine Silhouette in der Hitze zu flirren begann und dann ganz verschwand. Das ging plötzlich. Es war, als sehe man, wie jemand in die Oberfläche eines Sees eintauche.

Die Männer starrten Christel an, als sie aufs Haus zuging. Sie fühlte sich schwer und schämte sich irgendwie.

Die Frau hatte alle Jalousien heruntergelassen. Drinnen war es abendlich: dämmrig, friedlich, kühl. Christel konnte die Umrisse von Dingen ausmachen, aber nicht ihre Farben. Es gab zwei Zimmer. Eines hatte ein Bett und ein Motorrad. Das zweite, große Zimmer hatte auf einer Seite ein Sofa und Stühle und auf der anderen Seite einen Kühlschrank, einen Herd und einen Tisch.

Christel setzte sich mit Hans auf dem Schoß an den Tisch, während die Frau aus einer großen Flasche in drei Gläser Pepsi mit Eis goß. Sie hatte ihren Hut abgenommen, und das schwache Licht von der Kühlschranktür warf einen Heiligenschein um ihr Gesicht und Haar. Gewöhnlich maß Christel sich an anderen Frauen, aber diese beobachtete sie mit unschuldiger, beinahe tierhafter Neugierde.

Die Frau nahm noch eine andere, kleinere Flasche oben vom Kühlschrank. Sie schlenkerte sie am Hals hin und her. «Davon willst du sicher nichts», sagte sie. Christel schüttelte den Kopf. Die Frau goß sich etwas Schnaps ins Glas und schob die beiden anderen Gläser über den Tisch. Hans trank einen Schluck und begann dann, Motorbootgeräusche zu machen.

«Dieser Junge», sagte die Frau.

«Er heißt Hans.»

«Nicht der», sagte die Frau. «Der andere.»

«Oh», sagte Christel. «Mark. Mark ist mein Mann.»

Die Frau nickte und trank. Sie lehnte sich auf ihrem Stuhl zurück. «Wo wollt ihr denn hin?»

Christel erzählte ihr von Los Angeles, daß Mark Arbeit in der Unterhaltungsbranche finden wollte. Die Frau lächelte, und Christel fragte sich, ob sie sich korrekt ausgedrückt habe. In der Schule war sie in Englisch gut gewesen, und die amerikanischen Jungen, mit denen sie sich unterhielt, machten ihr immer Komplimente, aber in den Wochen mit Marks Eltern in Phoenix hatte sie ihr Selbstvertrauen verloren. Dutch und Dottie sahen immer verwirrt aus, wenn sie etwas sagte, und sie selbst verstand beinahe nichts von dem, was um sie herum gesprochen wurde, auch wenn sie so tat als ob.

Die Frau lächelte weiter, aber ihr Mund hatte etwas Zusammengekniffenes, das das Lächeln irgendwie schmerzlich aussehen ließ. Sie trank noch etwas. «Was macht er?» fragte sie.

Christel versuchte darüber nachzudenken, wie sie erklären könne, was Mark machte. Als sie ihn das erste Mal sah, hatte er auf einer Party auf dem Boden gesessen und alle um ihn herum hatten gelacht. Auch sie hatte gelacht, obwohl sie nicht wußte, warum. Es war eine Begabung, die er hatte. Aber sie in Worte zu fassen, fiel schwer. «Mark ist Sänger», sagte sie.

«Ein Sänger», sagte die Frau. Sie schloß die Augen, lehnte den Kopf zurück und begann zu singen. Hans hörte auf herumzuhampeln und sah ihr zu.

Als die Frau fertig war, sagte Christel: «Gut, gut» und nickte, obwohl sie dem Lied nicht hatte folgen können und den Stil haßte, der ihr wie Jodeln vorkam.

«Mein Mann hat mich immer gerne singen gehört», sagte die Frau. «Ich schätze, ich hätte auch Sängerin werden können, wenn ich gewollt hätte.» Sie trank aus und schaute das leere Glas an.

Von draußen hörte Christel die Stimmen der Männer auf der Bank, leise und gleichmäßig. Einer von ihnen lachte.

«Einmal hat Del Ray auf unserem Ball gesungen», sagte die Frau.

Die Tür schlug zu. Der Mann, der Christels Bauch angestarrt hatte, stampfte in die Küche und starrte sie wieder an. Die Frau lächelte ihn an. Das Zusammengekniffene um ihren Mund war weg, und ihre Lippen teilten sich leicht, als wolle sie etwas sagen. Er drehte sich um und fing an, Pepsiflaschen aus dem Kühlschrank zu ziehen. «Webb, was sagst du dazu?» sagte die Frau. «Der Mann von dem Mädchen ist Sänger.» Sie streckte die Hand aus und fuhr ihm damit über den Rücken. «Wir brauchen was zum Abendessen», sagte sie, «wenn du nicht wieder Kaninchen willst.»

Er trat die Kühlschranktür mit dem Fuß zu und ging aus der Küche. Die Flaschen schlugen aneinander. Hans rutschte zu Boden und lief ihm nach.

«Hans», sagte Christel.

Der Mann blieb stehen und sah auf ihn hinab. «Das ist richtig», sagte er. «Du kommst mit mir.»

Es war das erste Mal, daß Christel ihn sprechen hörte. Seine Stimme war dünn und spröde. Er ging wieder hinaus, Hans hinter ihm her.

Die Schuhe, die Mark anhatte, waren alt und weit, bequem fürs Auto, aber nachdem er ein paar Minuten darin gelaufen war, begannen seine Füße zu brennen. Auch seine Augen brannten, vom Schweiß und der hellen Sonne, die ihm ins Gesicht schien.

Eine Weile sang er, aber nach ein paar Liedern brach ihm vor Trockenheit die Stimme, und er gab es auf. Sowieso kam er sich blöde vor, in dieser Wüste über Camelot zu singen, blöde und ein bißchen ängstlich, weil seine Stimme so fiepsig klang. Er ging weiter.

Die Straße klebte unter den Füßen. Marks Schuhe machten bei jedem Schritt kleine saugende Geräusche. Er überlegte, ob er neben der Straße anstatt auf ihr gehen solle, aber er hatte Angst, von einer Schlange gebissen zu werden.

Er wollte fröhlich bleiben, aber er dachte in einem fort daran, daß sie es nun nie rechtzeitig zum Abendessen bis nach Los Angeles schaffen würden. Sie würden spät kommen wie immer, das Zeug würde aus dem Auto quellen, Mark sich das ganze Durcheinander auf die Schultern laden, während Christel, Hans über die Schulter gelegt, benommen im Scheinwerferlicht daneben stand. Marks Kumpel würde im Bademantel sein, sie würden versuchen, Witze zu reißen, aber Mark würde zu beschäftigt sein. Nachdem sie ein Bett für Christel gemacht und das Kinderbett für Hans zusammengebaut hatten, was ewig dauern würde, weil die Hälfte der Schrauben fehlte, würden Mark und sein Kumpel in die Küche gehen und ein Bier trinken. Sie würden versuchen, sich zu unterhalten, aber es würde damit enden, daß sie einander ins Gesicht gähnten. Dann würden sie zu Bett gehen.

Mark konnte das Ganze vor sich sehen. Was sie auch taten, es endete immer so. Nie klappte etwas.

Ein Lastwagen fuhr in der anderen Richtung vorbei. Drinnen saßen zwei Männer mit Cowboyhüten. Sie warfen einen Blick auf Mark und schauten dann wieder starr geradeaus. Er blieb stehen und sah zu, wie der Lastwagen in der Hitze verschwand.

Er drehte sich um und ging weiter. Zerbrochenes Glas glitzerte entlang des Straßenrands.

Wenn Mark hier lebte und zufällig über diese Straße führe und jemanden ganz alleine darüber laufen sähe, würde er anhalten und fragen, ob etwas nicht stimme. Er war überzeugt davon, daß man anderen helfen müsse.

Aber er brauchte sie nicht. Er würde ohne sie zurechtkommen, genau wie er ohne Dutch und Dottie zurechtkommen würde. Er würde es alleine schaffen, und eines Tages würden sie wünschen, sie hätten geholfen. Er würde in einer Stadt wie Las Vegas sein und in einem der großen Clubs auftreten. Dann, am Ende seiner Engagements, würde er Dutch und Dottie für seinen letzten großen Auftritt einfliegen lassen – das Finale. Er würde sie Erster Klasse einfliegen lassen und sie im Hotel, dem Sands oder so, unterbringen, und er würde ihnen Plätze in der ersten Reihe beschaffen. Und wenn die Show vorbei war, wenn die Leute durchdrehten, pfiffen, auf den Boden trampelten und alles, würde er Dutch und Dottie auf die Bühne rufen. Er würde zwischen ihnen stehen, sie an den Händen fassen und dann, wenn das Klatschen und Kreischen abebbte und alle still waren und ihn von den Tischen aus anlächelten, würde er Dutchs und Dotties Hände hochhalten und sagen, Leute, ich möchte euch meine Eltern vorstellen und euch erzählen, was sie für mich getan haben. Er würde eine Sekunde innehalten und ein wirklich ernstes Gesicht machen. Es ist unmöglich, euch zu erzählen, was sie für mich getan haben, würde er sagen und um der Wirkung willen eine Pause einlegen – denn sie haben *nichts* für mich getan! Sie haben *Null* für mich getan!

Dann würde er ihre Hände fallen lassen, von der Bühne springen und sie dort stehen lassen.

Mark ging schneller, vorgebeugt, die Augen gegen das Licht zusammengekniffen. Seine Hände flogen beim Gehen hin und her.

Nein, das würde er nicht tun. Die Leute könnten das falsch auffassen. Ein Mätzchen wie dieses könnte das Ende seiner Karriere bedeuten. Er würde etwas viel Besseres tun. Er würde da oben stehen und der ganzen Welt erzählen, daß er ohne die Ermutigung und Unterstützung der beiden, ohne ihre Liebe und ihren Glauben an ihn und so weiter längst das Handtuch geschmissen hätte.

Und das Großartige war, daß es *nicht stimmen würde*! Denn Dutch und Dottie würden nichts für ihn tun, solange er nicht in Phoenix blieb und sich eine «richtige Arbeit» besorgte – beispielsweise Häuser verkaufen oder so etwas. Aber das würde niemand außer Dutch und Dottie wissen. Sie würden da oben auf der Bühne stehen und all den Lügen zuhören, und je mehr Artigkeiten er ihnen sagte, desto mehr würden sie erkennen, was für Eltern sie hätten sein können und nicht gewesen waren, und desto mehr würden sie sich schämen und Mark dankbar sein, daß er sie nicht bloßstellte.

Er konnte ein schwach tosendes Geräusch in der heißen Luft hören, ein Geräusch wie Applaus. Er ging noch schneller. Er spürte das

Brennen seiner Füße kaum. Das tosende Geräusch wurde lauter, und Mark schaute auf. Vor ihm, in nicht mehr als hundert Meter Entfernung, sah er den Highway – nicht die Straße selbst, sondern einen langen Konvoi von Lastwagen, der durch die Wüste zog und durch einen blauen Abgasnebel westwärts schwebte.

Die Frau sagte Christel, daß sie Hope heiße.

«Hope», sagte Christel. «Wie schön.»

Sie waren im Schlafzimmer. Hope arbeitete an dem Motorrad. Christel lag auf dem Bett, auf Kissen gestützt, und sah zu, wie Hopes lange Finger hierhin und dorthin über die Maschine und durch die Teile auf dem Fußboden und dann wieder zurück zu dem schwitzenden Glas neben sich wanderten. Hans war draußen bei den Männern.

Hope nahm einen Schluck. Sie schüttelte das Eis durcheinander und sagte: «Ich weiß nicht, Christel.»

Christel spürte, wie sich das Baby in ihr bewegte. Sie faltete die Hände über den Bauch und wartete, daß der Tritt wiederkam.

Alle Lampen waren aus, bis auf eine am Boden neben Hope. Um sie herum lagen Maschinenteile verstreut, und die Luft roch nach Öl. Sie hob ein Teil auf, betrachtete es und begann es dann mit einem Tuch sauberzureiben. «Ich habe dir gesagt, daß wir Del Ray bei unserem Ball hier hatten», sagte sie. «Ich weiß nicht, ob du da, wo du herkommst, je von Del Ray gehört hast, aber wir Mädchen waren absolut verrückt nach ihm. Ich hatte ein Del Ray-Kissen, auf dem ich schlief. Dann tauchte er auf, und es stellte sich heraus, daß er höchstens ungefähr so groß war.» Hope hielt ihre Hand nur ein paar Zentimeter über den Boden. «Ich persönlich», sagte sie, «ich würde einen Mann, der nicht für mich durch dick und dünn geht, wenn es darauf ankommt, nicht zweimal angucken. Nichts für ungut», fügte sie hinzu.

Christel verstand nicht, was Hope gemeint hatte, deshalb lächelte sie.

«Guck dir Webb an», sagte Hope. «Webb würde für mich töten. Hat er auch einmal beinahe getan. Er hat einen Mann zu Brei geschlagen.»

Das verstand Christel. Sie war sicher, daß es stimmte. Sie fuhr sich mit der Zunge über die trockenen Lippen. «Wen?» fragte sie. «Wen hat er geschlagen?»

Hope sah von dem Teil auf, das sie gerade säuberte. Sie lächelte Christel auf eine Art an, daß Christel zurücklächeln mußte.

«Meinen Mann», sagte Hope. Sie sah wieder hinunter, immer noch lächelnd.

Christel wartete, unsicher, ob sie Hope richtig verstanden hatte.

«Webb und ich waren scharf aufeinander», sagte Hope.

«Wir haben uns gesucht und gefunden. Wenn wir nicht zusammen waren, was wir meistens waren, kontrollierten wir uns. Webb fuhr ständig an meinem Haus vorbei und folgte mir überallhin. Manchmal folgte er mir mit seiner Frau im Auto neben sich.» Sie lachte. «Es war eine heikle Situation.»

Das Baby drückte gegen Christels Rückgrat. Sie veränderte ihre Lage leicht.

Hope sah zu ihr hoch. «Es ist eine lange Geschichte.»

«Erzählen Sie sie mir.»

«Da muß ich mir erst den Mund ausspülen», sagte Hope. Sie stand auf und ging in die Küche. Christel hörte, wie ein Eistablett auf den Tisch geschlagen wurde. Es war angenehm, hier in diesem dunklen, kühlen Zimmer zu liegen.

Hope kam zurück und ließ sich auf den Boden nieder. «Bring mich nicht in die Gänge», sagte sie. Sie trank einen Schluck. «Der springende Punkt ist, Webb verlor den Verstand. Es passierte vor den Augen der halben Stadt, im Kino. Webb saß hinter uns und sah, wie mein Mann den Arm um mich legte. Er kam geradewegs über die Sessel.» Sie schüttelte den Kopf. «Ich kann dir sagen, danach haben wir ganz schnell Leine gezogen. Mußten wir. Mein Mann hatte sechs Brüder und zwei davon bei der Polizei. Wir sind getürmt, und ich meine auf Nimmerwiedersehen. Mit nichts als den Kleidern, die wir auf dem Leibe hatten. Sind niemals mehr zurückgegangen. Werden es auch niemals mehr tun.»

«Niemals», sagte Christel. Sie bewunderte den Klang des Wortes. Er war wie Beethoven, der seine Faust gen Himmel schüttelte.

Hope nahm den Lappen wieder auf. Aber sie machte nichts damit. Sie lehnte sich gegen die Wand, außerhalb des kleinen Lichtkreises, den die Lampe warf.

«Hatten Sie Kinder?» fragte Christel.

Hope nickte. Sie hielt zwei Finger hoch.

«Es muß schwer sein, sie nicht wiederzusehen.»

«Manchmal. Nicht zu sehr. Die Sache mit Kindern ist, sie lassen einem keinen Platz. Sie drängen einen aus dem eigenen Leben. Du weißt, was ich meine.»

Christel nickte.

«Die beiden schaffen's schon», sagte Hope. «Es sind zwei Jungen.» Sie fuhr mit den Fingern über den Boden, fand das Teil, das sie gesäubert hatte, und begann es ohne hinzugucken wieder zu polieren.

«Ich könnte Hans nicht verlassen», sagte Christel.

«Natürlich kannst du», sagte Hope. Die Bewegung ihrer Arme verlangsamte sich. Sie wurde still. «Ich erinnere mich gut, wie ich mich in Webb vernarrte. Wir kannten ihn seit Jahren, aber an diesem Tag kam er auf seiner Harley in unsere Tankstelle. Es war kalt. Seine Wangen waren rot, und sein Haar ganz zurückgeweht. Ich erinnere mich, als wäre es gestern.»

Hope saß da, die Hände im Schoß. Ihr Atem ging tief und langsam, und Christel sah, durch die Dämmerung blinzelnd, daß ihre Augen geschlossen waren. Sie war eingeschlafen oder träumte bloß – vielleicht von dem Mann da draußen, wie er auf seiner Maschine durch die Wüste fuhr, das Haar auf die Art zurückgeweht, die ihr so viel bedeutete.

Christel legte sich auf die Seite. Das Baby war jetzt still. Plötzlich ging die Klimaanlage aus. Christel lag im Dunkeln und lauschte den Geräuschen, die sie übertönt hatte, dem trockenen Surren der Insekten, den leisen Stimmen der Männer, Hopes sanftem Schnarchen. Christel schloß die Augen. Sie fühlte sich untergehen, und als sie versank, erinnerte sie sich an Hans. Hans, dachte sie. Dann schlief sie.

Mark hatte angenommen, daß ihn sofort einer mitnehmen würde, sobald er den Highway erreichte. Aber Auto um Auto fuhr vorbei, und die wenigen Fahrer, die ihn anschauten, guckten unmutig drein, als seien sie böse auf ihn, daß er mitgenommen werden wollte und ihnen die Pistole auf die Brust setzte.

Marks Gesicht brannte, und seine Kehle war so ausgedörrt, daß das Schlucken weh tat. Zweimal mußte er die Straße verlassen, um im Schatten einer Plakattafel auszuruhen. Über eine Stunde lang fuhren Autos an ihm vorbei, Autos aus Wisconsin und Utah und Georgia und einfach überallher. Mark hatte das Gefühl, das ganze Land habe sich gegen ihn verschworen. Ihm kam der Gedanke, daß er hier draußen sterben könnte.

Endlich hielt ein Auto. Es war ein Leichenwagen. Mark zögerte und lief dann darauf zu.

Drei Leute saßen auf der vorderen Sitzbank, ein Mann zwischen zwei Frauen. Eine Rückbank gab es nicht. Der Raum hinten war voll von elektrischen Geräten. Mark schob ein paar Drähte aus dem Weg und setzte sich mit gekreuzten Beinen auf den Boden. Er spürte den Luftzug von der Klimaanlage; es war, als liefe ein Strom kalten Wassers über ihn.

Die Fahrerin ordnete sich wieder auf die Straße ein.

«Willkommen im Totenwagen», sagte der Mann neben ihr. Er drehte sich um. Sein Kopf war bis auf einen stachligen Streifen in der Mitte rasiert. Es war der erste Irokesenschnitt, den Mark je gesehen hatte. Die Augenbrauen des Mannes hatten die gleiche fuchsrote Farbe wie sein Haar. Er hatte Sommersprossen. Die Sommersprossen bedeckten sein ganzes Gesicht und selbst die rasierten Teile seines Schädels.

«Totenwagen Botenwagen», sagte die Frau am Steuer. «Zotenwagen.»

«Wetten, du hast gedacht, du müßtest mit einer Kalten fahren», sagte der Mann.

Mark zuckte die Achseln. «Ich fahre lieber mit einer Kalten als einer Heißen.»

Der Mann lachte und schlug dabei auf die Rücklehne des Sitzes.

Die beiden Frauen lachten ebenfalls. Die, die nicht fuhr, drehte sich um und lächelte Mark an. Sie hatte ein rundes, nett aussehendes Gesicht. Volle Lippen. In einem Nasenflügel trug sie einen kleinen goldenen Ohrring. «Hallo», grüßte sie.

«Da wir gerade von Kalten sprechen», sagte der Mann, «direkt hinter dir ist ein Kasten voll davon.»

Mark angelte vier Dosen Bier aus der Kühltasche und gab drei nach vorne. Er tat einen tiefen Schluck, den Kopf zurückgelegt, die Augen geschlossen. Als er sie wieder öffnete, beobachtete ihn der Mann mit dem Irokesenschnitt. Sie stellten einander vor, alle außer der Frau am Steuer. Sie sah Mark kein einziges Mal an und sprach auch nie, außer zu sich selbst. Der Mann mit dem Irokesenschnitt war Barney. Das Mädchen mit dem Ohrring war Nance. Sie witzelten herum, und Mark entdeckte, daß Nance einen wahnsinnigen Humor hatte. Sie griff beinahe alles auf, was er sagte. Nach einer Weile störte ihn der Ohrring in ihrer Nase nicht mehr.

Als Barney hörte, daß Mark bei der Armee gewesen war, schüttelte er den Kopf. «Nichts für mich», sagte er. «Kein Peng-Peng für Barney. Ich kann den Anblick von meinem eigenen Hirn schon nicht aushalten.»

«Zwirn», sagte die Fahrerin. «Birn Stirn Firn.»

«Klappe», sagte Barney zu ihr. Er wandte sich wieder an Mark. «Also, wie war es drüben?»

Mark wurde klar, daß Barney Vietnam meinte. Mark war nicht in Vietnam gewesen. Er hatte den Marschbefehl dorthin, aber kurz bevor es losging, fiel er flach und wurde nie wieder aufgenommen. Er wußte nicht warum. Das zu erklären war zu kompliziert, also sagte er bloß: «Ganz schön schlimm», und ließ es auf sich beruhen.

«Falsche Frage», sagte Barney. «Thema streng tabu. Ehrenwort.» Er hielt drei Finger hoch.

Die Erwähnung Vietnams zerstörte die gute Stimmung. Sie tranken ihr Bier und betrachteten die an ihnen vorbeifliegende Wüste. Dann zerdrückte Barney seine Dose und warf sie aus dem Fenster. Heiße Luft wehte Mark ins Gesicht. Er erinnerte sich, wie es da draußen war, und war froh, genau da zu sein, wo er sich befand.

«Ich könnte noch ein Bier vertragen», sagte Nance.

«Stimmt», sagte Barney. Er drehte sich um und forderte Mark auf, noch ein paar kühle Blonde herauszurücken. Während Mark die Dosen aus der Kühltasche holte, beobachtete Barney ihn und spielte mit den Fingern über den Rand des Sitzes, als sei der ein Klavier. «Also, was gibt's in Blythe?» sagte er.

«Smythe», sagte die Fahrerin. «Smythe ist in Blythe.»

«Schön cool bleiben», sagte Nance zu ihr.

«Ich brauche ein Ersatzteil», sagte Mark. Er verteilte das Bier. «Eine Lichtmaschine. Mein Auto ist am Arsch.»

«Wo ist dein Auto?» sagte Barney.

Mark hob mit einem Ruck den Daumen über die Schulter. «Da hinten. Ich weiß nicht, wie das Kaff heißt. Es ist bloß diese Tankstelle neben dem Highway.» Nance sah ihn an. Er lächelte. Sie sah ihn weiter an.

«He», sagte sie. «Was, wenn du nicht mehr aufhörst zu lächeln? Was, wenn du einfach immer weiter lächelst und nie mehr aufhörst?»

Barney sah sie an. Dann sah er wieder Mark an. «Für mich», sagte er, «gibt es Orte, wo man hinfährt, und Orte, wo man nicht hinfährt. Man fährt nicht nach Rochester. Man fährt nicht nach Blythe.»

«Nach Blythe fährt man ganz bestimmt nicht», sagte Nance.

«Stimmt», sagte Barney. Dann zählte er ein paar Orte auf, wo man seiner Meinung nach hinfuhr. Jetzt gerade fuhren sie zu einem davon, San Lucas, oben in den Bergen über Santa Fe. Sie gehörten zu einem Filmteam, das dort einen Western drehte. Sie hatten im letzten Jahr schon einmal einen Film da gedreht, und dies war die Fortsetzung. Barney war Tontechniker. Nance Maskenbildnerin. Über die Fahrerin sagten sie nichts. «Es ist unglaublich da», sagte Barney. Er machte eine Pause und schüttelte den Kopf. Mark wartete darauf, daß er San Lucas beschrieb, aber Barney schüttelte bloß noch einmal den Kopf und sagte: «Es ist absolut unglaublich da.»

«Ehrlich», sagte Nance.

Es stellte sich heraus, daß der Star des Films Nita Damon war. Das war ein echter Zufall, denn Mark hatte Nita Damon vor ungefähr sechs Monaten in einer Show in Deutschland gesehen, der Weihnachtsgala von Bob Hope.

«Das ist ja Wahnsinn», sagte Nance. Sie und Barney sahen einander an. «Du solltest Blythe streichen», sagte Barney.

Mark grinste.

Nance starrte ihn an. «Marco», sagte sie. «Du bist kein Mark, du bist ein Marco.»

«Du solltest bei uns einsteigen», sagte Barney. «Fahr mit dem Leichenwagen-Expreß.»

«Solltest du ehrlich», sagte Nance. «San Lucas ist einfach unglaublich.»

«Partyville», sagte Barney.

«Lieber Gott», sagte Mark. «Nein. Geht nicht.»

«Natürlich geht das», sagte Barney. «Lincoln hat die Sklaven befreit, oder? Hol dein Auto später.»

Mark lachte. «Hör mal», sagte er. «Was soll ich da oben machen?»

Barney sagte: «Du meinst arbeiten?»

Mark nickte.

«Kein Problem», sagte Barney. Er erzählte Mark, daß es immer etwas zu tun gebe. Leute tauchten nicht auf, Leute hauten ab, Leute wurden krank – man brauchte immer welche. Wenn man etwas nach seinem Geschmack fand, packte man einfach zu.

«Du meinst, ich würde beim Film mitarbeiten? Mit dem Filmteam?»

«Klaro», sagte Barney. «Garantiert.»

«Gott», sagte Mark. Er atmete tief durch. Er schaute Barney und Nance an. «Ich weiß nicht», sagte er.

«Das geht in Ordnung», sagte Barney. «Ich weiß es.»

«Barney weiß es», sagte Nance.

«Was hast du zu verlieren?» sagte Barney.

Mark erwiderte nichts. Er atmete noch einmal durch. Barney beobachtete ihn. «Marco», sagte er. «Erzähl mir doch nichts – du hast doch außer dem Auto noch etwas da hinten, oder?» Als Mark nicht antwortete, lachte Barney. «Nimm's cool», sagte er. «Du bist unter Freunden. Alles geht.»

«Ich muß darüber nachdenken», sagte Mark.

«Okay», sagte Barney. «Denk nach. Du hast Zeit bis Blythe.» Er drehte sich um. «Enttäusch mich nicht», sagte er.

Nance lächelte. Dann drehte auch sie sich um. Über der hohen Rücklehne war gerade ihr Scheitel sichtbar.

Die Wüste flog am Fenster vorbei, immer gleich. Die Straße sah ölig aus. Mark fühlte sich gedrängt, ein bißchen verstört.

Zuerst dachte er, er würde sich den Weg nach San Lucas beschreiben lassen und dann mit Christel und Hans hinfahren, nachdem das Auto repariert war. Aber das würde nicht hinhauen. Er hatte nicht genug Geld fürs Benzin, ganz abgesehen von Essen und Motels und einer Unterkunft, wenn sie einmal da waren. Er würde seine Chance verpassen.

Denn das war es – eine Chance.

Es hatte keinen Sinn, sich etwas vorzumachen. Er konnte nach Los Angeles fahren und Monate, vielleicht Jahre durch die Straßen laufen, ohne je etwas zu erreichen. Er konnte vor verschlossenen Türen stehen und sich bei Lakaien Liebkind machen und sein halbes Leben auf Platikstühlen sitzend verbringen, ohne dem je nahe zu kommen, wo er jetzt war, unterwegs zu einem garantierten Job in Partyville.

Los Angeles würde nicht hinhauen. Das war Mark klar. Er würde Geld von seinem Freund borgen und anfangen herumzujobben, und niemand würde ihm die Tageszeit sagen, weil er hungrig war, und für hungrige Leute hatte keiner je Zeit. Hungrige wurden abgeschrieben. Es war, wie Dutch sagte – wer hat, dem wird gegeben.

Er würde sich kaputtmachen, und das Geld würde zerrinnen, so wie sein ganzes Geld zerronnen war. Christel würde bekümmert und traurig sein. Nach ein paar Wochen würden Mark und sein Kumpel sich nichts mehr zu sagen haben, und sein Kumpel würde es leid sein, mit einem Typen, den er eigentlich nicht so gut kannte, und einem brüllenden Kind und einer traurigen, schwangeren Frau zusammenzuwohnen. Er würde Mark etwas vorlügen, um ihn loszuwerden – seine Freundin zog ein, seine Eltern hatten beschlossen, doch zusammenzubleiben. Bis dahin würde Mark wieder pleite sein. Christel würde zusammenbrechen, und wahrscheinlich würden die Wehen einsetzen.

Was, wenn das passierte? Was dann?

Mark wußte es. Heim, nach Hause zu Dutch und Dottie kriechen.

Nein. Nein, Sir. Nach Phoenix kehrte er nur im Sarg zurück.

Die Fahrerin fing an, mit sich selbst zu reden. Barney schlug ihr mit den Knöcheln auf den Kopf. «Soll ich fahren?» sagte er. Es klang wie eine Drohung. Sie verstummte. «Gut», sagte er. Ohne sich umzudrehen, sagte er: «Fünf Meilen bis Blythe.»

Mark sah aus dem Fenster. Es ging ihm nicht aus dem Kopf, daß er hier genau das hatte, was er brauchte. Eine Chance, um zu zeigen, aus welchem Holz er gemacht war. Er würde Spaß haben, klar, aber er würde auch morgens pünktlich zur Arbeit erscheinen. Er würde tun, was man ihm sagte, und es richtig machen. Er würde die Augen offen und den Mund geschlossen halten, und nach einer Weile würden die Leute anfangen, ihn zur Kenntnis zu nehmen. Er würde sich nicht zu sehr in den Vordergrund drängen, aber ab und zu könnte er bei einer Party ein Lied zum besten geben oder ein paar Schauspieler nachahmen. Er konnte direkt hören, wie Nita Damon lachte und sagte: «Hör auf, Mark! Hör auf!»

Was er tun könnte, dachte Mark, war, Christel anrufen und mit ihr ausmachen, daß sie ihn in ein oder zwei Monaten, wenn sie den Film abgedreht hatten, im Haus seines Kumpels treffen würde. Dann hätte Mark einen Fuß in der Tür. Er hätte einen Anfang gemacht. Aber auch das würde nicht gehen. Er wußte nicht, wie er sie anrufen konnte. Sie hatte kein Geld. Und sie würde nicht einverstanden sein.

Mark machte sich nichts vor. Wenn er Christel und Hans da draußen ließ, würde sie ihm nie vergeben. Wenn er sie verließ, verließ er sie für immer.

Das kann ich nicht tun, dachte Mark. Aber er wußte, daß das nicht stimmte. Er hatte beschlossen, sich nichts vorzumachen, und das hieß, in allem ehrlich zu sein. Er konnte sie verlassen. Leute verließen einander und wurden verlassen, jeden Tag. Es war schrecklich. Aber es passierte, und die Leute überlebten, wie sie Schlimmeres überlebten. Christel und Hans würden auch überleben. Wenn sie begriff, was passiert war, würde sie Dutch anrufen. Dutch würde an die Decke gehen, aber am Ende würde er ihnen unter die Arme greifen. Ihm blieb nichts anderes übrig. Und in vier oder fünf Jahren würde, was heute geschah, nichts als eine schlimme Erinnerung sein.

Christel würde gut alleine zurechtkommen. Männer mochten sie. Selbst Dutch mochte sie, obwohl er absolut gegen diese Heirat war. Eines Tages würde sie einen guten Mann kennenlernen, einen Mann, der für sie sorgen konnte. Sie und Hans und das neue Baby könnten abends einschlafen, ohne sich zu fragen, wie es ihnen beim Aufwachen ergehen würde. Sie brauchten Mark nicht. Ohne ihn würden sie ein besseres Leben haben, als wenn er und Christel zusammenblieben.

Dies war ein neuer Gedanke für Mark, und er kränkte ihn. Es verletzte ihn, zu sehen, wie unwichtig er in Wirklichkeit für Christel war. Bis jetzt hatte er immer angenommen, daß ihr Zusammentreffen irgendwie vorherbestimmt war und daß er durch die Heirat mit Christel ein großes Bedürfnis des Universums erfüllt hatte. Aber wenn sie ohne den anderen leben konnten und es ihnen ohne den anderen besser ginge, dann konnte das so nicht stimmen und auch nie gestimmt haben.

Sie brauchten einander nicht. Es gab keinen besonderen Grund für sie, zusammenzusein. Wozu war dann das Ganze gut? Wenn er sie nicht glücklich machen konnte, was war dann der Sinn? Sie zogen einander hinunter wie zwei Leute, die nicht schwimmen konnten. Wenn sie Glück hatten, konnten sie sich lange genug oben halten, um im selben Haus alt zu werden.

Das waren ihre Zukunftsaussichten, wenn sie Glück hatten.

Es war nicht richtig. Sie verdiente etwas Besseres und er auch.

Mark hatte das Gefühl, hinters Licht geführt worden, ein Spielball gewesen zu sein. Nicht für Christel, das würde sie nie tun, sondern für alle anderen, die je verheiratet gewesen waren und die Wahrheit wußten und trotzdem weiter so taten, als sei es etwas Gutes. Die Wahrheit war anders. Die Wahrheit war, daß man, wenn man heiratete, eins nach dem anderen aufgeben mußte. Es hörte nie auf. Man mußte sein Leben aufgeben – das eine besondere, das einem zustand – und eine Art mittleren Lebens führen, das irgendwohin führte, woran man nie gedacht hatte und wohin man auch nicht wollte. Und man wußte nie, was passierte. Man gab sein Leben auf und wußte es noch nicht einmal.

«Blythe», sagte Barney.

Mark schaute die Stadt an, das, was er von der Straße aus sehen konnte. Hitzewellen zitterten über den Dächern.

«Blythe», sagte Barney wieder. «Zum ersten, zum zweiten, zum dritten.»

Als Christel aus dem Schlaf hochtauchte, erwartete sie, die Augen aufzuschlagen und Wasser zu sehen, den großen Colorado. Sie hatte geträumt, daß sie mit Mark und Hans im Auto wäre, daß es Morgen wäre und dieser Tag noch nicht vorüber. Sie blinzelte in der Dämmerung. Gleich darauf wußte sie, wo sie war.

«Hans», flüsterte sie.

«Er ist draußen», sagte Hope. Hope stand über die Lampe gebeugt und lud ein Gewehr. Ihr Schatten schwankte über die Wand. «Ich hole uns was zum Abendessen», sagte sie. «Bleib bloß liegen und ruh dich aus. Mit dem Jungen ist alles in Ordnung.» Sie war mit dem Laden fertig und schob ein paar weitere Patronen in die Taschen ihrer Jeans. «Bin gleich wieder da», sagte sie.

Christel lag auf dem Bett, unruhig und durstig, aber zu schwer, um aufzustehen. Die Männer draußen ließen ein Radio laufen. Eins von diesen plärrenden Liedern lief, wie Hope es in der Küche gesungen hatte. Christel hatte nun seit zwei Monaten keine gute Musik mehr gehört, seit dem Tag, an dem sie von zu Hause weggegangen war. Einem warmen Tag im späten Frühjahr – im Radio wurde ein Konzert gegeben, Sonnenlicht funkelte durch die Bäume entlang der Straße. Auf der Brücke, die aus der Stadt führte, hatte ihre Mutter das Auto angehalten, um einem Schwan zuzuschauen, der mit zwei Jungen hinter sich stromaufwärts schwamm.

«Ach Gott», sagte Christel.

Sie stieß sich vom Bett hoch. Sie hob die Jalousie vor dem Fenster und sah hinaus. Da waren die Wüste und die Berge. Und da war Hope, die mit ihrem Gewehr in die Wüste hineinging. Das Licht war weicher als vorher, immer noch weiß, aber nicht so hart. Die Bergspitzen waren rosafarben gerändert.

Christel starrte aus dem Fenster. Wie konnte jemand an solch einem Ort leben? Es gab nichts, überhaupt nichts. In all den Tagen in Phoenix hatte Christel eine große Leere um sich gespürt, in der sie nicht mehr als ein Fels oder ein Dornstrauch sein würde; jetzt war sie darin.

Christel dachte, sie würde anfangen zu weinen, aber sie gab die Idee auf. Sie interessierte sie nicht.

Sie schloß die Augen und lehnte die Stirn gegen die Scheibe.

Ich sage ein Gedicht auf, dachte Christel, und wenn ich fertig bin, ist er hier. Erst stumm, weil sie versprochen hatte, jetzt nur noch englisch zu sprechen, dann flüsternd und schließlich laut sagte Christel ein Gedicht auf, das die Nonnen ihr vor langer Zeit in der Schule beigebracht hatten, das einzige Gedicht, an das sie sich erinnerte. Sie wiederholte es zweimal und schlug dann die Augen auf. Mark war nicht da. Als habe sie wirklich geglaubt, daß er da sein würde, trat Christel mit dem nackten Fuß gegen die Wand. Der Schmerz verlieh dem, was sie eigentlich nicht wissen wollte, schneidende Klarheit: daß er natürlich nicht da war, weil er nie wirklich da gewesen war und auch nie da sein würde, wenn es darauf ankam.

Das Fenster war heiß unter Christels Stirn. Sie sah Hope immer weiter weggehen. Dann blieb Hope stehen. Sie hob das Gewehr. Einen Augenblick später hörte Christel den Knall und fühlte das Glas unter ihrer Haut erzittern.

Ein paar Meilen hinter Blythe begann die Fahrerin wieder mit sich zu reden. Ihre Stimme war ausdruckslos. Mark schaute aus dem Fenster und versuchte es zu ignorieren, aber nach einer Weile merkte er, daß er zuhörte und versuchte, Sinn in die Dinge zu bringen, die sie sagte. Ihre Worte hatten keinen Verstand. Jede Möglichkeit von Bedeutung endete in der Eröffnung einer weiteren Möglichkeit. Mark war frustriert. Er begann sich unbehaglich zu fühlen.

Dann fiel ihm auf, daß der Leichenwagen mit hoher Geschwindigkeit fuhr, wirklich raste. Die Fahrerin überholte jedes andere Auto, auf das sie trafen. Sie wechselte ohne Grund die Fahrbahn.

Mark versuchte, eine Pause zwischen ihren Worten zu finden, um etwas zu sagen, nur eine warnende Bemerkung, etwas darüber, wie scharf die Polizei hier war, aber es kam keine Pause. Das Auto fuhr schneller und schneller. Er hoffte, Barney würde ihr sagen, sie solle den Mund halten und langsamer fahren, vielleicht sogar selbst das Steuer eine Weile übernehmen, aber Barney sagte nichts und Nance auch nicht. Sie war völlig verschwunden, und von Barney konnte Mark nur seine Haarstacheln sehen.

«He», sagte Mark. «Warum so eilig?»

Die Fahrerin schien ihn nicht zu hören. Sie überholte drei weitere Autos und redete weiter mit sich. Dann sah Mark, daß sie nur eine Hand am Steuer hatte, die linke. Sie hielt das Steuer so fest, daß ihre Hand weiß geworden war. Er konnte die Knochen ihrer Finger erkennen.

«Fahr mal langsamer», sagte Mark.

«Blaues Pferd verkauft Küsse», sagte sie und wiederholte dann die Worte.

«Mein Gott», sagte Mark. Er beugte sich vor und lehnte sich über den Sitz, um auf das Tachometer gucken zu können. Dann sah er, was da vorne vor sich ging, und setzte sich zurück. So etwas hatte er noch nie gesehen. Es verschlug ihm die Sprache. Er fühlte sich weit, weit weg von sich. Dann begann der Leichenwagen zu schlingern. Die Fahrerin machte Geräusche, die klangen wie Tiere im Dschungel. Nance kicherte.

«Stopp den Wagen», sagte Mark.

«Stopp das Klagen», sagte die Fahrerin.

«Stopp den Wagen», sagte Mark noch einmal. «He», sagte Barney. «Was ist los?» Seine Stimme war weich, abwesend.

«Ich will raus», sagte Mark.

Nance kicherte wieder. Die Reifen begannen zu jaulen.

«Alles in Butter», sagte Barney. «Laß dich fallen, Marco. Du hast dich entschieden, erinnerst du dich noch?»

Mark wußte nicht, was er sagen sollte. Es war schwer, mit jemandem zu reden, den man nicht sehen konnte.

Er hörte Nance flüstern. Dann sagte Barney: «He – Marco. Komm her.»

«Mitternachtstelefonbuch», sagte die Fahrerin.

«Komm schon», sagte Barney. «Du gehörst jetzt zu uns.»

«Halt an!» sagte Mark. Er streckte den Arm über den Sitz hinweg und begann der Fahrerin auf den Kopf zu schlagen, erst leicht, dann fest. Er konnte das Krachen seiner Knöchel gegen ihren Schädel hören. Sie drehte sich um und lächelte ihn an. Ihr Gesicht war weiß. Das war alles, was er sah, die Blässe ihres Gesichts, ehe sie sich wieder umdrehte. Sie hielt den Leichenwagen mitten auf der Straße an. Mark schaute nach hinten. Ein Auto steuerte auf sie zu. Es scherte in die andere Fahrbahn aus und fuhr laut hupend vorbei.

«Okay, Mark», sagte Barney. «Ciao. Du hast es vermasselt.»

Mark kletterte über Apparate und Leitungskabel und öffnete die Ladeklappe. Als er die Tür schloß, fuhr die Fahrerin an, schnell. Mark überquerte die Straße und beobachtete den Leichenwagen, bis er verschwunden war. Die Straße war leer. Er drehte sich um und ging zurück in Richtung Blythe.

Ein paar Minuten später hielt ein alter Mann an. Er schloß Mark ins Herz und fuhr ihn bis zu dem Ersatzteillager. Es machte gerade zu, als sie ankamen, aber als Mark seine Situation erklärte, ließ der Chef ihn ein und suchte die Lichtmaschine. Mit Steuer belief der Preis sich auf einundsiebzig Dollar.

«Ich dachte, es wären achtundfünfzig», sagte Mark.

«Einundsiebzig», sagte der Chef.

Mark zeigte ihm die Zahlen, die die Frau aufgeschrieben hatte, aber es nützte nichts. «Ach du lieber Gott», sagte Mark. Er starrte auf die Lichtmaschine. «Ich habe nur fünfundsechzig.»

«Tut mir leid», sagte der Chef. Er stützte die Hände auf die Theke und wartete.

«Hören Sie», sagte Mark. «Ich bin gerade aus Vietnam zurück. Meine Frau und ich sind unterwegs nach Los Angeles. Sowie wir da sind, schicke ich Ihnen die restlichen sechs. Ich stecke sie morgen früh in die Post. Ich schwöre es.»

Der Chef schaute ihn abwägend an. Mark konnte sehen, daß er zögerte.

«Ich habe eine Stelle, die auf mich wartet», sagte Mark.

«Was für eine Stelle?»

«Ich bin Tontechniker», sagte Mark.

«Tontechniker.» Der Chef nickte. «Tut mir leid», sagte er. «Sie glauben, daß Sie mir das Geld schicken, aber Sie tun es nie.»

Mark stritt eine Weile herum, aber ohne sich zu ereifern, weil er wußte, daß der Mann recht hatte – er würde das Geld nie schicken. Er gab auf und ging wieder nach draußen. Das Ersatzteillager grenzte an einen Schrottplatz, voller zusammengepreßter Autos. Auf der anderen Straßenseite waren ein Autoverleih und eine Tankstelle. Mark begann in Richtung Tankstelle zu gehen. Ein schwarzer

Hund erschien hinter dem Zaun um den Schrottplatz und lief neben Mark her. Als Mark ihn anschaute, bleckte der Hund stumm die Zähne und erschreckte Mark so, daß er auf die andere Straßenseite ging.

Er war erhitzt und müde. Er konnte sich selbst riechen. Er erinnerte sich an die Kühle im Leichenwagen und dachte, *ich habe es vermasselt.*

Vor der Tankstelle war eine Telefonzelle. Mark nahm sich eine Handvoll Kleingeld und schloß sich ein. Er wollte seinen Kumpel in Los Angeles anrufen, um mit ihm zu einer Lösung zu kommen, aber er hatte das Adreßbuch im Auto gelassen, und es stellte sich heraus, daß die Nummer nicht im Telefonbuch stand. Er versuchte der Telefonistin die Sachlage zu erklären, aber sie wollte nichts hören. Sie hing ein.

Mark sah auf die Straße hinaus. Der Hund stand immer noch am Zaun und beobachtete ihn. Das einzige, was er tun konnte, beschloß Mark, war immer weiter die Auskunft in Los Angeles anzurufen, bis er ein menschliches Wesen an die Strippe bekam. Irgend jemand da draußen mußte Mitgefühl haben.

Aber erst würde er Phoenix anrufen und Dutch und Dottie etwas durchgeben, worüber sie in der Nacht nachdenken konnten. Er würde eine offizielle Stimme annehmen und ihnen erzählen, daß er Sergeant Smith – nein, Smythe –, Sergeant Smythe von der Autobahnpolizei sei, der anrief, um einen Unfall zu melden. Ein Frontalzusammenstoß direkt vor Palm Springs. Es sei seine Pflicht zu sagen, wie leid es ihm tue – seine Stimme würde brechen –, daß es keine Überlebenden gebe. Nein, Ma'am, keine. Ja, Ma'am, er sei sicher. Er sei am Unfallort gewesen. Das einzige Gute, was er ihr sagen könne, sei, daß niemand gelitten habe. Es sei im *Null Komma nichts* vorbeigewesen, und hier würde Mark vor dem Hörer mit den Fingern schnippen.

Er schloß die Augen und hörte, wie das Telefon durch das kühle, ruhige Haus klingelte. Er sah Dottie, wie sie in ihrer avocadofarbenen Küche saß, Kaffee trank und eine Einkaufsliste machte, sah, wie sie aufstand und Zigaretten, Feuerzeug und Aschenbecher einsammelte. Er hörte, wie ihre Schuhe auf dem Kachelboden klapperten, als sie zum Telefon kam.

Aber Dutch hob ab. «Strick», sagte er.
Mark holte tief Luft.
«Hallo», sagte Dutch.
«Ich bin's», sagte Mark. «Dad, ich bin's – Mark.»

Christel wusch sich gerade das Gesicht, als sie das Gewehr wieder losgehen hörte. Sie hielt inne, während das Wasser durch ihre Finger rann, machte dann weiter und ging aus dem Schlafzimmer. Sie wollte Hans finden. Er hätte längst neue Windeln bekommen müssen, und es war beinahe Zeit für ihn zu essen. Sie vermißte ihn. Sich ihren Weg zwischen den Teilen auf dem Fußboden suchend, tastete sie sich in den Wohnraum. Er war beinahe völlig dunkel. Christel tastete sich an der Wand entlang zum Lichtschalter. Sie knipste das Licht an und blieb mit der Hand gegen die Wand stehen.

Alles war rot. Der Teppich war rot. Die Lampenschirme waren rot und hatten kleine rote Troddeln. Die Stühle und die Couch waren rot. Die Kissen auf der Couch waren herzförmig und mit einem seidigen Stoff bezogen, der im Licht naß aussah, so daß sie für einen Augenblick wie echte Organe wirkten. Christel starrte das Zimmer an. In einem Roman, den sie einmal gelesen hatte, war sie auf den Ausdruck «Liebesnest» gestoßen, und sie hatte sich, nachdem sie einen Augenblick lang darüber nachgedacht hatte, hell getünchte Wände vorgestellt, hohe Tannenbäume, die bis zum Balkon reichten, ein altes Bett mit gedrechselten Pfosten und einer ins Kopfteil eingeschnitzten Jagdszene. Aber dies, dachte sie, als sie das Zimmer betrachtete, dies war ein Liebesnest. Es war schrecklich, entsetzlich.

Christel ging zur Tür und öffnete sie einen Spalt breit. Jemand lag auf dem Vordersitz des Autos, seine nackten Füße guckten aus dem Fenster, seine Stiefel, aus denen oben gelbe Socken hingen, standen darunter auf der Erde. Die Männer auf der Bank konnte sie nicht sehen, aber einer von ihnen sagte etwas, immer wieder das gleiche Wort. Christel konnte es nicht verstehen. Dann hörte sie Hans das Wort wiederholen, und die Männer lachten.

Sie öffnete die Tür weiter. Immer noch drinnen stehend, rief sie: «Hans, komm her.»

Sie wartete. Sie hörte jemanden flüstern.

«Hans», sagte sie.

Er kam zur Tür. Sein Gesicht war dreckverschmiert, aber er sah glücklich aus. «Komm rein», sagte sie.

Hans sah über die Schulter, lächelte und drehte sich dann wieder zu Christel.

«Komm, Hans», sagte sie.

Er stand da. «Fotze», sagte er.

Christel machte einen Schritt zurück. Sie schüttelte den Kopf. «Nein», sagte sie. «Nein, nein, nein. Sag das nicht! Komm, mein Lieber!» Sie streckte die Arme aus.

«Fotze», sagte er noch einmal.

«Oh!» sagte Christel. Ihre Hand flog vor den Mund. Dann stieß sie die Tür auf, ging zu Hans und schlug ihn ins Gesicht, etwas, was sie noch nie getan hatte. Sie schlug fest. Er setzte sich hin und sah zu ihr auf. Christel nahm ein flaches Brett von dem Schrotthaufen und wandte sich gegen die drei Männer auf der Bank. Sie beobachteten sie unter ihren großen Hüten. «Wer war das?» sagte sie. «Wer hat ihm das Wort beigebracht?» Als sie nicht antworteten, ging sie auf die Bank zu und beschimpfte sie auf deutsch, mit Worten, die sie nie zuvor benutzt hatte. Sie standen auf und wichen vor ihr zurück. Hans begann zu weinen. Christel fiel über ihn her. «Sei ruhig!» sagte sie. Er wimmerte einmal und war still.

Christel wandte sich wieder an die Männer. «Wer hat ihm das Wort beigebracht?»

«Ich nicht», sagte einer von ihnen.

Die beiden anderen standen einfach bloß da.

«Schämt euch», sagte Christel. Sie starrte sie an und ging zum Auto hinüber. Sie trat die Stiefel beiseite. Das Brett mit beiden Händen haltend, zog sie es so fest sie konnte über die nackten Füße, die aus dem Fenster guckten. Der Mann drinnen schrie auf. Christel versetzte ihm noch einen Schlag, und er zog die Füße zurück.

«Raus mit dir», sagte sie. «Raus, raus, raus!»

Der Mann namens Webb, der drinnen geschlafen hatte, krabbelte zur anderen Seite hinaus und hüpfte von einem Fuß auf dem anderen zum Haus hinüber. Er hatte seinen Hut im Auto vergessen. Als er über den heißen Sand tanzte, flatterte sein Haar wie ein Flügel. Er blieb im Schatten stehen und drehte sich um, immer noch von einem Fuß auf den anderen tretend. Er hielt die Augen auf

Christel gerichtet. Auch Hans, der neben der Tür saß. Auch die Männer bei der Bank. Sie alle guckten, um zu sehen, was sie als nächstes tun würde.

So, dachte Christel. Sie schmiß das Brett weg, und einer der Männer zuckte zusammen. Christel lächelte beinahe. Sie dachte, wie zornig ich aussehen muß, wie zornig ich bin, und dann verließ ihr Zorn sie auch schon. Sie versuchte ihn zu halten, aber er war in dem Augenblick verraucht, wo sie wußte, daß er da war.

Sie beschattete die Augen mit der Hand und schaute sich um. Die fernen Berge warfen lange Schatten über die Wüste. Die Wüste war leer und still. Nichts rührte sich außer Hope, die mit dem Gewehr über der Schulter auf sie zukam. Als sie näher kam, winkte Christel, und Hope hob die Arme. Ein Kaninchen hing an jeder Hand, an den Ohren baumelnd.

Unsere Geschichte beginnt

Aus dem Amerikanischen
von Karin Graf

Der Nebel kam wieder früh. Dies war schon der zehnte neblige Tag ohne Unterbrechung. Die Kellner und Kellnerinnen versammelten sich am Fenster, um sich das anzugucken, und Charlie schob seinen Servierwagen durch den Speisesaal, damit er mit ihnen zusammen herausschauen konnte, während er Wassergläser füllte. Boote lavierten vor dem Nebel herein, der sich wie eine hohe heranbrandende Sturzwelle hinter ihnen auftürmte. Möwen glitten vom Himmel zu den Pylonen entlang des Kais, wo sie ihre Federn ausschüttelten, sich wiegten und die vorbeikommenden Touristen anstarrten.

Der Nebel umhüllte die Stützpfeiler der Brücke. Die Brücke schien frei zu schweben, während der Nebel in den Hafen wogte und langsam die Boote überholte und eins nach dem anderen verschluckte.

«Das ist ganz schön haarig», sagte einer der Kellner. «Mich bekäme man nicht für Geld und Kuchen da raus.»

Eine Kellnerin entgegnete etwas, und die anderen lachten.

«Du hast gut reden», sagte der Kellner.

Der Oberkellner kam aus der Küche und schnippte mit den Fingern. «Hilfskellner!» rief er. Eine der Kellnerinnen drehte sich nach Charlie um, der den Krug absetzte, aus dem er gerade eingoß, und seinen Servierwagen durch den Speisesaal wieder an seinen angestammten Platz zurückschob. Die nächste halbe Stunde, bis der erste Gast erschien, faltete Charlie Servietten und ordnete Butterquadrate in kleinen, mit zerstoßenem Eis gefüllten Schalen an und dachte an die Dinge, die er dem Oberkellner antun würde, wenn er ihn je in die Finger bekäme.

Aber dies war eine Ablenkung; er haßte den Oberkellner nicht wirklich. Er haßte seine sinnlose Arbeit und seine Angst, gefeuert zu werden, und am meisten haßte er es, Hilfskellner gerufen zu werden, denn Hilfskellner genannt zu werden, machte es ihm schwerer, sich für den Mann zu halten, den er gerade gern darstellen wollte.

Nur ein paar Touristen besuchten an diesem Abend das Restaurant. Sie alle waren allein und offensichtlich enttäuscht. Sie saßen für sich, ihren Einkaufstüten gegenüber, und starrten verdrossen in Richtung Golden Gate, obwohl dort nichts außer dem Nebel zu sehen war, der sich auf die Fenster legte, und öligen Wassertropfen, die über das Glas rannen. Wie die meisten Leute, die alleine aßen, bestellten sie die Festpreis-Menüs, Scampi oder Kabeljau oder den Kapitänsteller und vielleicht eine kleine Karaffe Hauswein. Die Kellner vernachlässigten sie. Die Touristen trödelten über ihrem Essen, gaben den Kellnern zuviel Trinkgeld und gingen noch enttäuschter, als sie gekommen waren.

Um neun schickte der Oberkellner alle Kellner bis auf drei nach Hause und ging dann selbst. Charlie hoffte, er würde auch entlassen, aber man ließ ihn bei seinem Servierwagen stehen, wo er weitere Servietten faltete und das Eis erneuerte, wenn es in den Wassergläsern und unter den Butterstücken schmolz. Die drei Kellner gingen immer wieder in die Vorratskammer, um zu kiffen. Als das Restaurant schließlich schloß, waren sie so hinüber, daß sie kaum noch aufrecht stehen konnten.

Charlie machte sich auf den langen Heimweg, die Columbus Avenue hinauf, weil die Columbus Avenue die hellsten Straßenlampen hatte. Aber in diesem Nebel wirkten die Lampen nur wie eine übernatürliche Erscheinung, ein milchiger Fleck hier und da im Dunst. Charlie ging langsam und richtete sich nach den Hauswänden. Er begegnete niemandem unterwegs; aber einmal, als er stehenblieb, um sich die Feuchtigkeit vom Gesicht zu wischen, hörte er merkwürdig tappende Schritte hinter sich, drehte sich um und sah einen dreibeinigen Hund aus dem Nebel auftauchen. Er schlingerte vorbei und war weg. «Gott», sagte Charlie. Dann lachte er vor sich hin, aber das Geräusch war nicht überzeugend, und er beschloß, die Straße für eine Weile zu verlassen, abzutauchen.

Direkt um die Ecke auf der Vallejo war ein Café, wo Charlie an seinen freien Abenden manchmal hinging. Jack Kerouac hatte dieses Café in *Be-Bop, Bars und weißes Pulver* erwähnt. Heutzutage waren die meisten Gäste Italiener, die herkamen, um der Jukebox zuzuhören, die mit Musik aus italienischen Opern bestückt war, aber Charlie schaute immer auf, wenn jemand zur Tür hereinkam; es könnten Ginsberg oder Corso sein, die, um der alten Zeiten willen, vorbeischauten. Er saß da gerne, mit einem offenen Buch auf dem Tisch, und lauschte der Musik, die er für klassisch hielt. Er stellte sich auch gerne vor, daß die grobknochige, schlampige Frau, die ihm seinen Cappuccino brachte, einmal Neil Cassedys Geliebte gewesen war. Möglich war alles.

Als Charlie in das Café trat, waren die einzigen anderen Gäste vier alte Männer, die an der Tür saßen. Er nahm einen Tisch auf der anderen Seite des Raumes. Jemand hatte eine italienische Filmillustrierte auf dem Stuhl neben seinem liegengelassen. Charlie schaute die Fotos an und schlug mit den Fingern den Takt zum «Chor der Gefangenen», während die Kellnerin seinen Cappuccino machte. Die Kaffeemaschine zischte, als sie den Hebel bediente. Der Raum füllte sich mit dem süßen Geruch von Kaffee. Charlie machte auch den Geruch von Fisch aus und erkannte, daß er von ihm kam, daß er regelrecht danach stank. Seine Finger fielen still auf den Tisch herunter.

Charlie bezahlte gleich bei der Kellnerin, als sie ihn bediente. Er hatte vor, auszutrinken und wegzugehen. Während er wartete, daß der Kaffee abkühlte, kam eine Frau mit zwei Männern zur Tür herein. Sie schauten sich um, berieten sich und setzten sich schließlich an Charlies Nachbartisch. Sowie sie saßen, begannen sie sich zu unterhalten, ohne darauf zu achten, ob Charlie sie hören konnte. Er lauschte, und nach einer Weile begann er, zu ihnen hinüberzuschauen. Entweder sie bemerkten es nicht, oder es war ihnen gleichgültig. Sie machten sich nichts aus seiner Anwesenheit.

Aus ihrer Unterhaltung schloß Charlie, daß sie Mitglieder eines Kirchenchors waren, die nach der Chorprobe einen Zug durch die Kneipen machten. Die Frau hieß Audrey. Ihr Lippenstift war verschmiert, und das ließ ihren Mund ein bißchen schief aussehen. Sie hatte ein aufgewecktes Gesicht mit dichten schwarzen Brauen, die sie immer, wenn ihr Mann etwas sagte, skeptisch hochzog. Audreys Mann war groß und schwer. Er rutschte ständig hin und her, scharrte dabei mit dem Stuhl und legte seinen Hut von einem Knie aufs andere. Obwohl er so klotzig war, paßte ihm der grüne Anzug, den er trug, wie angegossen. Er hieß Truman, und der andere Mann hieß George. George hatte eine ruhige, kratzige Stimme, die er gern benutzte; Charlie konnte sehen, daß er ihr beim Reden lauschte. Er war Lehrer oder so etwas, was Charlie nicht überraschte. George sah für ihn aus wie einer der jungen Professoren, die er in seinen drei College-Jahren erlebt hatte: randlose Brille, Rollkragenpulli, immer den Schatten eines Lächelns um die Lippen. Aber George war nicht wirklich jung. Sein dichtes Haar, in der Mitte gescheitelt, wurde langsam grau.

Nein – es sah so aus, als sängen nur Audrey und George im Chor. Sie erzählten Truman von einer Reise, die der Chor gerade zu einem Chortreffen nach Los Angeles gemacht hatte. Truman sah von seiner Frau zu George, die beide nacheinander sprachen, und schüttelte den Kopf, als sie die jämmerlichen Charakterzüge der anderen Sänger und die Verschrobenheiten des Chorleiters beschrieben.

«Natürlich ist Pater Wes nichts im Vergleich zu Monsignore Strauss», sagte George. «Monsignore Strauss hatte einwandfrei § 51.»

«Strauss?» sagte Truman. «Wer ist Strauss? Der einzige Strauss, den ich kenne, ist Johann.» Truman sah seine Frau an und lachte.

«Verzeihen Sie», sagte George. «Ich sprach in Rätseln. George vergißt manchmal die Basis. Wenn Sie jemanden wie Monsignore Strauss kennengelernt haben, nehmen Sie naturgemäß an, daß auch jeder andere sonst von ihm gehört hat. Der Monsignore war fünf Jahre lang unser Chorleiter, ehe Pater Wes das Amt übernahm. Er ging in sich und auf den Subkontinent, kurz ehe Audrey zu uns kam, deshalb können Sie natürlich seinen Namen nicht kennen.»

«Den Subkontinent», sagte Truman. «Was ist das? Atlantis?»

«Um Gottes willen, Truman», sagte Audrey. «Manchmal blamierst du mich.»

«Indien», sagte George. «Kalkutta. Mutter Teresa und so weiter.»

Audrey legte George die Hand auf den Arm. «George», sagte sie, «erzähle Truman die tolle Geschichte, die du mir über Monsignore Strauss und den Filipino erzählt hast.»

George lächelte in sich hinein. «Ach ja», sagte er. «Miguel. Das ist eine lange Geschichte, Audrey. Vielleicht besser ein anderes Mal.»

«Ach nein», sagte Audrey. «Heute abend wäre es phantastisch.»

Truman sagte: «Wenn sie so lang ist...»

«Ist sie nicht», sagte Audrey. Sie klopfte mit den Knöcheln auf den Tisch. «Erzähle, George.»

George sah Truman von oben bis unten an und zuckte die Achseln. «Schieben Sie nicht die Schuld auf George», sagte er. Er trank seinen Brandy aus. «Also gut. Unsere Geschichte beginnt. Monsignore Strauss hatte irgendwoher Geld, und jedes Jahr machte er eine Reise an irgendeinen exotischen Ort. Wenn er nach Hause kam, brachte er immer von seiner Reise ein ausgefallenes Souvenir mit. Aus Argentinien brachte er jedem Samen mit, aus denen Pflanzen wuchsen, deren Blüten rochen wie, entschuldigen Sie, *merde*. Er hatte sie in einem argentinischen Scherzartikelgeschäft gekauft, wenn Sie sich so was vorstellen können. Als er aus Kenia zurückkam, schmuggelte er eine Eidechse ins Land, die mit der Zunge aus einer Entfernung von beinahe zwei Metern Fliegen fangen konnte. Der Monsignore trug die Eidechse auf dem Finger mit sich herum, und immer wenn eine Fliege in Reichweite kam, sagte er: ‹Passen Sie auf!›, zielte mit der Eidechse wie mit einer Pistole, und *schwupps*, keine Fliege mehr.»

Audrey zeigte mit dem Finger auf Truman und sagte: «Schwupps.» Truman sah sie bloß an. «Ich brauche noch was zu trinken», sagte Audrey und gab der Kellnerin ein Zeichen.

George fuhr mit dem Finger über den Rand seines Schwenkers. «Nach der Eidechse», sagte er, «kam ein großes australisches Nagetier, das im Zoo landete, und nach dem Nagetier kam ein neunzehnjähriges Menschenkind von den Philippinen. Sein Name war Miguel Lopez de Constanza, und er war ein Taxifahrer aus Manila, den der Monsignore während seines Aufenthaltes dort als Chauffeur angestellt und ins Herz geschlossen hatte. Als der Monsignore zurückkam, setzte er ein paar Hebel bei der Einwanderungsbehörde in Bewegung, und ein paar Wochen später erschien Miguel. Er sprach überhaupt kein Englisch, ehrlich – nur ein paar Brocken für Touristen in Manila. Den ersten Monat oder so wohnte er in der Pfarrei bei Monsignore Strauss, dann fand er ein Zimmer im Hotel Overland und zog da ein.»

«Das Hotel Overland», sagte Truman. «Das ist doch der Drogentreff auf der oberen Grant.»

«Das Hotel Overdose», sagte Audrey. Als Truman sie anschaute, sagte sie: «So wird es genannt.»

«Du scheinst ja über die Fachausdrücke gut auf dem laufenden zu sein», sagte Truman.

Die Kellnerin kam mit den Getränken. Als ihr Tablett abgeräumt war, stellte sie sich hinter Truman und begann auf einen Notizblock zu schreiben, den sie bei sich trug. Charlie hoffte, sie würde nicht an seinen Tisch kommen. Er wollte nicht, daß die anderen ihn bemerkten. Sie würden erraten, daß er ihnen zugehört hatte, und das würde ihnen vielleicht nicht schmecken. Sie würden vielleicht aufhören zu reden. Aber die Kellnerin notierte zu Ende und ging, ohne einen Blick auf Charlie zu werfen, zur Theke zurück.

Die alten Männer an der Tür stritten auf italienisch. Das Fenster über ihnen war ganz beschlagen, und Charlie konnte fühlen, wie der Nebel draußen waberte. Die Jukebox glänzte in der Ecke. Das Lied, das gerade lief, endete abrupt, der Motor surrte, und «Der Chor der Gefangenen» wurde wieder aufgelegt.

«Weshalb also das Hotel Overland?» fragte Truman.

«Truman zieht das Fairmont vor», sagte Audrey. «Truman meint, jeder solle im Fairmont absteigen.»

«Miguel hatte kein Geld», sagte George. «Nur was der Monsignore ihm gab. Er dachte, er würde nur so lange dort bleiben, bis er Englisch konnte und ein Handwerk lernte. Dann konnte er eine Arbeit bekommen. Für sich selbst sorgen.»

«Klingt vernünftig», sagte Truman.

Audrey lachte. «Truman, du haust mich um. Ich habe damit gerechnet, daß du *genau das sagen* würdest. Jetzt laß uns den Spieß mal eine Minute umdrehen. Nehmen wir an, daß du, Truman, dich aus irgendeinem Grund völlig abgebrannt in Manila wiederfindest. Du kennst keinen, du verstehst nichts und niemanden, und du landest in einem Hotel, wo Leute Nadeln in sich hauen und auf der Treppe abdriften und ständig ihre Zimmer in Brand stecken. Wieviel Spanisch lernst du denn, wenn du so lebst? Was für ein Handwerk willst du so lernen? Sei doch mal realistisch», sagte Audrey. «Das ist keine vernünftige Existenz.»

«San Francisco ist nicht Manila», sagte Truman. «Glaub's mir – ich war da. Hier hast du wenigstens eine Chance. Und es stimmt nicht, daß er niemanden kannte. Was ist mit dem Monsignore?»

«Wahnsinn», sagte Audrey. «Ein Priester, der mit einer Eidechse auf dem Finger herumläuft. Toller Freund. Oder, wie du sagen würdest, tolle *connection*.»

«Ich habe, soweit ich weiß, das Wort *connection* nie auf die Weise benutzt», sagte Truman.

George hatte in seinen Cognacschwenker gestarrt, den er mit beiden Händen umfaßt hielt. Er schaute zu Audrey hin. «Eigentlich», sagte er, «war Miguel nicht ganz verraten und verkauft. Um die Wahrheit zu sagen, er hat sich eine Zeitlang gut gehalten. Monsignore Strauss hatte ihn in einem Ausbildungskursus für Mechaniker bei Porsche-Audi auf der Van Ness untergebracht, und er hat wahnsinnig schnell Englisch gelernt. Es ist erstaunlich, nicht, was man schaffen kann, wenn einem nichts anderes übrig bleibt.» George drehte den Schwenker zwischen den Händen vor und zurück. «Die Junkies ließen ihn vollkommen in Ruhe, so unglaublich das klingen mag. Sie haben ihn nicht im Flur angemacht, nichts. Es war, als lebte Miguel auf einem anderen Planeten als sie, und gewissermaßen tat er das auch. Er ging jeden Tag zur Messe und sang im Chor. Da habe ich ihn kennengelernt. Miguel hatte einen prachtvollen Bariton, wirklich prachtvoll. Er war äußerst stolz auf seine Stimme. Er war auch stolz auf seinen Körper. Aß exakt so viel von diesem, so viel von jenem. Trieb jeden Tag ausgedehnt Gymnastik. Er massierte sich sogar das Gesicht, damit er kein Doppelkinn bekam.»

«Da siehst du es», sagte Truman zu Audrey. «Es gibt so etwas wie Charakter.» Als sie keine Antwort gab, setzte er hinzu: «Worauf ich hinaus will, ist, daß Leute nicht notwendigerweise durch ihre Umstände von vornherein eingeschränkt sind.»

«Ich weiß, worauf du hinaus willst», sagte Audrey. «Die Geschichte ist noch nicht zu Ende.»

Truman legte seinen Hut vom Knie auf den Tisch. Er verschränkte die Arme vor der Brust. «Ich habe morgen einen schweren Tag vor mir», sagte er zu Audrey. Sie nickte, aber sah ihn nicht an.

George trank einen Schluck Brandy. Dann schloß er die Augen und fuhr sich mit der Zungenspitze über die Lippen. Dann senkte er den Kopf und starrte wieder in den Schwenker.

«Miguel lernte eine Frau kennen», sagte er, «wie wir alle. Sie hieß Senga. Ich vermute, daß sie ursprünglich Agnes hieß und ihren Namen umdrehte, weil sie hoffte, sich bei uns Angehörigen des starken Geschlechts so interessanter zu machen. Senga war mindestens zehn Jahre älter als Miguel, vielleicht mehr. Sie hatte eine Tochter in, ich glaube, der fünften Klasse. Senga arbeitete in der Kreditabteilung der Bank von Amerika. Ich erinnere mich nicht mehr, wie sie sich kennenlernten. Sie trafen sich eine Weile, dann machte Senga Schluß. Ich glaube, für sie war es nicht weiter wichtig, aber für Miguel war es ernst. Er betete Senga an, und ich wähle dieses Wort mit Bedacht. Er baute einen kleinen Altar für sie in seinem Zimmer auf. Ein Bild von Senga beim Schulabgang, umgeben von verschiedenen Gegenständen, die sie getragen oder benutzt hatte. Kämme. Taschentücher. Ihre Parfumflaschen. Ein ganzer Stapel Zeugs. Keine Ahnung, wie er daran kam – ob sie es ihm gab, oder ob er es einfach nahm. Das Komische ist, er ging nur ein paarmal mit ihr aus. Ich bezweifle sogar, daß es je bis zum Bett kam.»

«Kam es nicht», sagte Truman.

George sah ihm ins Gesicht.

«Wenn er mit ihr geschlafen hätte», sagte Truman, «hätte er ihr keinen Altar gebaut.»

Audrey schüttelte den Kopf. «Echt Truman», sagte sie. «Truman, wie er leibt und lebt.»

Er tätschelte ihr den Arm. «Nichts für ungut», meinte er zu ihr.

«Wie dem auch sei», sagte George. «Miguel wollte nicht aufgeben, und das verursachte einen ganzen Rattenschwanz von Problemen. Erst schrieb er ihr Briefe, lange schmalzige Briefe in holprigem Englisch. Er gab mir einen zum Lesen, wegen der Rechtschreibung und so weiter, aber es war vollkommen hoffnungslos. Bloß Bruchstücke und Bandwurmsätze. Keine Absätze. Ich gab ihn nach ein paar Tagen einfach zurück und sagte, er sei gut so. Miguel meinte, die Briefe würden Senga umstimmen, aber sie beantwortete sie nie, und nach einer Weile begann er, sie zu allen möglichen und unmöglichen Zeiten anzurufen. Sie wollte nicht mit ihm reden. Sowie sie seine Stimme hörte, hing sie ein. Schließlich besorgte sie sich eine Geheimnummer. Sie wollte nicht mit Miguel reden, aber Miguel meinte, daß sie auf meine Wenigkeit hören würde. Er wollte, daß ich zur Bank von Amerika ging und mich für ihn einsetzte. Mich als eine Art Referenz für seinen Charakter verwendete. Was ich, nach reiflicher Überlegung, auch tat.»

«Oho», sagte Truman. «Der Knoten wird geschürzt. Auftritt Miles Standish.»

«Ich wußte, daß du das sagen würdest», sagte Audrey.

Sie leerte ihr Glas und sah sich um, aber die Kellnerin saß mit dem Rücken zum Raum an der Theke und rauchte eine Zigarette.

George zog die Brille ab, hielt sie ans Licht und setzte sie wieder auf. «Also», sagte er, «George macht sich auf, um Senga zu treffen – denkt man bei dem Namen nicht an eine Dschungelkönigin? Blitzende Augen. Dolch an der Seite, Brüste, die über einem Mieder aus Leopardenfell hervorquellen? Dem war nicht so. Diese Senga war immer noch eine Agnes. Dünn. Geschäftsmäßig. Und *sehr* uncharmant. Kaum hatte ich Miguels Namen ausgesprochen, als ich auch schon hinausgeschmissen wurde, mit einer Botschaft für Miguel: wenn er sie noch einmal belästigte, würde sie die Polizei auf ihn hetzen.

‹Die Polizei auf ihn hetzen.› Das waren ihre Worte, und sie meinte es. Ungefähr eine Woche später folgte Miguel ihr von der Arbeit nach Hause, und sie beauftragte umgehend einen Rechtsanwalt mit dem Fall. Das dicke Ende war, Miguel mußte ein Papier unterzeichnen, in dem stand, daß ihm klar sei, daß er verhaftet würde, wenn er Senga je wieder schrieb, anrief oder folgte. Er unterschrieb, aber sozusagen mit Ableitung. Mir erzählte er: ‹Horhay, ich unterschreibe – aber ich nehme nicht an.› ‹Gut gebrüllt, Löwe›, sagte ich zu ihm, ‹aber Sie würden es besser mal annehmen, oder diese Frau bringt Sie hinter Schloß und Riegel.› Miguel sagte, Gefängnis schrecke ihn nicht, in seinem Land seien die besten Menschen im Gefängnis. Und klar wie Kloßbrühe, ein paar Tage später folgte er Senga wieder bis nach Hause, und sie tat es – sie brachte ihn hinter Schloß und Riegel.»

«Armes Kind», sagte Audrey.

Truman hatte versucht, die Aufmerksamkeit der Kellnerin auf sich zu lenken, die ihn nicht anschauen wollte. Er wandte sich an Audrey. «Was meinst du mit ‹armes Kind›? Was ist mit dem Mädchen? Senga? Sie versucht, ihre Arbeit zu machen, ihre Tochter durchzubringen, und unterdessen pirscht ihr dieser verrückte Filipino durch die ganze Stadt nach. Wenn dir einer leid tut, sollte sie dir leid tun.»

«Tut sie ja», sagte Audrey.

«Dann ist's ja gut.» Truman schaute wieder zur Kellnerin, und Audrey nahm Georges Schwenker und trank einen Schluck daraus. George lächelte sie an. «Was ist los mit der Frau?» sagte Truman. Er schüttelte den Kopf. «Ich gebe es auf.»

«George, erzähle weiter», sagte Audrey.

George nickte. «Kurzum», sagte er, «es war ein schlimmer Schlamassel. *Très sérieux*. Die Kaution wurde auf zwanzigtausend Dollar festgesetzt, die Monsignore Strauss nicht aufbringen konnte. Auch, das versteht sich von selbst, meine Wenigkeit nicht. Also blieb Miguel im Gefängnis. Sengas Rechtsanwalt war blutdurstig, und er brachte die Einwanderungsbehörde ins Spiel. Sie drohten, Miguels Visa zurückzunehmen und ihn auszuweisen. Monsignore Strauss bekam ihn schließlich frei, aber beinahe hätte er, wie der Herzog sagte, sein Waterloo gefunden. Es stellte sich heraus, daß Senga in rund einem Monat nach Portland versetzt würde, und der Monsignore überredete sie, die Klage unter der Bedingung fallenzulassen, daß Miguel sich, solange sie dort wohnte, der Stadt auf nicht mehr als zehn Meilen näherte. Bis sie wegzog, sollte Miguel bei Monsignore Strauss in der Pfarrei wohnen, unter seiner persönlichen Aufsicht. Der Monsignore willigte auch ein, Sengas Rechtsanwaltkosten zu übernehmen, die unverschämt hoch waren.»

«Was also kam unter dem Strich raus?» fragte Truman.

«Ganz einfach», sagte George. «Wenn Miguel Scheiße baute, würden sie ihn ins erste Flugzeug nach Manila setzen.»

«Klingt illegal», sagte Truman.

«Vielleicht. Aber das war die Abmachung.»

In der Jukebox lief ein neues Lied. Die Männer an der Tür hörten auf zu streiten, und auf einmal schienen sich alle in sich selbst zurückzuziehen.

«Hört mal», sagte Audrey. «Das ist er. Caruso.»

Die Schallplatte war zerkratzt, und man hörte atmosphärisches Rauschen hinter Carusos Stimme. Die Musik, die durch die Statik kam, ließ Charlie an die Kultursendungen aus Europa denken, denen seine Eltern so intensiv zugehört hatten, als er noch ein kleiner Junge war. Manchmal war Carusos Stimme beinahe ganz weg, und dann schwoll sie wieder an. Die alten Männer schwiegen. Einer von ihnen begann zu weinen. Die Tränen liefen ungehindert aus seinen offenen Augen die glänzenden Wangen hinunter.

«Das war also Caruso», sagte Truman, als die Schallplatte zu Ende war. «Ich habe mich immer gefragt, warum man so viel Theater um ihn machte. Jetzt weiß ich es. Das nenne ich Singen.» Truman zog seine Brieftasche heraus und legte etwas Geld auf den Tisch. Er zählte das Geld in der Brieftasche, ehe er sie wegsteckte. «Fertig?» sagte er zu Audrey.

«Nein», sagte Audrey. «Erzähle die Geschichte zu Ende, George.»

George nahm seine Brille ab und legte sie neben den Schwenker. Er rieb sich die Augen. «Also gut», sagte er. «Zurück zu Miguel. Wie abgemacht, wohnte er in der Pfarrei, bis Senga nach Portland zog. Benahm sich auch. Keine Briefe, keine Anrufe, und er folgte ihr auch nicht mehr. Jeden Abend um zehn im Schlafanzug. Dann verließ Senga die Stadt, und Miguel zog in sein Zimmer zurück im Overland. Eine Zeitlang sah er ganz schön deprimiert drein, aber nach ein paar Wochen schien er sich wieder zu bekrabbeln.

Ich sage ‹schien›. In Wirklichkeit spielte sich mehr ab, als man zu sehen bekam. Ich jedenfalls zu sehen bekam. Eines Abends sitze ich zu Hause und höre, ob ihr es glaubt oder nicht, *Tristan*, als das Telefon läutet. Zuerst kommt nichts; dann kommt diese flüsternde Stimme durch die Leitung: ‹Hilf mir, Horhay, hilf mir›, und natürlich weiß ich sofort, wer das ist. Er sagt, er muß mich auf der Stelle sehen. Keine Erklärung. Er sagt mir noch nicht mal, wo er ist. Ich muß einfach annehmen, daß er im Overland ist, und da im Foyer finde ich ihn auch.»

George stieß ein kleines Lachen aus. «Um die Wahrheit zu sagen», sagte er, «beinahe hätte ich ihn nicht gesehen. Sein Gesicht war völlig bandagiert, von der Nase bis über die Stirn. Wenn ich ihn nicht gesucht hätte, hätte ich ihn nicht erkannt. Nie. Er saß da mit all seinen Koffern um sich herum und einem weißen Stock über den Knien. Als ich ihm zu verstehen gab, daß ich da war, sagte er: ‹Horhay, ich bin blind.› Wie denn das passiert war, fragte ich ihn. Er wollte es nicht sagen. Statt dessen gab er mir einen Zettel mit einer Telefonnummer darauf und bat mich, Senga anzurufen und ihr zu sagen, daß er blind geworden sei und am nächsten Morgen um elf mit dem Greyhound in Portland eintreffe.»

«Ach du liebes bißchen», sagte Truman. «Das hat er doch nur gespielt, oder? Ich meine, er war nicht wirklich blind, oder?»

«Also, das ist eine interessante Frage», sagte George. «Weil, wenn ich sagen müßte, daß Miguel nicht wirklich blind war, dann müßte ich auch sagen, daß er es nicht wirklich nur gespielt hat. Aber weiter. Senga war ungerührt. Sie trug mir auf, Miguel mitzuteilen, daß nicht sie, sondern die Polizei ihn am Bus erwarten würde. Miguel glaubte ihr nicht. ‹Horhay›, sagte er, ‹sie wird da sein›, und das war es. Ende der Diskussion.»

«Ist er gefahren?» fragte Truman.

«Natürlich ist er gefahren», sagte Audrey. «Er hat sie geliebt.»

George nickte. «Ich habe ihn selbst zum Bus gebracht. Habe ihn sogar an seinen Platz gebracht, um die Wahrheit zu sagen.»

«Er hatte also immer noch den Verband um», sagte Truman.

«Ja, klar. Den hatte er noch um.»

«Aber die Fahrt dauert zwölf, dreizehn Stunden. Wenn mit seinen Augen alles in Ordnung war, warum hat er nicht einfach den Verband abgenommen und ihn wieder angelegt, als er in Portland ankam?»

Audrey legte ihre Hand auf Trumans. «Truman», sagte sie. «Wir müssen etwas besprechen.»

«Ich kapiere das nicht», fuhr Truman fort. «Warum sollte er die ganze Zeit blind reisen? Warum sollte er die ganze Strecke im Dunkeln zurücklegen?»

«Truman, hör mal», sagte Audrey. Aber als Truman sich ihr zuwandte, zog sie die Hand von seiner fort und sah über den Tisch hinweg George an. Georges Augen waren geschlossen. Seine Finger waren wie im Gebet gefaltet.

«George», sagte Audrey. «Bitte. Ich kann es nicht.»

George schlug die Augen auf.

«Sag's ihm», sagte Audrey.

Truman sah von einem zum anderen. «Moment mal», sagte er.

«Es tut mir leid», sagte George. «Es ist nicht leicht für mich.»

Truman starrte Audrey an. «He», sagte er.

Sie schob ihr leeres Glas hin und her. «Wir müssen etwas besprechen», sagte sie.

Er hielt sein Gesicht nahe an ihres. «Meinst du, bloß weil ich viel Geld verdiene, habe ich keine Gefühle?»

«Wir haben etwas zu besprechen», wiederholte sie.

«In der Tat», sagte George.

Die drei saßen eine Weile da. Dann sagte Truman: «Das haut dem Faß den Boden aus», und setzte seinen Hut auf. Ein paar Minuten später standen alle drei auf und verließen das Café.

Die Kellnerin saß allein an der Theke, bewegungslos, außer wenn sie nicht gerade den Kopf hob, um Rauch gegen die Decke zu blasen. Die Italiener drüben an der Tür würfelten um Zahnstocher. «Der Chor der Gefangenen» lief in der Jukebox. Es war das erste Stück klassischer Musik, das Charlie oft genug gehört hatte, um es leid zu werden, und er war es jetzt leid. Er schlug die Zeitschrift zu, in der er vorgegeben hatte zu lesen, warf sie auf den Tisch und ging hinaus.

Es war immer noch neblig und kälter als zuvor. Charlies Vater hatte ihn gewarnt, mitten im Sommer hierher zu ziehen. Er hatte Charlie sogar ein Zitat von Mark Twain vorgehalten, das besagte, daß der kälteste Winter, den Mark Twain je erlebte, der Sommer war, den er in San Francisco verbracht hatte. Das war ein besonders schlechter gewesen; selbst die Einheimischen gaben das zu. In Wahrheit zermürbte es Charlie langsam. Aber er hatte dies seinem Vater gegenüber nicht zugegeben, genausowenig, wie er gestanden hatte, daß sein Job ihn fertigmachte und ihm kaum genug für den Lebensunterhalt einbrachte, oder daß es die Freunde, von denen er ihm Briefe nach Hause schrieb, nicht gab, oder daß die Lektoren, denen er seinen Roman zugeschickt hatte, ihn kommentarlos zurückgeschickt hatten – alle, außer einem, der mit Bleistift über die Titelseite geschrieben hatte: «Machen Sie Witze?»

Charlies Zimmer lag am Broadway, oben auf dem Hügel. Der Hügel war so steil, daß man Stufen in den Bürgersteig hatte schlagen und die Straße mit einer Betonmauer hatte blockieren müssen, weil bei so vielen Autos beim Hinabfahren die Bremsen versagt hatten. Manchmal setzte Charlie sich nachts auf die Mauer und sah über die Lichter von der North Beach hinaus und dachte an all die Schriftsteller da draußen, die, über ihre Schreibtische gebeugt, saßen, eine Seite nach der anderen mit wohlgewählten Worten füllten. Er dachte, daß diese Schriftsteller sich in den frühen Morgenstunden trafen, um Wein zu trinken und aus ihrer Arbeit vorzulesen und über die Dinge zu reden, die ihnen am Herzen lagen. Dies waren die genialischen Männer und Frauen, die tiefschürfenden Unterhaltungen, über die Charlie denen zu Hause schrieb.

Er war nahe daran, aufzugeben. Er wußte noch nicht einmal, wie nahe, bis er das Café an dem Abend verließ und spürte, wie der Entschluß in ihm reifte, schließlich doch weiterzumachen. Er blieb stehen und lauschte dem Nebelhorn, das über die Bucht hinaustutete. Die Traurigkeit dieses Klangs, die Vorstellung von sich selbst, der stehenblieb, um ihn zu hören, die Dichte des Nebels, all dies machte ihm Freude.

Charlie hörte Geigen hinter sich, als die Cafétür aufging; dann schlug sie zu, und die Geigen waren weg. Eine tiefe Stimme sagte etwas auf italienisch. Eine höhere Stimme antwortete, und die beiden Stimmen schwebten gemeinsam die Straße hinab.

Charlie drehte sich um und ging hügelaufwärts, suchte sich seinen Weg zwischen Lampenpfosten, die von herablaufenden Wassertropfen glänzten, an schwitzenden Mauern und trüben Fenstern vorbei. Eine Chinesin tauchte neben ihm auf. Sie hielt einen Hummer vor sich, der seine Scheren schwenkte, als dirigiere er Musik. Die Frau eilte vorbei und war verschwunden. Der Hügel begann unter Charlies Füßen steiler zu werden. Er blieb stehen, um Luft zu holen, und lauschte wieder dem Nebelhorn. Er wußte, daß irgendwo da draußen sich ein Boot trotz der ehrfurchtgebietenden Warnung auf dem Heimweg befand, und als er weiterging, stellte Charlie sich vor, wie er selbst im Bug jenes Bootes kniete, die Lampe in der Hand, konzentriert auf das direkt vor ihm scheinende Licht. Alle Ablenkung verschwunden. Zu wachsam, um Angst zu haben. Mit der Zunge die Lippen benetzend und die Augen weit offen, bereit, einen lauten Ruf auszustoßen, in diesem sich verlagernden Nebel, wo sich jeden Augenblick etwas offenbaren könnte.

LEVIATHAN

Aus dem Amerikanischen
von Karin Graf

Zu ihrem dreißigsten Geburtstag gab Ted für Helen eine Überraschungsparty. Es war eine kleine Party – Mitch und Bliss waren die einzigen Gäste. Sie hatten mit Ted zusammengeschmissen und Helen drei Gramm Schneesturm gekauft, der für die ganze Nacht und bis in den nächsten Morgen reichte. Als es hell genug wurde, gingen sie alle im Pool im Hof schwimmen. Dann nahm Ted Mitch in die Sauna im fünften Stock mit, während Helen und Bliss ein Riesen-Omelette zusammenbrutzelten.

«Wie fühlt man sich denn so», sagte Bliss, «mit dreißig?» Die Asche ihrer Zigarette fiel in die Eier. Sie starrte sie einen Augenblick an und rührte sie dann ein. «Mitch ist letzten Monat vierzig geworden und völlig ausgerastet. Er hat so viel Maalox eingeworfen, daß er anfing, nach Kreide zu schmecken. Ich dachte, bald würde er anfangen zu spritzen oder so.»

«Mitch ist vierzig?» sagte Helen.

Bliss musterte sie von oben bis unten. «Das ist eine vertrauliche Information, verstanden?»

Helen schüttelte den Kopf. «Unglaublich. Er sieht aus wie fünfundzwanzig, vielleicht im Höchstfall siebenundzwanzig.» Sie sah zu, wie Bliss Speck in die Schüssel schnippelte. «O Gott», sagte sie, «ich kann's nicht glauben. Er hat sich liften lassen.»

Bliss schloß die Augen und lehnte sich gegen die Arbeitsplatte. «Ich hätte es dir nicht sagen sollen. Bitte erwähne es nicht», murmelte sie, ohne sich viel Hoffnung zu machen.

Als Mitch und Ted aus der Sauna kamen, nahmen sie alle noch eine Nase, und Ted gab Helen den Spiegel zum Ablecken. Er sagte, noch nie habe er drei Gramm so schnell verschwinden sehen. Danach servierte Helen das Omelette, während Ted versuchte, etwas Passendes im Fernsehen zu finden. Er drückte in einem fort die

Fernbedienung durch, bis es alle wahnsinnig machte, weil er Donald Duck-Zeichentrickfilme suchte, gab dann auf und ließ den letzten Teil eines Films über den Todesmarsch von Bataan laufen. Sie sahen allerdings nicht sehr lange zu, weil Bliss zu weinen anfing. Ted schaltete auf ein Erbauungsprogramm um, aber Bliss weinte weiter und begann hysterisch nach Luft zu schnappen. «Kommt alle her», sagte Mitch. «Liebeskreis.» Ted und Mitch gingen zu Bliss und legten ihre Arme um sie, während Helen ihnen vom Sofa aus zusah und Espresso aus einer Tasse schlürfte, die so blau und zart wie ein Rotkehlchenei war – die letzte eines Services, das ihre Großmutter aus dem alten Land mitgebracht hatte. Helen hätte Bliss auch umarmt, aber es hatte nicht viel Sinn; Bliss zog diese Nummer beinahe jedesmal ab, wenn sie kokste, und man mußte es einfach laufen lassen.

Als Helen mit ihrem Espresso fertig war, sammelte sie die Teller ein und trug sie in die Küche hinaus. Sie bröselte übriggebliebenen Toast in den Hof hinunter und beobachtete, wie die Eichhörnchen ihn wegschafften, während sie das Geschirr spülte und lauschte, was nebenan vor sich ging. Diesmal war es Ted, der auf Bliss einredete. «Du bist schön», sagte er ihr immer wieder. Das gleiche sagte er immer zu Helen, wenn sie deprimiert war, und sie begann gerade jetzt, sich deprimiert zu fühlen.

Ich brauche mehr Stoff, dachte Helen. Sie schlich sich ins Schlafzimmer und zog sich ein paar Linien von Teds Geheimvorrat ein, den sie entdeckt hatte, als sie im Schrank nach Streichhölzern suchte. Danach betrachtete sie sich im Spiegel. Ihre Augen glänzten. Sie schienen wie von innen angestrahlt, und genauso fühlte Helen sich, als ergösse sich ein Strahl kühlen weißen Lichts wie ein Wasserfall von ihrem Kopf bis zu den Füßen. Sie setzte eine Sonnenbrille auf, damit es niemandem auffiel, und ging in die Küche zurück. Mitch stand an der Arbeitsplatte und drehte einen Joint. «Wie geht's dem Geburtstagskind?» fragte er, ohne aufzuschauen.

«Bereit für Nachschub», sagte Helen. «Wie steht's mit dir?»

«Na, dann her damit», antwortete Mitch.

Helen lächelte ihn an. In dem Augenblick war sie nahe daran, ihm zu verstehen zu geben, daß sie Bescheid wußte, aber sie hielt sich zurück. Mitch war ein guter Typ, und Bliss auch, wenn man sie

becher aus. Er telefonierte für Hunderte von Dollar und bezahlte die Rechnung nicht. Er fuhr mein Auto zu Schrott. Er bestahl mich. Sogar meine Frau machte er an.»

«Klassischer Fall», sagte Helen.

«Wißt ihr, was ich dagegen unternommen habe?» fragte Mitch. «Ich sage es euch. Nichts. Ich verlor kein Wort ihm gegenüber. Als er schließlich auszog, konnte meine Frau meinen Anblick nicht mehr ertragen. Der Anfang vom Ende.»

«Was für eine deprimierende Geschichte», sagte Helen.

«Ich hätte ihn umbringen sollen», sagte Mitch. «Es hätte mir vielleicht später leid getan, aber wenigstens könnte ich sagen, ich hätte etwas *getan.*»

«Du bist zu süß», sagte Bliss zu ihm.

«Ich weiß», sagte Mitch. «Aber ich wünsche, ich hätte es trotzdem getan. Manchmal ist es besser, etwas wirklich Abscheuliches zu tun, als einfach alles laufen zu lassen.»

Ted klatschte in die Hände. «Hört, hört! Du bist auf dem richtigen Weg, Mitch. Du brauchst bloß noch ein paar Tips, und der alte Ted ist genau der Richtige, um sie dir zu geben. Denn was das Abscheuliche anbetrifft, bin ich Fachmann. Man könnte sagen, ich bin Meister im Abscheulichsein.»

Helen hielt ihr leeres Glas hoch. «Möchte jemand was?»

«Setzt die Sturzhelme auf», fuhr Ted fort. «Ihr werdet gleich meine absolute Generalbeichte hören. Die schlimmste Geschichte, die je erzählt wurde.»

«Nein, danke», sagte Helen.

Er beäugte sie. «Was meinst du mit ‹Nein, danke›? Wer fragt dich um Erlaubnis?»

«Ich hätte nichts dagegen, sie zu hören», sagte Mitch.

«Ich schon.» Helen stand auf und sah auf Ted hinab. «Es ist meine Geburtstagsparty, klar? Ich habe einfach keine Lust, herumzusitzen und mir anzuhören, wie du erzählst, was für ein verkorkster Typ du bist. Das zieht mich runter.»

«Das stimmt», sagte Bliss. «Helen ist das Geburtstagskind. Sie darf wählen. Stimmt's Ted?»

«Ich weiß was», sagte Helen. «Warum erzählst du uns nicht was Tolles, was du getan hast? Das, worauf du am meisten stolz bist.»

Mitch bekam einen Lachanfall. Ted grinste und boxte ihn gegen den Arm.

«Ich meine es ehrlich», sagte Helen.

«Helen darf wählen», wiederholte Bliss. Sie klopfte neben sich auf den Boden, und Helen setzte sich wieder. «Also gut», sagte Bliss. «Wir warten.»

Ted schaute von Bliss zu Helen. «Wenn ihr wollt, erzähl ich es», sagte er. «Aber du mußt anfangen.»

«Das ist nicht fair», sagte Helen.

«Scheint mir wohl fair», sagte Mitch. «Es war deine Idee.»

Bliss lächelte Helen an. «Das macht Spaß.»

Ehe Helen begann, schickte sie Ted in die Küche, um mehr Wein zu holen. Mitch machte ein paar Rumpfbeugen, damit sein Blut wieder pulsierte. Bliss setzte sich hinter Helen und ließ ihr Haar herunter. «Gegen diese Trockenheit könnte ich dir was zeigen», sagte sie. Sie kämmte Helens Haar mit den Fingern und fing dann an, es zu bürsten, zählte die Striche in einem gehauchten Flüstern, bis Ted mit dem Krug zurückkam.

Sie tranken alle vier.

«Wir sind soweit», sagte Ted zu Helen. Er legte sich aufs Sofa zurück und verschränkte die Hände hinter dem Kopf.

«Eine Freundin meiner Mutter hatte einen mongoloiden Jungen», begann Helen. «Um die Wahrheit zu sagen, hatten drei oder vier ihrer Freundinnen Kinder mit ähnlichen Behinderungen. Auch eine meiner Tanten. Sie waren alle gute Katholikinnen, und sie dachten sich nichts dabei, mit über vierzig noch Kinder zu bekommen. Das war vor dem Zweiten Vatikanischen und der Pille und all dem – ehe alles lasch wurde.

Egal, Tom war in Wirklichkeit kein Junge mehr. Er war ein paar Jahre älter als ich und viel größer. Aber er sah aus wie ein Junge – sehr süß, sehr sanft, sehr glücklich.»

Bliss hörte mitten im Bürsten auf und sagte: «Du bringst mich gleich wieder zum Weinen.»

«Als ich auf der High-School war, habe ich mich manchmal um Tom gekümmert. Ich wollte damals ständig gute Dinge tun. Ich wollte eine Heilige sein. Ehrlich, wollte ich wirklich. Abends, ehe ich einschlief, faltete ich die Finger unterm Kinn, als betete ich und lächelte auf so eine echt heilige Art, die ich ständig vor dem Spiegel übte. Falls sie mich dann morgens tot fänden, würden sie denken, daß ich direkt in den Himmel gekommen wäre – daß ich den Engeln entgegenlächelte, die mich holen kamen. Einmal spielte ich sogar mit dem Gedanken, Nonne zu werden.»

Bliss lachte. «Ich sehe *dich* in einer Tracht vor mir – Schwester Morphine. Das hättest du ungefähr zwei Stunden ausgehalten.»

Helen drehte sich um und sah Bliss abwägend an. «Ich erwarte nicht, daß du das verstehst», sagte sie, «aber wenn ich gegangen wäre, wäre ich auch drin geblieben. Für mich ist ein Gelübde ein Gelübde.» Sie wandte sich wieder ab. «Wie ich schon sagte, ich fing an, mich um Tom zu kümmern, so wie eine Art Seligsprechungsnummer, aber nach einer Weile begann ich, mich darauf zu freuen. Es machte Spaß, mit Tom zusammenzusein. Und er liebte mich wirklich. Er nannte sogar einen seiner Hamster nach mir. Wir waren beide verrückt nach Tieren, deshalb gingen wir immer in den Zoo, oder ich brachte ihn zu dem Reitstall draußen in Marin, wo es kostenlose Reitstunden für spezielle Kinder gab. So nannten sie sie anstatt behindert oder zurückgeblieben – speziell.»

«Schön», sagte Mitch.

«Vergieße bloß keine Krokodilstränen», sagte Helen zu ihm. «Die Geschichte ist noch nicht zu Ende.» Sie trank einen Schluck Wein. «So. Nachdem ich mit dem College anfing, kam ich nicht allzu oft nach Hause, aber immer, wenn ich nach Hause kam, fuhr ich vorbei und holte Tom ab, und wir fuhren irgendwohin. Rüber zum Cliff House, um die Seelöwen anzuschauen oder so was. Dann hatte ich eines Tages diese hirnverbrannte Idee. Ich dachte, he, warum nicht mal Wale beobachten? Tom hatte überall in seinem Zimmer Poster von Walen, aber er hatte noch nie einen echten Wal gesehen, und ich auch nicht. Deshalb rief ich dieses Unternehmen in der Half Moon Bay an, und sie sagten, die Saison gehe zu Ende, es sei aber noch einen Versuch wert. Sie waren ziemlich sicher, daß wir was sehen würden.

Toms Mutter war nicht so begeistert von der Idee. Sie hackte immer darauf herum, daß er nicht schwimmen könne. Aber ich kriegte sie herum, und am nächsten Morgen fuhren Tom und ich hin und stiegen ins Boot. Es war nicht gerade groß. Es war sogar viel kleiner, als ich es mir vorgestellt hatte, und das machte mich erst ein bißchen nervös, aber als wir einmal unterwegs waren, dachte ich mir, zum Teufel – die müssen wissen, was sie tun. Das Boot schaukelte ein bißchen, aber nicht gefährlich. Tom gefiel es.

Wir schipperten den ganzen Morgen herum, ohne etwas zu sehen. Sie brachten uns an verschiedene Stellen und machten den Motor aus, und dann saßen wir da und warteten, daß ein Wal des Weges kam. Mir war es mittlerweile gleichgültig. Es war schön draußen auf dem Wasser. Wir waren mit einer guten Gruppe unterwegs, und einer von ihnen richtete eine Art Angel für Tom her, die er über die Reling hängen lassen konnte, während wir warteten. Ich lehnte mich einfach zurück und sonnte mich ein bißchen. Schnupperte die guten Gerüche. Beobachtete die Möwen. Nach einer Stunde oder so stellten sie den Motor wieder an und fuhren anderswohin und machten das gleiche. Das ging drei- oder viermal so. Jeder zog den Führer deswegen auf, drohte, ihn über die Planke gehen zu lassen und so weiter. Dann, geradewegs aus dem Nichts, tauchte dieser Wal neben uns auf.

Plötzlich war er einfach *da*. Dieses ganze Wasser, das von seinem Rücken strömte. Dieser unglaublich ranzige Geruch um ihn. Bedeckt mit Krebsen und Muscheln und langen Seegrassträhnen, die er hinter sich herzog. Groß. Vielleicht anderthalbmal so lang wie das Boot, in dem wir saßen.» Helen schüttelte den Kopf. «Ihr könnt euch nicht vorstellen, wie groß er war. Er fing an, Angriffe auf das Boot zu unternehmen, und jedesmal schwankten und schaukelten wir und nahmen ungefähr zweitausend Liter Wasser auf. Wir fielen alle durcheinander. Zuerst lachte jeder und machte ein großes Hallo darum, aber nach einer Weile wurde es ätzend.»

«Wahrscheinlich hat er mit euch gespielt», sagte Mitch.

«Das hat der Führer uns bei den ersten paar Malen gesagt. Dann bekam auch er Angst. Ich meine, er wurde weiß wie die Wand. Man konnte sehen, daß er auch nicht besser wußte als wir, was geschehen würde. Wir haben so eine Vorstellung, daß Wale angeblich zivilisierter sind als Menschen, klüger und freundlicher und mehr Gemeinschaftssinn haben. Sogar niedlich sind. Aber er nicht. Er war feindselig.»

Wer mit beiden Beinen …

«Wahrscheinlich hattet ihr einen bösen erwischt», sagte Mitch. «Es klingt, als sei ihm übel *mitgespielt* worden. Vielleicht hatten die Russen sein Weibchen harpuniert.»

«Er war ein Monster», sagte Helen. «Ehrlich. Er war böse und riesig, und er stank. Er war auch häßlich. Es hingen so viele Muscheln und Krebse an ihm, daß man seine Haut kaum erkennen konnte. Es sah aus, als trage er eine Rüstung. Ein paarmal kratzte er am Boot entlang, und das machte das schrecklichste Geräusch, so als stöhnten Leute unter Wasser. Dann schwamm er ein Stück vor und tauchte unter, und man dachte, bitte, lieber Gott, laß ihn nicht zurückkommen, und dann begann das Wasser um das Boot wieder zu brodeln, und da war er schon wieder. Es war einfach entsetzlich. Nie in meinem Leben hatte ich solche Angst. Und dann begann Tom durchzudrehen.»

Bliss legte die Bürste auf den Boden. Helen konnte spüren, wie sie erstarrte, und hören, wie sie atmete.

«Er fing an, so kleine Geräusche zu machen», sagte Helen. «Ich hatte ihn das vorher noch nie tun hören. Kleine wimmernde Geräusche. Das Seltsame war, ich hatte bis dahin noch nicht einmal an Tom gedacht. Ich hatte ihn völlig vergessen. Deshalb bekam ich einen Schock, als ich erkannte, daß er direkt neben mir saß, halb tot vor Angst. Erst dachte ich, o nein, was ist, wenn er jähzornig wird und tobt! Er war so viel größer als ich, ich hätte ihn nicht unter Kontrolle bringen können. Auch sonst niemand. Er war unglaublich stark. Wenn jemand versucht hätte, ihn festzuhalten, Tom hätte ihn abgeworfen, wie ein Hund Wasser abschüttelt. Und was dann? Aber am meisten machte mir Angst, daß Tom so durcheinander und in Panik geraten würde, daß er über Bord sprang. Das Bild stand mir klar und deutlich vor Augen.»

«Mir auch», sagte Mitch. «Ich habe das gleiche Bild vor Augen. Er hat es auch getan, nicht? Er ist reingesprungen, und du bist ihm nach und hast ihn rausgezogen.»

Bliss sagte: «Pssst, hört zu, ja?»

«Er ist nicht gesprungen», sagte Helen. «Er ist auch nicht völlig durchgedreht. Hier kommen wir zur Pointe der Geschichte – Helens größte Stunde. Wie bin ich überhaupt darauf gekommen? Es ist widerlich.»

Die Kerze zischte und flackerte. Die Flamme brannte in einer Wachspfütze. Helen beobachtete sie noch zweimal aufflackern, und dann verlosch sie. Der Raum wurde grau.

Bliss begann Helen den Rücken zu massieren. «Weiter», sagte sie.

«Ich habe ihn einfach unter den Tisch geredet», sagte Helen. «Wißt ihr, ich habe ihm den Arm um die Schulter gelegt und gesagt: ‹He, Tom, ist das nicht toll! Guck dir den großen alten Wal an! Mensch! Hier kommt er wieder, Tom, halt dich fest!› Und dann habe ich wie verrückt gelacht. Ich habe so getan, als würde ich mich wahnsinnig amüsieren, und darauf fiel Tom rein. Er beruhigte sich auf der Stelle. Kurz danach zog der Wal ab, und wir fuhren zur Küste zurück. Ich weiß nicht, warum ich das aufs Tapet gebracht habe. Es war bloß, daß ich, obwohl ich wirklich Angst hatte, durchgehalten und getan habe, als ginge es mir blendend. Ich glaube, das ist das, worauf ich am meisten stolz bin.»

Helen erhob sich auf die Knie und streckte sich. «Das war vor neun Jahren», setzte sie hinzu.

«Danke dir, Helen», sagte Mitch. «Danke, daß du uns daran hast teilhaben lassen. Ich weiß, es klingt pathetisch, aber ich meine es.»

«Du sprichst nicht genug von dir selbst», sagte Bliss. Dann rief sie: «Also jetzt, Ted – du bist an der Reihe.»

Ted gab keine Antwort.

Bliss rief noch einmal seinen Namen.

«Ich glaube, er ist eingeschlafen», sagte Mitch. Er rückte näher ans Sofa und schaute Ted an. Er nickte. «In Morpheus' Armen.»

«Eingeschlafen», sagte Helen. «O Gott.»

Bliss umarmte Helen von hinten. «Mitch, komm her», sagte sie. «Liebeskreis.»

Helen machte sich los. «Nein», sagte sie.

«Warum wecken wir ihn nicht?» schlug Mitch vor.

«Vergiß es», sagte Helen zu ihm. «Wenn Ted einmal untertaucht, bleibt er unten. Nichts kann ihn hochbringen. Guck.» Sie ging zum Sofa, hob die Hand und schlug Ted ins Gesicht.

Er knurrte leise und drehte sich um.

«Seht ihr?» sagte Helen.

«Was für ein lahmer Sack», sagte Bliss.

«Untersteh dich, ihn zu beschimpfen», sagte Helen zu ihr. «Jedenfalls nicht vor mir. Ted ist mein Mann. Auf immer und ewig. Ich habe das bloß getan, um etwas klarzustellen.»

Mitch sagte: «Helen, möchtest du darüber reden?»

«Es gibt nichts zu reden», erwiderte Helen. «Wie ich mich bette, so liege ich.» Sie stemmte den Krug Wein. «Wer braucht noch was?»

Mitch und Bliss sahen einander an. «Mein Energielevel ist nicht gerade hoch», sagte Bliss.

Mitch nickte. «Meiner ist auch ziemlich niedrig.»

«Dann müssen wir ihn eben wieder aufputschen», sagte Helen. Sie verließ das Zimmer und kam mit drei Kerzen und einem Spiegel zurück. Sie drehte eine der Kerzen in den Halter und hielt ein Streichholz an den Docht. Er spuckte, fing dann Feuer. Helen spürte die Hitze der Flamme an der Wange. «Na also», sagte sie, «das ist besser.» Mitch und Bliss drängten sich heran, als Helen ein Glasfläschchen aus der Tasche zog und den Inhalt auf den Spiegel verstreute. Sie sah zu ihnen hoch und grinste.

«Ich kann's nicht glauben», sagte Bliss. «Wo hast du das her?»

Helen zuckte die Achseln.

«Das ist eine Menge Koks», sagte Mitch.

«Wir müssen uns eben anstrengen», sagte Helen. «Wir haben den ganzen Tag vor uns.»

Bliss schaute in den Spiegel. «Ich sollte eigentlich zur Arbeit gehen.»

«Ich auch», sagte Mitch. Er lachte, und Bliss lachte mit ihm. Über Helens Schultern sahen sie zu, wie Helen sich niederbeugte, um das schimmernde Kristall fein zu verteilen. Zuerst hackte sie es mit einem Rasiermesser. Dann begann sie es auszubreiten. Mitch und Bliss lächelten sie aus dem Spiegel an, und Helen lächelte zwischen ihnen zurück. Ihre Gesichter waren rosig vom Kerzenlicht. Es waren die Gesichter von drei Gratulanten, Weihnachtssängern, die durch ein Fenster, das sich langsam mit Schnee füllte, auf Helen hineinschauten.

Der reiche Bruder

Aus dem Amerikanischen
von Helga Pfetsch

Es gab zwei Brüder, Pete und Donald.

Pete, der ältere Bruder, war Grundstücksmakler. Er und seine Frau besaßen eine Niederlassung der Century 21-Gruppe in Santa Cruz. Pete war fleißig und verdiente viel Geld, aber nicht mehr, als ihm seiner Meinung nach zustand. Er hatte zwei Töchter, ein Segelboot, ein Haus mit Blick auf ein schmales Scheibchen Ozean und Freunde, die selbst im Leben erfolgreich genug waren, um ihm nichts Böses zu wünschen. Donald, der jüngere Bruder, war noch unverheiratet. Er lebte allein, strich Häuser an, wenn er Arbeit fand, und verschuldete sich noch tiefer bei Pete, wenn er keine fand.

Für Brüder hätte man sie niemals gehalten. Während Pete kräftig und energisch war und mit beiden Beinen im Leben stand, war Donald knochig, ernst und krampfhaft um sein Seelenheil besorgt. Im Laufe der Jahre hatte Donald bereits die Bilder von zwei verschiedenen ‹Meistern der Vollkommenheit› um den Hals getragen. Aus Verehrung für den zweiten dieser beiden, war er in einen Ashram in Berkeley eingetreten, wo er fast an einer nicht rechtzeitig diagnostizierten Hepatitis gestorben wäre. Als Pete schließlich alle Arztrechnungen bezahlt hatte, war Donald Christ geworden. Er trieb ziellos von einer Kirche zur anderen, dann trat er einer Pfingstgemeinde bei, die sich irgendwo im Missionsdistrikt versammelte, um in Zungen zu reden und Prophezeiungen auszutauschen.

Pete konnte sich darauf keinen Reim machen. Ihre Eltern waren beide tot, aber solange sie noch am Leben waren, hatte keiner von ihnen es für nötig befunden, an etwas zu glauben. Sie hatten sich erfolgreich darum bemüht, ein redliches Leben zu führen und sich nicht zum Gespött der Leute zu machen, und Pete hatte denselben Ehrgeiz. Er glaubte, das Ganze sei für Donald nur ein Vorwand, um sich selbst ernst nehmen zu können.

Das Dumme war nur, daß Donald sich nicht damit zufriedengeben wollte, sich um die eigene Seele zu sorgen. Er mußte sich auch um die Seelen anderer Leute sorgen, besonders die von Pete. Er vermittelte seine Ansichten auf eine Art und Weise, die er für subtil zu halten schien: über vielsagendes Schweigen, versteckte Anspielungen, Blicke milder Verzweiflung, die ausdrückten: *O Bruder, wohin bist du geraten?* Wohin Pete geraten war? Weit nach oben, sofern er das selbst beurteilen konnte, nämlich zu Wohlstand und Erfolg. Und das war der eigentlich strittige Punkt zwischen ihnen. Pete war erfolgreich und Donald nicht.

Mit vierzig nahm Pete das Fallschirmspringen auf. Seinen ersten Sprung machte er mit zwei Freunden, die erst vor ein paar Monaten damit angefangen hatten und schon Kunstsprünge machten. Sie waren beide restlos zugekokst, als sie sprangen, aber Pete wollte nüchtern sein, zumindest beim erstenmal, und war froh, daß er es war. Ihm wäre niemals das Wort *mystisch* über die Lippen gekommen, aber genau das war es, was er bei dieser Erfahrung empfand. Später machte er den Fehler, das Gefühl Donald gegenüber beschreiben zu wollen, aber der fragte nur wieder und wieder, wieviel es gekostet hatte und spielte dann den Entsetzten, als Pete es ihm sagte.

«Ich probiere wenigstens mal etwas Neues aus», sagte Pete. «Ich durchbreche wenigstens mal das Schema.»

Nicht lange nach dieser Unterhaltung durchbrach auch Donald das Schema, indem er auf eine Farm außerhalb von Paso Robles zog, um dort zu leben. Die Farm war im Besitz von mehreren Mitgliedern aus Donalds Gemeinschaft, und war von ihnen in der Absicht, dort eine Glaubensfamilie zu gründen, gekauft und bezogen worden. So stellte Donald es jedenfalls in seinem ersten Brief dar. Jede Woche hörte Pete nun, wie glücklich Donald sei, wie sehr «im Herrn». Donald teilte Pete auch mit, daß er für ihn bete, er und ebenso alle anderen Brüder und Schwestern auf der Farm.

«Ich habe nur einen Bruder», hätte Pete am liebsten geantwortet, «und der reicht mir schon.» Aber er behielt diesen Gedanken für sich.

Im November hörten die Briefe auf. Pete machte sich zuerst keine Gedanken darüber, aber als er Donald an Thanksgiving anrief, wirkte Donald bedrückt. Er versuchte, optimistisch zu klingen, aber er strengte sich nicht genügend an, um überzeugend zu wirken.

«Jetzt hör mal zu», sagte Pete, «du brauchst doch nicht dort zu bleiben, wenn du nicht willst.»

«Ich werd schon klarkommen», antwortete Donald.

«Darum geht es doch nicht. Es geht nicht darum, klarzukommen. Wenn dir nicht gefällt, was da oben läuft, dann steig aus.»

«Ich komme klar», sagte Donald noch einmal, bestimmter. «Mir geht's gut.»

Aber eine Woche später rief er Pete an und sagte, daß er die Farm verlassen werde. Als Pete ihn fragte, wo er hingehen wolle, gab Donald zu, daß er noch keine Pläne habe. Sein Auto war, kurz bevor er die Stadt verlassen hatte, von der Herstellerfirma zurückgestohlen worden, weil er nicht zahlen konnte, und er war völlig pleite.

«Dann wirst du wohl zu uns kommen müssen», sagte Pete.

Donald zierte sich demonstrativ. Dann gab er nach. «Nur, bis ich wieder Boden unter den Füßen habe», sagte er.

«Genau», sagte Pete. «Optionen abchecken.» Er teilte Donald mit, daß er ihm das Geld für eine Busfahrkarte schicken würde, aber als sie gerade auflegen wollten, besann Pete sich anders. Er wußte, daß Donald versuchen würde zu trampen, um das Fahrgeld zu sparen. Pete wollte ihn nicht ganz allein auf der Straße wissen, wo irgendein Psychopath ihn aufgabeln und wo ihm wer weiß was zustoßen konnte.

«Oder noch besser», sagte er, «ich komme und hole dich.»

«Das brauchst du doch nicht. Ich erwarte wirklich nicht, daß du das tust», sagte Donald. «Es ist eine ziemlich lange Fahrt», fügte er hinzu.

«Erklär mir, wie ich hinkomme.»

Aber Donald wollte ihm keine Wegbeschreibung geben. Er sagte, die Farm sei zu deprimierend, sie würde Pete nicht gefallen. Stattdessen bestand er darauf, sich mit Pete an einer Automechanikerwerkstatt namens *Jonathans Mechanisches Warenhaus* zu treffen.

«Das soll wohl ein Witz sein», sagte Pete.

«Das ist dicht beim Highway», sagte Donald. «Ich habe das Ding schließlich nicht so getauft.»

«Das ist was fürs Poesie-Album», sagte Pete.

Am Tag, bevor er losfuhr, um Donald nach Hause zu holen, bekam Pete einen Brief von einem Mann, der sich als «Haushaltsvorstand» der Farm, auf der Donald lebte, bezeichnete. Aus diesem Brief erfuhr Pete, daß Donald nicht freiwillig die Farm verließ, sondern gebeten worden war, zu gehen. Der Brief war auf die Rückseite eines fotokopierten Fragebogens geschrieben, der dazu aufforderte, persönliche Reaktionen auf eine Art von Zeremonie einzutragen. Die letzte Frage lautete:

Was hast du während der Liturgie empfunden?

a) Sein
b) Werden
c) Sein und Werden
d) Keines von beiden
e) Alles zugleich

Pete versuchte, den Brief zu vergessen. Aber natürlich gelang ihm das nicht. Jedesmal, wenn er daran dachte, fühlte er sich beklommen und atemlos, ein Gefühl, das ihn auch wieder überkam, als er vor der Werkstatt vorfuhr und Donald mit dem Kopf auf den Knien vor einer Hauswand sitzen sah. Es war später Nachmittag. Ein Pappbecher kullerte langsam, vom feuchten Wind getrieben, an Donalds Füßen vorbei.

Pete hupte, und Donald hob den Kopf. Er lächelte Pete an, dann stand er auf und streckte sich. Seine Arme waren lang und dünn und weiß. Er trug ein rotes Tuch um die Stirn gebunden und ein T-Shirt, auf dem vorne etwas geschrieben stand. Pete konnte es nicht lesen, weil die Buchstaben seitenverkehrt waren.

«Sei ein Mann», brüllte Pete. «Ran an den Mercedes!»

Donald kam herüber. Er beugte sich zum Fenster herunter und sagte: «Danke, daß du gekommen bist. Du mußt ja völlig erschlagen sein.»

«Ich werd's schon schaffen.» Pete deutete auf Donalds T-Shirt. «Was soll das heißen?»

Donald schaute auf sein Hemd herunter. «Versuch es mit Gott. Ich habe es wohl verkehrt herum angezogen. Pete, kann ich ein paar Dollar von dir leihen? Ich schulde den Leuten hier was für Kaffee und Sandwiches.»

Pete nahm fünf Zwanziger aus seiner Brieftasche und hielt sie zum Fenster hinaus.

Donald wich wie entsetzt einen Schritt zurück. «So viel brauche ich nicht.»

«Ich kann mir dieses ganze Münzgefummel nicht merken», sagte Pete. «Zahl's mir zurück, wenn du im Lotto gewinnst.» Er wedelte ungeduldig mit den Scheinen. «Na los – nimm schon.»

«Also, ausnahmsweise.» Donald nahm das Geld und ging in das Büro der Tankstelle. Als er wieder herauskam, hielt er zwei Flaschen Orangenlimonade in der Hand, von denen er eine Pete gab, als er einstieg. «Geht auf meine Tasche», sagte er.

«Kein Gepäck?»

«Ach herrje, danke, daß du mich erinnerst», sagte Donald. Er stellte seine Limo auf dem Armaturenbrett ab, aber das leichte Schaukeln des Autos, als er ausstieg, warf sie um und auf den Beifahrersitz, wo der halbe Inhalt überschäumte, bevor Pete zupacken konnte. Donald sah zu, wie Pete die Flasche, aus der die Limonade über seine Finger lief, aus dem Fenster hielt.

«Wisch das weg», befahl Pete ihm. «Schnell!»

«Mit was?»

Pete starrte Donald an. «Dein Hemd. Nimm das Hemd.»

Donald zog ein langes Gesicht, tat aber, wie befohlen, wobei seine blasse Haut sich im Wind mit einer Gänsehaut überzog.

«Großartig, richtig großartig», sagte Pete. «Und wir sind noch nicht einmal aus der Tankstelle raus.»

Später, auf dem Highway, sagte Donald: «Das Auto ist neu, nicht wahr?»

«Ja, das Auto ist neu.»

«Bist du deshalb so sauer wegen dem Sitz?»

«Vergiß das, okay? Denken wir nicht mehr dran.»

«Ich habe gesagt, daß es mir leid tut.»

Pete sagte: «Wenn du nur ein bißchen aufpassen wolltest! Die Sitze sind aus Leder. Der Fleck geht nie wieder raus, geschweige denn der Geruch. Ich sehe nicht ein, warum ich nicht Ledersitze haben kann, die nach Leder riechen statt nach Orangenlimo.»

«Was war denn mit dem anderen Auto?»

Pete warf Donald einen raschen Blick zu. Donald hatte die Kapuze des blauen Sweatshirts, das er angezogen hatte, aufgesetzt. Die spitze Kapuze über seinem hageren, lauernden Gesicht, gab ihm das Aussehen eines Inquisitors.

«Nichts war damit», sagte Pete. «Mir hat nur zufällig dieses hier besser gefallen.»

Donald nickte.

Ein langes Schweigen entstand zwischen ihnen, während Pete weiterfuhr und der Tag sich zum Abend verdunkelte. Auf beiden Seiten der Straße lagen Stoppelfelder. Eine Zeile niedriger Hügel zog sich am Horizont entlang, hier und da von Bäumen gekrönt, die schwarz vor dem grauen Himmel standen. In der ihnen entgegenkommenden Autoschlange schaltete ein Fahrer die Scheinwerfer ein. Pete tat dasselbe.

«Und was war los?» fragte er. «Keinen Geschmack am Landleben gefunden?»

Donald brauchte einige Zeit, bis er antwortete, und schließlich sagte er einfach: «Es war meine Schuld.»

«Was war deine Schuld?»

«Das Ganze. Spiel doch nicht den Dummen, Pete. Ich weiß, daß sie dir geschrieben haben.» Donald sah Pete an, dann starrte er wieder durch die Windschutzscheibe.

«Ich spiele nicht den Dummen.»

Donald zuckte mit den Achseln.

«Das einzige, was ich weiß, ist, daß sie dich aufgefordert haben zu gehen», fuhr Pete fort. «Ich weiß nichts über die näheren Umstände.»

«Ich hab Mist gebaut», sagte Donald. «Glaub mir, die furchtbaren Einzelheiten willst du gar nicht hören.»

«Doch, natürlich», sagte Pete. Er fügte hinzu: «Jeder mag die furchtbaren Einzelheiten.»

«Du meinst, jeder hört gern, wie jemand anders sich in die Scheiße geritten hat.»

«Genau», sagte Pete. «So ist das nun mal auf unserem Raumschiff Erde.»

Donald zog ein Knie auf den Sitz und lehnte sich gegen die Tür, so daß er jetzt Pete an Stelle der Windschutzscheibe ansah. Pete war sich Donalds prüfenden Blicks bewußt. Er wartete. Die Nacht brach jetzt rasch herein und füllte die Senkungen in der Landschaft. Donalds hohle Wangen und tiefliegende Augen waren dunkel von Schatten. Seine Stirn war weiß. «Träumst du manchmal von mir?» fragte Donald.

«Ob ich manchmal von dir träume? Was ist das für eine Frage? Natürlich träume ich nicht von dir», sagte Pete, was nicht der Wahrheit entsprach.

«Wovon träumst du denn?»

«Von Sex und Geld. Meistens Geld. Das ist mein Alptraum – ich träume, daß ich keins habe.»

«Das erfindest du jetzt», sagte Donald.

Pete lächelte.

«Manchmal wache ich nachts auf», fuhr Donald fort, «und spüre genau, daß du von mir träumst.»

«Wir sprachen von der Farm», sagte Pete. «Laß uns erst einmal damit zu Ende kommen, und danach können wir uns über unsere diversen außerkörperlichen Erfahrungen unterhalten und über all die interessanten Dinge, die wir in früheren Inkarnationen erlebt haben.»

Einen Augenblick lang sah Donald wie ein grinsender Totenschädel aus; dann wurde er wieder ernst. «So viel gibt es da gar nicht zu erzählen», sagte er. «Ich habe nur einfach überhaupt nichts richtig gemacht.»

«Das ist ein wenig vage», sagte Pete.

«Na, die Einkäufe zum Beispiel. Immer wenn ich mit Einkaufen dran war, habe ich irgendwas vermasselt. Ich kam mit den Sachen nach Hause, und die Hälfte fehlte, oder ich hatte lauter falsche Sachen, das falsche Mehl oder die falsche Schokolade oder sonstwas Verkehrtes. Einmal hatte ich alles verschenkt. Das ist kein Witz, Pete.»

Pete sagte: «Wem hast du die Lebensmittel geschenkt?»

«Ach, ein paar Leuten, die ich auf dem Heimweg mitgenommen hatte. Saisonarbeitern. Sie hatten so ungefähr acht Kinder dabei und sprachen nicht einmal Englisch – sie nickten nur. Trotzdem, ich hätte die Lebensmittel nicht einfach verschenken dürfen. Oder jedenfalls nicht alle. Da habe ich wirklich meine Lektion gelernt. Man muß praktisch denken. Man muß auch sich selbst gegenüber fair sein.» Donald beugte sich vor, und Pete spürte seine Erregung. «Es ist eigentlich auch nichts Schlimmes dran, ein Geschäftsmann zu sein», sagte er. «Solange du anderen Leuten gegenüber fair bleibst, kannst du auch dir selbst gegenüber fair sein. Ich überlege ernsthaft, ob ich ins Geschäftsleben einsteige, Pete.»

«Darüber können wir noch reden», sagte Pete. «Das ist also die Geschichte? Mehr war es nicht?»

«Was haben sie dir erzählt?» fragte Donald.

«Nichts.»

«Sie müssen dir doch etwas erzählt haben.»

Pete schüttelte den Kopf.

«Haben sie dir nicht von dem Brand erzählt?» Als Pete noch einmal den Kopf schüttelte, betrachtete Donald ihn eine Zeitlang, dann sagte er: «Ich weiß nicht. Ich war dumm. Ich bin einfach völlig ausgeklinkt!» Er verschränkte die Arme vor der Brust und sackte zurück in seine Ecke. «Alle mußten sich mit dem Essenkochen abwechseln. Ich habe meistens Thunfischauflauf oder Spaghetti mit Knoblauchbrot gemacht. Aber an diesem einen Abend wollte ich mal etwas anderes kochen, etwas richtig Interessantes.» Donald sah Pete scharf an. «Für dich ist das wahnsinnig komisch, was?»

«Entschuldige», sagte Pete.

«Du weißt einfach nicht, wann du aufhören mußt. Du haust einfach immer weiter drauf.»

«Erzähl mir von dem Brand, Donald.»

Donald beobachtete ihn weiter. «Du hast dieses zwanghafte Bedürfnis, mich lächerlich zu machen.»

«Hör auf, Donald. Bausch das doch nicht so auf.»

«Ich weiß, warum du das tust. Einfach, weil in deinem Leben weder Sinn noch Zweck ist. Du hast Angst davor, mit Menschen, die beides haben, eine Beziehung aufzubauen, und deshalb machst du dich über sie lustig.»

«Eine Beziehung aufzubauen», sagte Pete leise.

«Im Grunde genommen bist du ein Individuum mit vielen Ängsten», sagte Donald. «Du fühlst dich bedroht. So bist du schon immer gewesen. Weißt du noch, wie du immer versucht hast, mich umzubringen?»

«Ich habe überhaupt kein zwanghaftes Bedürfnis, dich lächerlich zu machen, Donald – du selbst tust das. Du tust es jetzt, in diesem Augenblick.»

«Du kannst mir doch nicht weismachen, daß du dich nicht mehr daran erinnerst», sagte Donald. «Es war nach meiner Operation. Daran erinnerst du dich doch.»

«Kaum.» Pete zuckte mit den Achseln. «Eigentlich nicht.»

«O doch», sagte Donald. «Willst du die Narbe sehen?»

«Ich kann mich daran erinnern, daß du eine Operation hattest. Ich erinnere mich nur nicht mehr an die Einzelheiten. Und ganz bestimmt erinnere ich mich nicht daran, daß ich versucht hätte, dich umzubringen.»

«O doch», wiederholte Donald noch einmal aufreizend. «Und ob du das getan hast. Dauernd. Es war doch so, daß mir an der Stelle, wo sie mich wieder zusammengeflickt hatten, nichts passieren durfte, weil meine Eingeweide sonst wieder aufgeplatzt wären und mich vergiftet hätten. Das war ein großes Problem, Pete. Mom kriegte immer Zustände, wenn ich auf Bäume klettern wollte und so weiter. Und du hast mich auf die Stelle geschlagen, wann du nur konntest.»

«Mom kriegte ja schon jedesmal Zustände, wenn du nur gerülpst hast», sagte Pete. «Ich weiß nicht. Vielleicht habe ich dich aus Versehen ein oder zweimal angerempelt. Aber ich habe es nie absichtlich getan.»

«Doch, wann du nur konntest», sagte Donald. «Wenn sie zum Beispiel abends ausgingen und dich auf mich aufpassen ließen. Ich hörte, wie sie gute Nacht sagten, und dann hörte ich das Auto anspringen, und wenn sie weg waren, lag ich da und lauschte. Nach einer Weile hörte ich immer, wie du den Gang entlang kamst, und dann machte ich die Augen zu und tat so, als ob ich schliefe. Es gab Abende, da standest du nur vor der Tür, standest einfach nur da, und gingst dann wieder weg. Aber meistens machtest du die Tür auf, und dann hörte ich dich im gleichen Zimmer atmen. Dann kamst du herüber und setztest dich neben mich aufs Bett – das weißt du doch noch Pete, das mußt du noch wissen – du setztest dich neben mich aufs Bett und zogst die Decke weg. Wenn ich auf dem Bauch lag, drehtest du mich um. Dann hobst du mein Schlafanzugoberteil hoch und fingst an, mir auf die Naht zu schlagen. Du schlugst mich so fest du konntest, wieder und wieder. Und ich blieb einfach nur mit geschlossenen Augen liegen. Ich hatte Angst, daß du böse werden könntest, wenn du wüßtest, daß ich wach wäre. Ist das nun nicht komisch? Ich hatte Angst, daß du böse werden würdest, wenn du herausfändest, daß ich wußte, daß du versuchtest, mich umzubringen.» Donald lachte. «Komm schon, du kannst mir doch nicht erzählen, daß du das nicht mehr weißt.»

«Kann sein, daß das ein- oder zweimal passiert ist. Kinder tun so was. Ich kann mich doch jetzt nicht über etwas aufregen, was ich vielleicht vor fünfundzwanzig Jahren getan habe.»

«Von wegen vielleicht. Du hast es getan.»

Pete sagte: «Du machst mich mit diesem Zeug ganz fertig. Wir haben eine lange Fahrt vor uns, und wenn du jetzt nicht bald damit aufhörst, werden wir es nicht schaffen. Zumindest du nicht.»

Donald wandte sich ab.

«Ich tue mein Bestes», sagte Pete. Das Selbstmitleid in seiner Stimme ließ die Worte wie eine Lüge klingen. Aber es war keine Lüge. Er tat wirklich sein Bestes.

Das Auto erreichte den höchsten Punkt einer Steigung. In der Ferne sah Pete eine Ansammlung von Lichtern, die verloschen, als er abwärts fuhr. Der Mond war nicht zu sehen. Der Himmel hing tief und war schwarz.

«Wenn ich es recht bedenke», sagte Pete, «habe ich neulich wirklich von dir geträumt.» Dann fügte er ungeduldig hinzu, so, als dränge Donald ihn: «Auch noch ein paar andere Male. Ich kriege langsam Hunger», sagte er.

«Den gleichen Traum?»

«Nein, verschiedene Träume. Ich erinnere mich nur an einen davon richtig. Mit mir war irgend etwas, und du halfst mir. Sorgtest für mich. Nur wir zwei. Ich weiß gar nicht, wo alle anderen waren.»

Pete ließ es dabei bewenden. Er erzählte Donald nicht, daß er in seinem Traum blind gewesen war.

«Ob das wohl war, als ich aufgewacht bin?» sagte Donald. Er fügte hinzu: «Entschuldige, daß ich die Sache mit meiner Narbe aufgebracht habe. Ich versuche immer wieder, sie zu vergessen, aber das werde ich vermutlich nie schaffen. Nicht völlig. Es war ziemlich merkwürdig, die ganze Zeit mit jemandem zusammenzusein, der mich loswerden wollte.»

«Kindergeschichten», sagte Pete. «Graue Vorzeit.»

Sie aßen in einem Denny's auf der anderen Seite von King's City zu Abend. Während Pete die Rechnung bezahlte, hörte er einen Mann hinter sich fragen: «Entschuldigen Sie, aber dürfte ich wohl mal fragen, in welche Richtung Sie fahren?» und Donald antwortete: «Santa Cruz.»

«Ausgezeichnet», sagte der Mann.

Pete konnte ihn in dem Fischaugenspiegel über der Registrierkasse sehen: roter Blazer mit einer Art Wappen auf der Tasche, kleiner schwarzer Oberlippenbart, glänzendes schwarzes Haar, in die Stirn gekämmt wie bei einem römischen Kaiser. Ein Fußabtreter, dachte Pete. Eindeutig ein Fußabtreter.

Pete bekam sein Wechselgeld und wandte sich um. «Warum ist das ausgezeichnet?» fragte er.

Der Mann sah Pete an. Er hatte ein weiches, gerötetes Gesicht, das sein Bestes tat, freudige Überraschung auszudrücken, als sei diese neue Entwicklung der Dinge genau das, was er sich gewünscht hatte, aber die Augen hinter der Pilotenbrille drückten Bedauern aus. Seine Lippen waren feucht und glänzend. «Ich darf annehmen, Sie gehören zusammen», sagte er.

«Richtig geraten», bestätigte Pete.

«Um so besser», fuhr der Mann fort. «Zufälligerweise muß ich selbst nach Santa Cruz. Hatte eine Spur Schwierigkeiten mit dem Auto, dahinten. Die alte Karre hat mich im Stich gelassen.»

«Was für Schwierigkeiten?» fragte Pete.

«Motorprobleme», sagte der Mann. «Dummerweise ist es ziemlich dringend. Meine Tochter ist krank. Schwer krank. Hab hier ein Telegramm.» Er klopfte auf die Brusttasche seines Blazers.

Pete grinste. Erstaunlich, dachte er. Der alte Trick mit der kranken Tochter, aber noch bevor er etwas sagen konnte, mischte sich Donald ein. «Kein Problem», sagte Donald. «Wir haben massenhaft Platz.»

«Soviel dann auch wieder nicht», sagte Pete.

Donald nickte. «Ich tu meine Sachen in den Kofferraum.»

«Der Kofferraum ist voll», erklärte Pete.

«Rein zufällig reise ich mit wenig Gepäck», sagte der Mann. «Jedenfalls auf dieser Etappe der Reise. Genaugenommen habe ich im Moment überhaupt kein Gepäck.»

Pete sagte: «Haben Sie wohl in der alten Karre gelassen, was?»

«Genau», sagte der Mann.

«Kein Problem», wiederholte Donald. Er ging nach draußen, und der Mann ging mit. Zusammen schlenderten sie über den Parkplatz, und Pete folgte ihnen in einiger Entfernung. Als sie Petes Auto erreichten, hob Donald das Gesicht zum Himmel, und der Mann tat dasselbe. Sie standen da und schauten nach oben. «So eine dunkle Nacht», sagte Donald.

«Stygisch», sagte der Mann.

Pete hatte immer noch die Absicht, ihn abzuschütteln, tat es dann aber doch nicht. Statt dessen schloß er ihm die Tür auf. Er wollte sehen, was passieren würde. Er war ein Abenteurer, aber kein gefährlicher Abenteurer. Der Mann würde ihm vielleicht die Aschenbecher aus dem Auto stehlen, aber er würde ihn nicht umbringen. Falls Pete auf der Fahrt umgebracht werden würde, dann höchstens von einer gewissen spiritualistischen Person in Sweatshirt, von einem, der die Augen auf ferne Horizonte gerichtet hatte und ein nasses T-Shirt mit der Aufschrift ‹*Versuch's doch mal mit Gott*› in seinem Seesack trug.

Sie hatten den Parkplatz noch nicht verlassen, da zündete der Mann sich eine Zigarre an. Er blies eine Rauchwolke über Petes Schulter und seufzte vor Genuß. «Machen Sie die aus», befahl Pete ihm.

«Natürlich», sagte der Mann. Pete schaute in den Rückspiegel und sah, wie der Mann noch einen langen Zug nahm, bevor er die Zigarre aus dem Fenster warf. «Verzeihung», sagte er. «Ich hätte fragen sollen. Webster ist übrigens mein Name.»

Donald drehte sich um und schaute zu ihm nach hinten: «Vor- oder Nachname?»

Der Mann zögerte. «Nachname», sagte er schließlich.

«Ich kenne einen Webster», sagte Donald. «Mick Webster.»

«Es gibt viele von unserer Sorte», sagte Webster.

«Kräftiger Bursche, Holzbein», sagte Pete.

Donald warf Pete einen Blick zu.

Webster schüttelte den Kopf. «Klingelt nichts. Trotzdem, ich würde eine Verwandtschaft nicht von vorneherein ausschließen. Könnte einer meiner Cousins zweiten Grades sein.»

«Was hat Ihre Tochter denn?» fragte Pete.

«Das ist noch nicht heraus», antwortete Webster. «Es scheint irgendeine Frauensache zu sein. Andererseits käme auch eine Tropenkrankheit in Frage.» Er war einen Augenblick still, dann sagte er noch: «Falls es wirklich etwas Tropisches wäre, werde ich einen Teil der Schuld auf meine Kappe nehmen müssen. Es war mein persönlicher übermäßiger Ehrgeiz, der uns überhaupt in die Tropen führte und uns all die vielen Jahre dort hielt, allem Unheil schutzlos ausgesetzt. Da bin eindeutig ich für vieles verantwortlich. Ich habe meine Frau dort lassen müssen.»

Donald sagte leise: «Sie meinen, sie ist dort gestorben?»

«Ich habe sie mit meinen eigenen Händen begraben. Die Erde gibt nichts umsonst. Gold für Gold.»

«Welche Tropen?» fragte Pete.

«Die Tropen von Peru.»

«In welchem Teil von Peru liegen die denn?»

«Im Tiefland», sagte Webster.

Pete nickte. «Wie ist es denn dort unten?»

«Eine völlig andere Welt», sagte Webster. Sein Ton war düster. «Eine Welt, die sich besser vorstellen als beschreiben läßt.»

«Wahnsinn», sagte Pete.

Die drei Männer fuhren eine Weile schweigend dahin. Eine Reihe von Lastwagen fuhr in die andere Richtung an ihnen vorbei, mit donnernden Motoren, die Anhänger mit blinkenden Lichtern geschmückt.

«Ja», sagte Webster schließlich, «ich bin eindeutig für vieles verantwortlich.»

Pete lächelte Donald an, aber Donald hatte sich wieder in seinem Sitz nach hinten gedreht und sah Webster ins Gesicht. «Das tut mir leid, das mit Ihrer Frau», sagte Donald.

«Woran ist sie denn gestorben?» fragte Pete.

«An einer schleichenden Krankheit», sagte Webster. «Die Ärzte kennen keinen Namen dafür, aber ich kenne einen.» Er beugte sich nach vorn und sagte heftig: «*Die Gier.*» Dann ließ er sich zurück in seinen Sitz fallen. «Meine Gier, nicht ihre. Sie wollte nichts von alldem.»

Pete biß sich auf die Lippen. Webster war eine Entdeckung, und Pete wollte ihn nicht durch lautes Johlen verschrecken. Mit einer Stimme, die leise und unschuldig, bar jeder Verschlagenheit war, fragte er: «Was hat Sie denn dort hingeführt?»

«Es ist schwer für mich, darüber zu reden.»

«Versuchen Sie es», sagte Pete.

«Eine Zigarre würde es mir erleichtern.»

Donald wandte sich Pete zu und sagte: «Mir macht es nichts.»

«Na schön», sagte Pete. «Dann mal zu. Lassen Sie aber das Fenster offen.»

«Danke verbindlichst.» Ein Streichholz flammte auf. Es folgten gierige saugende Geräusche.

«Lassen Sie hören», sagte Pete.

«Von der Ausbildung her bin ich Ingenieur», begann Webster. «Meine Arbeit hat mich in alle Kontinente bis auf einen gebracht, in die Wüste, auf Berge, in den Wald, in jedes Gebiet und jede Jahreszeit der ganzen Welt. Vor einigen Jahren wurde ich von der peruanischen Regierung angeheuert, um in den Tropen nach Wolfram zu suchen. Meine Frau und meine Tochter begleiteten mich. Wir waren die einzigen Weißen in einem Umkreis von tausend Meilen, und wir hatten keine Wahl, als so zu leben, wie die Indios lebten – dieselbe Nahrung zu uns zu nehmen und sogar ihre Kultur mitzumachen.»

Pete sagte: «Sie verstanden die Sprache, nehm ich an?»

«Wir haben einiges aufgeschnappt.» Die Zigarrenglut hüpfte auf und nieder. «Wir waren daran gewöhnt zu lernen, was wir um zu überleben, lernen mußten. Jedenfalls wurde nach ein paar Jahren klar, daß kein Wolfram zu finden war. Meine Frau war krank und bat darum, nach Hause gebracht zu werden. Doch ich war taub für ihr Flehen, da ich damals schon einem anderen Metall auf der Spur war – einem Metall weitaus edler als Wolfram.»

«Lassen Sie mich raten», sagte Pete. «Gold?»

Donald sah Pete an, dann zurück zu Webster.

«Gold», sagte Webster. «Eine Goldader, größer als die größte

Hauptader. Nachdem ich die ersten Spuren gefunden hatte, konnte mich nichts mehr von der Suche losreißen – nicht die Krankheit meiner Frau, noch sonst etwas. Ich war entschlossen, die Ader freizulegen, und das tat ich – allerdings erst, nachdem ich mein Weib zur letzten Ruhe gebettet hatte. Wie ich schon sagte, die Erde gibt nichts umsonst.»

Webster schwieg. Dann sagte er: «Aber das Leben muß weitergehen. In den Jahren nach dem Tode meiner Frau habe ich die Vorbereitungen getroffen, die notwendig waren, um die Mine zu öffnen. Ich hätte es natürlich sofort tun können und mich unermeßlich bereichern, doch ich wußte, was das hieß: die Ausbeutung unserer geliebten Indios, die brutale Zerstörung ihrer Umwelt. Ich spürte, daß ich schon genug zu sühnen hatte.» Webster hielt inne, und als er weitersprach, war seine Stimme flach und gehetzt, als habe er alles Interesse an seinen eigenen Worten aufgebraucht. «Statt dessen arbeitete ich ein Programm dafür aus, den Löwenanteil des Reichtums den Indios selbst zurückzugeben. Eine Art Trust-Fond. Die Zinsen allein werden ihnen erlauben, ihr Land und ihre uralten Rechte auf unbegrenzte Dauer zu sichern. Gleichzeitig werden unsere Investoren tausendfältig belohnt werden. Zweitausendfältig. Alle werden gemeinsam ihren Wohlstand genießen.»

«Das ist großartig», sagte Donald. «Und so sollte es auch sein.»

Pete sagte: «Ich würde glatt wetten, daß Sie rein zufällig noch ein paar Anteile übrig haben. Hab ich recht?»

Webster antwortete nicht.

«Na?» Pete wußte, daß Webster ihm auf die Schliche gekommen war, aber es war ihm gleichgültig. Die Geschichte hatte ihn gelangweilt. Er hatte etwas anderes erwartet, etwas Originelles, und Webster hatte ihn enttäuscht. Er hatte sich nicht einmal darum bemüht. Pete fühlte sich verdrießlich und muffig. Seine Augen brannten vom Zigarrenrauch und den Aufblendlichtern der rücksichtslos fahrenden Lastwagen. «Machen Sie die Fluppe aus», sagte er zu Webster. «Ich hab doch gesagt, Sie sollen das Fenster auf lassen.»

«Wurde ein bißchen zugig hier hinten.»

Donald sagte: «He, Pete. Nicht so finster.»

«Fluppe aus!»

Webster seufzte. Er warf die Zigarre weg.

«Ich bin am Ende», sagte Pete zu Donald. «Willst du eine Weile fahren?»

Donald nickte.

Pete fuhr an den Rand und sie wechselten die Plätze.

Webster behielt auf dem Rücksitz seine Gedanken für sich. Donald summte beim Fahren, bis Pete sagte, er sollte aufhören. Dann war alles still.

Donald summte wieder, als Pete aufwachte. Pete starrte mürrisch auf die Straße, auf die weißen Linien, die am Auto vorbeiglitten. Nach einigen Augenblicken drehte er sich zu Donald und sagte: «Wie lang war ich weg?»

Donald warf ihm einen Blick zu. «Zwanzig, fünfundzwanzig Minuten.»

Pete schaute hinter sich und sah, daß Webster fort war. «Wo ist unser Freund?»

«Du hast ihn gerade verpaßt. Er ist in Soledad ausgestiegen. Er hat mich gebeten danke und auf Wiedersehen zu sagen.»

«Soledad? Und was ist mit seiner kranken Tochter? Wie hat er sie wegerklärt?» Pete beugte sich über die Rückenlehne. Beide Aschenbecher waren noch an Ort und Stelle. Auch die Bodenmatten. Und die Türgriffe.

«Er hat einen Bruder, der dort wohnt. Er will sich ein Auto von ihm leihen und morgen früh das restliche Stück fahren.»

«Todsicher wohnt dort sein Bruder», sagte Pete. «Sitzt seine fünfzigmal Lebenslänglich ab. Sein Bruder, und seine Schwester auch, und seine Mami und sein Papi.»

«Mir hat er irgendwie gefallen», sagte Donald.

«Kann ich mir denken», sagte Pete müde.

«Er war interessant. Hat was von der Welt gesehen.»

«Seine Zigarren haben was von der Welt gesehen, da gebe ich dir recht.»

«Sei doch nicht so, Pete.»

«Sei doch selbst nicht so. Was für ein Gauner.»

«Das weißt du doch gar nicht.»

«Natürlich weiß ich das.»

«Und wie? Wie willst du das wissen?»

Pete streckte sich. «Brüderchen, es gibt Dinge, die weiß man einfach. Wie sieht's mit dem Benzin aus?»

«Es geht zur Neige.»

«Und warum hast du nicht getankt?»

«Ich wollte, du würdest mich nicht immer so anschnauzen», sagte Donald.

«Warum benützt du dann deinen Grips nicht? Was, wenn uns das Benzin ausgeht?»

«Wir werden es schaffen», sagte Donald. «Ich bin ziemlich sicher, daß es reicht und wir es schaffen. Du hättest nicht so unhöflich zu ihm zu sein brauchen», fügte Donald hinzu.

Pete holte tief Atem. «Ich habe keine Lust, heute nacht ohne Benzin festzusitzen, verstanden?»

Donald fuhr an die nächste Tankstelle, die sie erreichten und machte den Tank voll, während Pete auf die Toilette ging. Als Pete zurückkam, saß Donald auf dem Beifahrersitz. Der Tankwart kam zur Fahrerseite herüber, als Pete sich hinter das Steuer setzte. Er beugte sich zum Fenster herunter und sagte: «Zwölf fünfundfünfzig.»

«Du hast gehört, was er gesagt hat», sagte Pete zu Donald.

Donald schaute geradeaus. Er rührte sich nicht.

«Rück raus», sagte Pete. «Die Fahrt geht auf deine Tasche.»

Donald sagte leise: «Ich kann nicht.»

«Natürlich kannst du. Pack die Scheine aus.»

Donald warf dem Tankwart einen Blick zu, dann Pete. «Bitte», sagte er, «Pete, ich habe sie nicht mehr.»

Pete begriff. Er nickte und bezahlte die Rechnung.

Donald wollte etwas sagen, als sie die Tankstelle verließen, aber Pete schnitt ihm das Wort ab. Er sagte: «Ich will jetzt nichts mehr von dir hören. Du hältst jetzt den Mund oder ich schwöre zu Gott, daß ich für nichts garantiere.»

Sie ließen die Felder hinter sich und fuhren in einen Tunnel aus hohen Bäumen. Die Bäume wollten gar nicht wieder aufhören. «Nur damit das ganz klar ist», sagte Pete schließlich. «Du hast also das Geld nicht mehr, das ich dir gegeben habe.»

«Du hast ihn wie ein Stück Dreck behandelt», sagte Donald.

«Du hast das Geld also nicht mehr», sagte Pete noch einmal.

Donald schüttelte den Kopf.

«Da ich das Essen bezahlt habe, und wir zwischendurch nicht mehr angehalten haben, nehme ich an, daß du es Webster gegeben hast. Stimmt das? Hast du das getan?»

«Ja.»

Pete sah Donald an. Donalds Gesicht unter der Kapuze war dunkel, aber trotzdem gelang es ihm, den Eindruck von Distanziertheit zu vermitteln, so, als hätte nichts von alledem mit ihm zu tun.

«Warum?» fragte Pete. «Warum hast du es ihm gegeben?» Als Donald nicht antwortete, sagte Pete: «Einhundert Dollar. Weg. Einfach so. Ich habe für das Geld *gearbeitet*, Donald.»

«Ich weiß, ich weiß», sagte Donald.

«Nichts weißt du! Wie solltest du auch? Du kriegst dein Geld durch Handhinhalten!»

«Ich arbeite auch», sagte Donald.

«Du arbeitest auch. Daß ich nicht lache, Brüderchen.»

Donald beugte sich zu Pete hinüber und war im Begriff, etwas zu sagen, aber Pete schnitt ihm wieder das Wort ab.

«Du bist nicht der einzige, der mir auf der Tasche liegt, Donald. Ich glaube, du verstehst das nicht ganz. Ich habe eine Familie.»

«Pete, ich zahle es dir zurück.»

«Wer's glaubt, wird selig. Einhundert Dollar!» Pete schlug mit der flachen Hand auf das Steuer. «Nur weil du findest, daß ich so einen Trottel nicht zart genug behandelt habe. Mein Gott, Donald.»

«Das ist nicht der Grund», sagte Donald. «Und ich habe ihm das Geld nicht einfach *geschenkt*.»

«Wie willst du das denn sonst nennen? Wie nennst du das, was du getan hast?»

«Ich habe es *investiert*. Ich wollte einen Anteil, Pete.» Als Pete zu ihm hinüberschaute, nickte Donald und sagte noch einmal: «Ich wollte einen Anteil.»

Pete sagte: «Ich vermute, du sprichst von der Goldmine in Peru.»

«Ja», sagte Donald.

«Und du glaubst, daß es diese Goldmine gibt?»

Donald schaute Pete an, und Pete sah, daß er allmählich zu kapieren begann. «Du glaubst auch alles», sagte Pete. «Oder nicht? Du glaubst aber wirklich auch alles und jedem.»

«Tut mir leid», sagte Donald und wandte sich ab.

Pete fuhr weiter zwischen den Bäumen dahin und dachte über die Wahrheit, die in dem, was er gerade gesagt hatte, lag, nach – daß Donald wirklich alles und jedem glaubte. Und ihm ging auf, wie typisch für dieses ungerechte Leben es sein würde, wenn Donald am Ende ganz groß herauskäme, nur weil er an irgendein unerhörtes Versprechen glaubte, das sich als wahr erweisen würde und das er, Pete, kurzerhand abgelehnt hatte, einfach weil er zu aufgeklärt war, um auf das Geschwätz von so jemandem zu hören, es sei denn, nur so zum Spaß. Was für ein Witz. Was für ein Witz, wenn wirklich ein Geldsegen zu erwarten wäre, und der Segen nicht an den fiele, dem er zustand, an den, der alle Arbeit machte, sondern an den anderen.

Und als sei all dies schon eingetreten, spürte Pete, wie ein Schatten über ihn kroch und seine Gedanken verfinsterte. Nach einer Zeit sagte er: «Ich sehe schon, wohin dies alles führen wird, Donald.»

«Ich zahle es dir zurück», versprach Donald.

«Nein», sagte Pete, «du wirst es mir nicht zurückzahlen. Das kannst du gar nicht. Du weißt gar nicht wie. Alles, was du je getan hast, war nehmen. Dein ganzes Leben lang.»

Donald schüttelte den Kopf.

«Ich sehe ganz genau, wo das hinführen wird», fuhr Pete fort. «Du kannst nicht arbeiten, du kannst nicht für dich selber sorgen, du glaubst jeden Scheiß, den dir irgend jemand erzählt. Ich habe dich am Hals, stimmt's?» Er schaute zu Donald hinüber. «Ich habe dich auf ewig als Klotz am Bein.»

Donald preßte die Finger gegen das Armaturenbrett, wie um sich zu beherrschen. «Ich steige aus», sagte er.

Pete fuhr weiter.

«Laß mich raus», sagte Donald, «ich meine das ernst, Pete.»

«Wirklich?»

Donald zögerte. «Ja», sagte er.

«Überleg es dir lieber noch mal», sagte Pete. «Das ist endgültig. Es gilt.»

«Ich meine es ernst.»

«Na schön. Du hast es so gewollt.» Pete bremste scharf und fuhr an den Straßenrand. Er stellte den Motor ab und stieg aus. Auf beiden Seiten ragten die Bäume hoch auf und verdeckten den Himmel. Die Luft war kalt und klamm. Pete nahm Donalds Seesack vom Rücksitz und stellte ihn hinter dem Auto ab. Er stand da, Donald gegenüber, im roten Glühen der Rücklichter. «Es ist besser so», sagte Pete.

Donald sah ihn nur an.

«Besser für dich», sagte Pete.

Donald schlang die Arme um sich. Er zitterte. «Du brauchst das alles nicht zu sagen», sagte er zu Pete. «Ich mache dir keine Vorwürfe.»

«Mir Vorwürfe machen? Was zum Teufel redest du da? Mir Vorwürfe machen weswegen?»

«Wegen irgendwas», sagte Donald.

«Ich will wissen, was du meinst mit Vorwürfe machen.»

«Nichts. Nichts, Pete. Fahr lieber los. Gott segne dich.»

«Das war's also», sagte Pete. Er ließ sich auf ein Knie nieder und suchte mit der Hand etwas auf der festen Erde. Er wußte nicht, wonach er suchte; seine Hände würden es wissen, wenn sie es fanden.

Donald berührte Petes Schulter. «Fahr lieber los», sagte er.

Irgendwo in den Bäumen hörte Pete einen Ast knacken. Er stand auf. Er sah Donald an, dann ging er zurück zum Auto und brauste los. Er fuhr schnell, über das Steuer gebeugt, sich selbst bewußt, wie krumm er saß und wie flach sein Atem ging, und weigerte sich in den Spiegel über seinem Kopf zu schauen, bis hinter ihm nichts mehr als Dunkelheit war.

Dann sagte er: «Einhundert Dollar», als sei jemand da, der es hören konnte.

Die Bäume wichen Feldern. Metallzäune liefen neben der Straße entlang, vom Wind mit Papierfetzen behängt. Nebel stand über den Gräben, ergoß sich über die Straße und dämpfte die geisterhaften Halogenlampen, die vor den Farmen brannten, an denen Pete vorbeifuhr. Der Nebel hinterließ Perlen von Wasser, die die Windschutzscheibe herauftrieben.

Pete kramte in seinen Kassetten. Er fand den Kanon von Pachelbel und schob ihn in das Tapedeck. Als die Violinen einsetzten, lehnte er sich zurück und sein Gesicht nahm einen aufmerksamen Ausdruck an, so, als höre er wirklich zu. Er lächelte vor sich hin wie ein Mensch, der die Freiheit besitzt, Musik zu genießen, ein Mensch, der seine Arbeit getan und seine Schulden beglichen und alle Angelegenheiten angemessen und pünktlich geregelt hat.

Und so, lächelnd, zur Musik nickend, fuhr er noch etwa eine weitere Meile und tat einfach so, als fahre er nicht schon langsamer, als werde er nicht umkehren, als sei es ihm möglich, so weiterzufahren, allein, und dann die richtige Antwort parat zu haben, wenn seine Frau vor ihm in der Haustür seines Hauses stehen und ihn fragen würde: Wo ist er? Wo ist dein Bruder?

Panther

Eine Auswahl

«Die Tatsache, daß ich nach der Lektüre dieses Buches nicht wußte: Ist der Autor nun weiß oder schwarz, spricht eindeutig für das Talent von Warren Miller. Eine der besten Geschichten über Harlem, die ich je gelesen habe.»
James Baldwin
(5610)

«Die Atmosphäre des Romans – der reiche, hektische, sich wiederholende Yuppie-Punk-Video-Wahnsinn trifft genau da, wo's weh tut.» Village Voice
«Bret Easton Ellis, mit Sicherheit das jüngste und eines der vielversprechendsten unter den neuen literarischen Wunderkindern, ist mit einem aufsehenerregenden, hypnotisierenden Erstlingsroman in Erscheinung getreten.»
Interview
(5759)

«Wenn die Verhältnisse schon auf den Kopf gestellt sind, muß man sie vollends auf den Kopf stellen. Damit sie in sich wieder stimmen.»
Wolfgang Graetz, Jahrgang 26, beschreibt in seien autobiographischen Notizen die Zeit bis 1948 in einer für Schilderungen dieser Jahre ungewohnt humorvollen und bissig-abgeklärten Sprache.
(5793)

rororo

C 2277/1